「やっぱり私がいないと、
アシュトンはすぐに
死んじゃいそうだね」
「そうさ。オリビアが
そばにいてくれないと、
僕って人間はすぐに死ぬんだよ」
JN109354
オリビア・
ヴァレッドストーム
Olivia Valedstorm
アシュトン・
ゼーネフィルダー
Ashton Senefelder

「俺は非生産的なことはしない主義でな。
あそこで茶を飲んでいる人物にも
言ってやったらどうだ？」

ブラッド・
エンフィールド
Blood Enfield

「あの小競り合い、
止めなくてよろしいのですか？」
リーゼ・
プロイセ
Lise Prussie
アメリア・
ストラスト
Amelia Stolast

ハサルは代々トライデント家に伝わる大身槍
〝朧三日月（おぼろみかづき）〟を頭上で回転させ、
オリビアに向けて薙ぎ払う。
しかし、オリビアは
人間業とは思えぬ跳躍で空へと逃げ、
朧三日月（おぼろみかづき）は軌道上にいた
王国兵を吹き飛ばすに留まる。

登場人物
Characters

ファーネスト王国

クラウディア・ユング

オリビアを敬愛する誇り高き騎士。天授眼の使い手。

アシュトン・ゼーネフィルダー

パウルに稀代の軍師と称され、名声を高めていく。

オリビア・ヴァレッドストーム

死神に育てられた少女。深淵人の末裔。

リーゼ・プロイセ

ブラッドの副官。仕官学校を首席で卒業した才女で、クラウディアとは同級生。

ブラッド・エンフィールド

第二軍を率いる将軍。粗野な言動が目立つが、戦略戦術に長け、剣の腕も一流。

エリス・クロフォード

オリビアを「お姉さま」と呼び慕う女性兵士。

ランベルト・フォン・ガルシア

猛将の異名を持つ、第一軍の副総司令官。

コルネリアス・ウィム・グリューニング

常勝将軍として名を馳せる、第一軍の総司令官。

アルフォンス・セム・ガルムンド

ファーネスト王国を統べる王。

オットー・シュタイナー

パウルの副官。オリビアに振り回され気味。

パウル・フォン・バルツァ

第七軍を率いる老将。鬼神の異名を持つ一方、オリビアには甘い。

ナインハルト・ブランシュ

第一軍の副官。冷静沈着で深謀遠慮。クラウディアの従兄でもある。

アースベルト帝国

フェリックス・フォン・ズィーガー

蒼の騎士団を率いる帝国三将。
深淵人と双璧をなす
阿修羅の末裔。

ローゼンマリー・フォン・ベルリエッタ

紅の騎士団を率いる帝国三将。
オリビアに復讐を誓う。

ダルメス・グスキ

帝国宰相。
死神の力を利用し、
皇帝を操っている。

神国メキア

ソフィティーア・ヘル・メキア

第七代聖天使。
圧倒的カリスマで
神国メキアを統べる。

ラーラ・ミラ・クリスタル

聖翔軍総督。ソフィティーアに
絶対の忠誠心を捧げる。

ヨハン・ストライダー

聖翔軍上級千人翔。
軽薄で大胆な言動が目立つ。

アメリア・ストラスト

聖翔軍所属の千人翔。
酷薄にして残酷。

その他

ゼット

オリビアを拾い、育てた死神。
ある日突然姿をくらます。

ゼーニア

第二の死神。ある目的のため
ダルメスに力を授け利用している。

デュベディリカ大陸
帝都オルステッド
アースベルト帝国
アストラ砦
ウィンザム城
城郭都市
エムリード
ストニア公国
神国メキア
王都フィス
小国家群
キール要塞
スワラン王国
ガリア要塞
カスパー砦
ファーネスト王国
サザーランド
都市国家連合
アストラ砦
穀倉地帯
ウィンザム城
カルナック
渓谷
城郭都市
エムリード
ファーネスト王国 北部及び中部

死神に育てられた少女は漆黒の剣を胸に抱く Ⅴ

彩峰舞人

The Little Girl Raised by Death
Hold the Sword of Death Tight

CONTENTS

イラスト／シエラ

プロローグ◆死者は語らず

キール要塞　グラーデン元帥の執務室

　天陽の騎士団がまさかの敗北を喫したノービス会戦。

　それから三ヶ月あまりが経過した頃。総参謀長を務めるオスカー・レムナント少将は近況報告を行うため、グラーデン元帥の執務室を訪れていた。

「死神オリビアが率いる新設された第八軍は、王国領に侵攻したサザーランド都市国家連合第十二都市のノーザン＝ペルシラ軍を迎え撃ち、見事撃退したとのことです」

　帝国軍諜報部隊〝陽炎〟からもたらされた報告によれば、ノーザン＝ペルシラ軍はおよそ八割の兵を失ったらしい。もはや軍としての機能はしていないだろう。

　オスカーの報告を聞いたグラーデンは、木箱に納められている葉巻に手を伸ばした。

「こちらが一時退いたのを好機と判断し、王国に侵攻したのだろうが……甘く見たな」

「どうやらサザーランド都市国家連合の総意というよりは、第十二都市の独断専行のきらいがあるようです。甘く見たのは事実でしょうが」

　葉巻を燻らせたグラーデンは、鼻でせせら笑った。

「大方漁夫の利を狙ったのであろうが、これで奴らも良い教訓になっただろう。――しかし、あの死神がとうとう一軍を率いるようになったか。これは脅威以外の何物でもないな」

一転して深い溜息を吐くグラーデンに、オスカーは内心で首を捻った。死神オリビアを憂えての溜息ばかりではないような感じを覚えたからに他ならない。

「閣下、なにか気になることでも？」

グラーデンはしばらく沈黙した後、机の引き出しから取り出した封筒を無造作に置き、クイッと顎をしゃくった。読めということなのだろうとオスカーは封筒に手を伸ばす。

「拝見いたします」

流麗な筆致はフェリックスの手によるものであり、中身を取り出して黙々と読み進めていたオスカーの眉は、知らず中央に寄せられていった。

「これは……失礼ながらダルメス宰相閣下はなにを考えているのでしょうか？」

今も帝国軍に甚大な被害を与え続けている死神オリビア。その死神に対してなんら対策を打たないどころか、あまつさえ放っておけとはあまりに無法過ぎる。仮にも帝国のナンバー2がするべき発言ではない。グラーデンが不機嫌になるのも当然だとオスカーは思った。病巣がわかっているなら早急に取り除く。これは子供でもわかる理屈だ。

手紙を封筒に戻して机に置くと、乱暴な仕草で引き出しへと突っ込んだグラーデンは、短くなった葉巻を灰皿に押し付け、吐き捨てるように言った。

「奴の考えなど俺にわかるわけがない」

「手紙を読む限り、ダルメス宰相閣下へ翻意するようにかなり促したらしいですが……」

「当然だ。俺もその場に居合わせたらフェリックスと同じことを言うに決まっている。ローゼンマリーとて例外ではいないだろう」

「閣下はどうなさるおつもりですか？」

「無論、死神オリビアを放置するつもりなど毛頭ない」

　グラーデンはいつになく厳しい表情で言う。ダルメスに直談判する腹積もりであることを、オスカーは瞬時に悟った。

「ではオルステッドへ？」

「ああ。詰問状を送ったところで無視される可能性は高い。直接乗り込んでいって奴の真意を問い質してくれるわ」

「では私もお供をしてよろしいですか？」

　即座にオスカーが随行を申し出ると、グラーデンはなにかを考えるかのように視線を宙に彷徨わせ、すぐに拒否の言葉を口にした。

「それは駄目だ」

「なぜでしょう？」

「オスカーには俺が留守にする間、キール要塞の管理を任せるつもりだからだ」

「キール要塞の管理でしたらラモン中将閣下でも問題ないかと存じます。どうかお許しいただけませんでしょうか？」

オスカーが詰め寄るようにそう言うと、グラーデンは物珍しそうな目を向けてきた。

「今日に限ってどうしたんだ？」

そう問われると明確な言葉が出てこないが、ただなんとなくグラーデンの傍にいるべきだとオスカーは思ったのだ。

「どうかご許可願います」

「オスカーがなにを心配しているのか俺にはわからんが、別に奴を取って食おうというわけではない。それに俺が留守にしている間、王国軍が攻めてこないとも限らん」

「否定はできませんが……」

今の王国軍には勢いがある。グラーデンの言う通り、余勢を駆ってキール要塞に攻め込むことも十分に考えられる。

「ラモンの武威は俺も認めるところではあるが、奴だけでは不安が残るのもまた事実。だから総参謀長であるオスカーにはここに残ってもらう。悪いがこれは決定事項だ」

口調は柔らかいものの、有無を言わさぬ響きがそこにはあった。これ以上の説得は無駄であると判断し、オスカーは慇懃に頭を下げた。

「かしこまりました。キール要塞のことは万事お任せください」

「うむ。なるべく早めに戻るようにする」

そう言いながら立ち上がったグラーデンは、従卒に上着を取るよう命じていた。

「もう行かれるのですか？」

素早く上着を身に着けたグラーデンは、十字剣が刺繍（ししゅう）された白マントを羽織りながら言う。

「時間を無駄にはできない。――では後のことを頼んだぞ」

従卒を伴って足早に部屋を後にするグラーデン。

その様子を、オスカーはどこか不安げな気持ちで見送るのだった。

§

グラーデンは数名の護衛と共にキール要塞を出立した。最短距離を馬で駆けながら帝都オルステッドに到着したのは、要塞を発（た）ってから三日目のことだった。

「帝都はなにも変わらんな……」

グラーデンは誰に言うこともなく呟（つぶや）き、そのまま帝都の中心地であるノルトライン地区に向けて馬を進めていく。

やがて入口に架かる跳ね橋が見えてきたところで護衛たちに声をかけた。

「俺は一旦屋敷に帰る。城には明日向かう故、お前たちは俺が戻るまで自由にしていいぞ。──久しぶりの帝都だろう。ゆっくり羽でも伸ばせ」

「はっ！　グラーデン元帥閣下のお心遣いに深く感謝いたします！」

護衛隊長を務める男が代表で謝辞を述べた後、馬を反転させ来た道を戻っていく。重厚な跳ね橋を渡ったグラーデンが、街並みを眺めながらさらに馬を進めていくと、やがて銀色の輝きを放つ巨大な鉄柵門が見えてくる。

門の前でゆっくり馬を止めるグラーデンに、詰め所に立つ兵士が険しい目を向けてきた。

「ん？……こ、これはグラーデン元帥閣下!?」

「任務ご苦労」

「はっ！──ただちに門を開けろ！」

門の内側にいる兵士が大慌てで錠を外す。兵士二人がかりで押された鉄柵門は、鈍い金属音を響かせながら内側に開かれていく。

（我が屋敷へ帰るのも随分と久しぶりだな……）

開け放たれた門を抜け、広大な敷地を石畳に沿って進んでいくと、遠目に飼い犬のトリトンと遊んでいる息子──フェルトを見つけた。いち早くこちらに気づいたトリトンが高らかに吠えると、遅れて気づいたフェルトが勢いよく走りだす。

グラーデンは鐙から足を外し、颯爽と馬から降り立った。

「お父様お帰りなさい！　もう悪い王国軍をやっつけたのですか？」

「もう少し時間がかかるな。──それにしても、しばらく見ないうちに随分と背が伸びた」

胸に飛び込んできたフェルトを抱きとめ、さらさらとした黄金の髪を優しく撫でてやる。四十半ばにしてようやく手に入れた一粒種。それだけにフェルトが可愛くて仕方がない。

顔を上げたフェルトはというと、頬を上気させて言った。

「いずれはお父様の背も越えて見せます！　そして将来はお父様以上の武人となるのが僕の夢です！」

「ははっ！　父以上の武人となるか。それは頼もしいな」

「はい！　そのためにもお父様に剣を教えていただきたいのです」

「剣を覚えるには少し早くないか？」

足下で顔をすり寄せてくるトリトンの頭を撫でながら、グラーデンはフェルトの全身を改めて眺めた。フェルトはまだ七歳。剣よりも積み木で遊んでいるのが似合いの年齢だ。

「お父様！　そんなことはありません！　むしろ遅すぎるくらいです！」

頑なに否定するフェルトに、グラーデンは思わず相好を崩してしまう。

「なにもおかしいことなどございません！」

「わかったわかった。──だが覚悟しておけ。父の稽古は相当に厳しいぞ」

「はい！」

「フェルト、お父様は久しぶりに帰ってきたのです。あまり無理を言うものではありませんよ」

二人の会話をどこかで聞きつけたのか、華やかな水色のドレスに身を包む妻のリアナが現れ、無邪気に喜ぶフェルトを窘めた。

「だって……」

頬を膨らませながら体を小刻みに揺らすフェルトへ、リアナは黙って首を左右に振ると、申し訳なさそうな表情をグラーデンに向けてきた。

「グラーデン、フェルトがわがままを言ってごめんなさいね」

「元来子供とはそういうものだ。まして、この程度のことなどわがままの範疇ですらない。──フェルト、父の木剣を持ってきなさい。置いてある場所はわかるな？」

「はい！　すぐにお持ちします！」

「お父様に感謝するのですよ」

「もちろんです！」

嬉しそうに駆けだしたフェルトは、瞬く間に玄関の奥へと消えていく。その姿を微笑ましく見送っているグラーデンに、リアナが心配そうに声をかけてきた。

「予定にはない突然のお帰りですけど……なにかあったのですか？」

「急用でな。城に赴くことになった」

「リステライン城に？……もしかして戦況がよろしくないのですか？」

リアナは途端に表情を曇らす。相変わらず勘が鋭い我が妻に内心で苦笑しつつ、グラーデンは努めて穏やかに答えた。

「リアナが案ずることはなにもない。帝都だって平和そのものだろ？」

「はい。なによりフェリックス様の目が行き届いていますから」

「なら心配することなどなにもない」

「わかりました……。ところで今日くらいはゆっくりできるのでしょう？」

自らの気分を変えるかのように、リアナは明るい口調でグラーデンの手を取った。

「ああ。フェルトだけでなく、リアナの相手もしなくてはいけないからな」

リアナに応えるように肩を竦め、グラーデンはおどけてみせる。

「まあ！　わたくしの相手をするのは嫌なのですか？」

リアナもそれに負けじとばかりに、大袈裟に両腕を組んでそっぽを向いた。

「そういう顔をしているか？」

グラーデンは殊更に頬を撫でて見せる。

「ふふっ。いいえ」

口づけを交わすと、リアナは軽やかな足取りで屋敷へと戻っていく。程なくして二振りの木剣を懸命に抱えながらフェルトが戻ってきた。

「お父様！　お持ちいたしました！」

満面の笑みを浮かべる息子に、グラーデンもまた頬を緩める。

その夜、グラーデンは家族水入らずの夕食を存分に楽しんだ。

§

翌朝――。

新品の軍服に袖を通し、十字剣が刺繍された白マントを身に着けたグラーデンは、改めてダルメスの真意を問い質すため登城した。

（たとえ皇帝陛下の信頼がどれほど厚かろうが、これ以上軍事のことに口を出すのは面白くない。この際だからそのあたりも言い含めておく必要があるな……）

リステライン城の内部は総じて複雑な造りをしている。迷路のように入り組んだ廊下を進んでいくと、ようやく正面にダルメスの執務室が見えてくる。

こちらに気づいたらしい衛兵は、即座に敬礼を行った。

「ダルメス宰相殿は中においでか？」

「いらっしゃいます。ですが今は誰も入れるなと厳命を受けております」

「誰も入れるな？――火急の用件だ。通させてもらうぞ」

「そ、それは困ります！　どのような用件であろうとも部屋に通すなとの指示を受けていますので！」

額に脂汗を滲ませながら衛兵は頭を下げてくる。任務に忠実なのは結構なことだが、王国軍がキール要塞に攻めてくる可能性を考慮すれば、ここで押し問答している暇などない。

「衛兵、貴様の名は？」

「はっ！　トクマ上等兵であります！」

「ではトクマ上等兵。帝国三将筆頭たるグラーデン・フォン・ヒルデスハイマーが改めて命ずる。そこをどけ」

「で、ですがダルメス宰相閣下に……」

「話を聞けば宰相殿もトクマ上等兵を咎めることはない。事は今後の帝国の行く末を担う大事と知れ」

「しかしながら……」

「重ねて言うが案ずることはなにもない。トクマ上等兵の身は、このグラーデンの名に懸けて保障してやる」

「……かしこまりました」

観念した衛兵は頭を下げながら扉の脇に移動する。衛兵の肩を軽く叩いたグラーデンは、形ばかりのノックをして部屋の中に足を踏み入れた。

「――いないだと……？」

執務室としては破格の広さではあるが、それでも一度見渡せば十分だった。ダルメスの姿はどこにも見当たらなく、代わりに己が権威を示すかのように高価な調度品が並べられている。その中でもグラーデンの目を一際引いたのは、巨大な黒檀製の本棚だった。本棚はグラーデンが知る位置から大きく左へ移動し、地下へと続く階段が露わになっている。

何度かこの執務室に足を運んだことはあるが、こんな仕掛けが施されているとは露程も思ってみなかった。慎重に階段の下を覗き込むも、先は暗く見通すことはできない。

（奴め、こんなものを作ってなにを企んでいるのだ？）

俄然興味が湧いたグラーデンは、壁に手を当てがいながら慎重に階段を下りていく。途中何度か足を踏み外しそうになりながらも階段を下り、道なりに沿って歩いて行くと、ゆらゆらと揺らぐ蠟燭の灯りと共に、途切れ途切れに声が漏れ聞こえてくる。

「――もう間もなくです。――はい。――はい。――あと一度大きな戦いがあれば間違いなく。――はい。――はい」

（しわがれたあの声はダルメスのもので間違いあるまい。――しかし、こんなところで奴は一体誰と話をしているのだ？）

ダルメスが恭しく口を利く相手など、皇帝ラムザ以外には考えられない。だが、宰相とはいえ臣下の、しかもこんな怪しげな地下室にラムザが足を運ぶとは到底思えない。

　壁際からそっと顔を覗かせたグラーデンは、危うく声を上げるところだった。

　地面に額をこすりつけて平伏しているダルメスの正面に、異形なる者の姿を捉えたからだ。

（人の形をしてはいるが明らかに人のそれではない。あれは一体何なのだ!?）

　影のように黒く、さらには靄（もや）のようなものを全身から漂わせている。グラーデンが息を殺して見つめていると、異形なる者は意味不明な言葉を話し始めた。

『イヨイヨ杯ガ満タサレルカ』

「ははぁ！」

（奴はあの化け物の言葉がわかるのか？）

　今や本来の目的も忘れ、グラーデンは化け物に釘付（くぎづ）けとなる。

　顔を上げたダルメスの目は、見たこともない異様な輝きに満ちていた。

『オ前ノ野望ガ成就スルトキダナ』

「はい。ラムザに即位の大礼を命じさせ、これからは私が新皇帝として帝国を支配いたします」

（奴が帝国を支配するだと!?　そんな馬鹿げた野望を奴は抱いていたのか!?　大体皇帝陛下に命じさせるなど血迷うにもほどがある。本当にそんなことができると思っているの……まさかッ!?）

フェリックスも愚痴をこぼしていたように、ここ最近のラムザはダルメスの言葉にしか反応を示さなくなっている。以前とは様相が一変した皇帝を、グラーデンも薄々おかしいとは思っていた。

もしもなんらかの理由でラムザが己の意思を封じられていると仮定すれば、ダルメスの戯言は戯言でなくなる。むしろ、容易いと言えるだろう。皆が集まる公の場で一言、ダルメスに帝位を譲ると言わせればいいのだから。

『シカシ本当ニ人間トイウ生物ハ下ランコトニ血道ヲ上ゲル。コレバカリハ理解ガ及ブコトガナイ』

「恐れ入ります」

再び地面に額をこすりつけるダルメスを見て、グラーデンはゆっくり顔を引っ込める。気が付けば、グラーデンの背中は汗でぐっしょりと濡れていた。

（もはや死神オリビアどころの話ではない。まさか帝国に得体のしれない化け物が巣くっていて、しかもダルメスと通じているとは。さらには皇帝も操られているときている。これは一刻も早くフェリックスに会って対策を練らないと大変なことになるぞ）

一瞬腰のナイフに手が伸びかけたグラーデンであったが、結局手に取ることはなかった。ダルメスだけならまだしも、異形なる者相手にナイフが通じるとも思えない。

グラーデンがこの場から立ち去るべく、そっと後ずさりしたときだった。

『――トコロデダルメス』

「ははあっ！」

『先程カラソコニ隠レテイル人間ニ話ヲ聞カレテイルガ、構ワナイノカ？』

　異形なる者の言葉は相変わらず不明だが、指をこちらに指し示している様子からして、なにを言ったのかは即座に理解できた。

　ダルメスがゆっくりと振り返るのを尻目に、グラーデンは全力で元来た道を駆けるも、足が次第に重くなり、ついには一歩も動くことができなくなってしまう。さらには見えない力によって強引に部屋へと引き戻され、ダルメスの前に引きずり出されてしまった。

　ダルメスを見上げれば、唇を異様な角度に吊(つ)り上げてこちらを睥睨(へいげい)している。

「ゼーニア様のお気遣い心より感謝いたします。――さてさて。ここに招待をした覚えなどありませんが、グラーデン元帥はこんなところでなにをしているのですか？」

「クッ！　そんなことより俺の体になにをした！」

「先に質問しているのはこの私です。それにしても新皇帝に対してあまり態度がよくありませんねぇ。――ひれ伏しなさい」

「グッ!?」

　ダルメスがおもむろに左手をかざすと、グラーデンの体は強制的に平伏させられる。立ち上がろうにも先程と同様、見えない力で押さえつけられ、指一本とてまともに動かすことができない。

屈辱に顔を歪めるグラーデンへ、ダルメスは満足そうに頷いて言った。

「やっとそれらしくなりましたねぇ」

「そこの化け物と組んで皇帝陛下を排除するつもりかッ！　そんなことは断じてさせんぞッ！」

「化け物とはまた不敬極まりない発言ですねぇ。仮にもグラーデン元帥の前におられるお方は、死を司る神であらせられるというのに」

「死を司る神だと……!?」

異形なる者はなんら言葉を発することなく、変わらず黒い靄が陽炎のように揺らめいている。ダルメスの口振りからして死神とでも言いたいのだろうが、百歩譲ってそれが事実だとしても、グラーデンが知る死神とは姿形がまるで異なっている。

「俺の知っている死神とは大分違うようだが？」

「まぁグラーデン元帥が信じようと信じまいと私はどちらでも構いません。余計な好奇心など抱かなければもう少し長生きできたものを……でも喜んでください。グラーデン元帥の命は私の大いなる夢の礎となるのです」

枯れ木のようなダルメスの腕がグラーデンの首にゆっくり伸びてくる。その後ろで何事かを発した異形なる者が腕を横に振るうと、突如空間に黒い渦が顕現した。そのまま異形なる者は渦の中へと吸い込まれ、あとには元の空間が広がっている。

その光景に驚嘆しつつも、グラーデンはあらんかぎりの力を振り絞り、腰のナイフに手を伸ばそうと試みるが……。

「どんなに抵抗したところで無駄ですよ。私は死神から力の一端を授かりました。よって何人たりとも私に逆らうことなどできません」

完全に首を摑まれた次の瞬間、グラーデンの体はゴミ屑のように投げ飛ばされ、背後の壁にしたたか打ち付けられた。

「グウウッ……」

今にも飛びかけようとしている意識の中で、いつの間にか正面に立っているダルメスと視線が重なった。

「帝国三将筆頭として、これまで本当によく頑張ってくれました。このダルメス・グスキ、感謝してもしきれないくらいです」

「……た、とえ……俺がここで死んだとして……も、フェリックス、がいる。き、さまの……思い通りになど……決して、なら……ない」

「フェリックスさんですか？　あれにはまだ働いてもらわなければいけません。当分は生かしておきますのでご安心を。グラーデン元帥は冥府でごゆるりとご覧になってください。

私が統べる新しい帝国、ひいては統一されたデュベディィリカ大陸を」

再び伸びてくるダルメスの手に、グラーデンは抗う術がない。すぐに首の骨が異常な軋みを上げ始め、グラーデンの意識は奈落の底へと沈んでいく。

「さようなら。グラーデン・フォン・ヒルデスハイマー」

重い旋律が奏でられ、白目をむいたグラーデンがどさりと地面に落ちる。

ダルメスは狂気に満ちた笑い声をいつまでも部屋内に響かせていた――。

第一章◆旅路

I

神国メキアに向けてガリア要塞を発したオリビアは、最初の目的地であるアムルの街に向かって馬を進めていた。

オリビアに付き従うのは、副官のクラウディアに軍師のアシュトン。ほかにはエヴァンシンやエリスなどといった総勢十五名からなる小隊だ。

列の中央にはカラカラとのどかな音を立てながら進む二台の大型馬車。ファーネスト王国の紋章が刻まれたこの馬車に、しかし、人ひとり乗ってはおらず、代わりに神国メキアへの贈り物がこれでもかとばかりに詰め込まれていた。

季節は木々が徐々に色づき始めた中秋。

本来なら旅に適した気候である。にもかかわらず、連日真夏のような日差しが情け容赦なく降り注ぎ、小隊は暑さに喘(あえ)いでいた。

その中にあって、オリビアだけが涼しげな顔で呑気(のんき)に鼻歌を歌っている。多少の苛立(いらだ)ちも手伝って、アシュトンは恨みがましい目をオリビアに向けた。

「鼻歌なんか歌って随分と余裕じゃないか」

「そう？」

「まさかとは思うけど……オリビアは暑くないのか？」

「え？――アシュトン暑いの？」

オリビアは意味がわからないとばかりにキョトンとする。なにも太陽がオリビアだけを避けているというわけではない。

「いや、『暑いの？』って。どう考えても暑いだろう」

「ですよねぇ」

即座に同意したエヴァンシンが額から流れ落ちる汗を袖で拭う。すると、二人の会話を聞いていたらしいクラウディアが、厳しい目を向けてきた。

「アシュトンもエヴァンシンも気合が足りないから暑さを感じるのだ。こういうときこそ胸を張り、背筋をしゃんと伸ばしたまえ。〝心頭滅却すれば火もまた涼し〟だ」

「いやいやいや。どう考えても気合云々の話ではないですよ」

「気合で暑さが和らぐのでしたら、いくらでも気合を入れますが……」

アシュトンとエヴァンシンが口々に異議を唱えると、クラウディアは嘆かわしいとばかりに首を振った。

「情けないことを言うな。お前たちは兵士の規範となるべき将校だぞ」

「そうは言いますが、クラウディア中佐も先ほどからしきりに水を飲んでいるじゃないですか。それって暑いからですよね？」

クラウディアの左手に握られている水筒を、アシュトンは冷ややかに見つめた。

「あ、暑いわけがないだろう！　これはそう……そう、あれだ！　閣下の副官たる者、こまめな水分補給は必須だからだ！」

水筒を慌ててカバンへと納めたクラウディアは、大仰に咳払い(せきばら)をひとつする。副官だからといってどうしてこまめな水分補給が必須なのか、クラウディアの話には全く脈絡がない。アシュトンに限らず誰の耳にも誤魔化しているようにしか聞こえないだろう。

「…………」

「──なんだ？　その目は？」

「いえ……別に……」

「それにしても本当にオリビア閣下は平然としていますね」

二人の間に流れ始める不穏な空気を察したエヴァンシンが、さりげなく会話に割って入ってくる。アシュトンと同い年であるエヴァンシンは、実に細やかな気配りができる人間であり、第八軍の〝良心〟と言っても過言ではなかった。

エリスのような姉をもった彼の苦労のほどが知れよう。

「そうかな？」

「ええ。なにか暑さをしのぐ秘訣でもあるのですか？　あるのなら是非教えていただきたいのですが」

エヴァンシンの問いに対し、オリビアは一瞬考えるような仕草を見せた後、思い出したとばかりにポンと手を叩いた。

「あ、そうか。みんなこれがないから暑いのか」

オリビアは自分の胸元に目を落とした。

「もしかしてなにか身に着けているのですか？」

「うん。ちょっと待っててね」

言うや否やスカーフをほどいたオリビアは、今度は胸元のボタンを手早く外し始めた。ギョッとする小隊面々を歯牙にもかけず、あろうことかそのまま中に手を突っ込み、体をまさぐり始める。アシュトンも含めてオリビアの胸元に集中してしまうのは悲しいかな、男の性というものだろう。これればかりはどうしようもない。

「閣下ッ！　皆の前でそのようなはしたない真似はお止めくださいッ！　お前たちも閣下を見るなッ！」

男たちの視線を遮るように割って入ったクラウディアは、周囲にあらん限りの怒気を振りまきながらシッシと、それこそハエでも追い払うかのように手を振り続ける。

「――これだよ」

だが、渦中の人物であるオリビアはというと、男たちの視線に全く動じることなく一枚の葉を胸元から取り出す。

手のひらの二回りほど大きな葉を、アシュトンはジーッと見つめた。

「――もしかして、それって〝クスコ〟の葉じゃないか？」

「うん、その通りだよ。さすがにアシュトンはよく知っているね」

手を叩いて褒めるオリビアに、アシュトンは小鼻をポリポリと掻く。

「まぁそれくらいは、な」

クスコの葉は鱗状葉と針状葉が重なった異形葉で、日の光が届きにくい森の奥深くに自生している。主に麻酔の材料として重宝されるが、森の奥に足を踏み入れるということは、当然危険害獣と遭遇する確率が上がる。それだけに熟練の狩人でなければ採取は難しく、市場では常に高値で取引される類のものだ。

危険を冒さねば手に入れられないクスコの葉をなぜオリビアが当たり前のように所持しているのか、今さら聞くだけ野暮というものだろう。

それにしてもクスコの葉にそんな使い方があるとは、アシュトンも初耳であった。

「ひょっとして信じていない？」

オリビアはコメットから身を乗り出して顔を近づけてくる。ともすれば唇が触れてしまいそうな距離に、アシュトンは慌てて身を引きながら答えた。

「べ、別にそういうわけじゃないけど……そんな使い方は聞いたことがないから」

「なら百聞は一見に如かずだよ」

今まで身に着けていたクスコの葉を当たり前のように差し出してくるオリビア。アシュトンはかなりの気恥ずかしさを覚えながらも手を伸ばしたその刹那、横から伸びてきた手によって葉をかすめ取られてしまう。

「は!?」

見ればエリスがクスコの葉を守るように抱いている。しかも、あり得ないといった表情を浮かべながら。

「アシュトン少佐、今ものすごーくにやけた顔をしていました。絶対にいやらしいことを考えていましたよね?」

「べ、別ににやけてなんかいないし! いやらしいことなんて全然、全く、これっぽっちも考えていないんだが!」

オリビアの様子を窺いながら必死に反論するアシュトンへ、エリスはねっとりと粘つくような笑みを向けてきた。こういう表情をさせたらエリスの右に出る者はいない。

「その割には随分と顔が赤くなっていますよ?」

「――ッ!」

アシュトンがさらなる反論をする暇を与えず、エリスは手早く軍服の中にクスコの葉を

突っ込む。間を置かず、蕩けきった表情をエリスは浮かべた。

「オリビアお姉さまの高潔なぬくもり……清らかな香り……もう最高……」

「いや、なんか言っていることが色々とおかしいだろ。それよりどうなんだ？」

「はぁ……生きていて良かったと心の底からそう思う」

「だからそんな意味不明な感想が聞きたいわけじゃなくて、効果があるかどうかを僕は知りたいんだけど？」

「…………」

「おい、エリス。聞いているのか？」

「アシュトン少佐。今の姉貴になにを言っても無駄です。大変申し訳ないことですが……」

エヴァンシンが深い溜息を吐きながら謝罪を述べてくる。改めて呆けるエリスを見て、アシュトンはこれ以上問い質すことを諦めた。

「ちょっと待ってね」

アシュトンが呆れている横で、オリビアが鞍にくくりつけているカバンの中をまさぐり始めると、クスコの葉を笑顔で差し出してきた。

（まだあるのかよ！）

内心で突っ込みを入れつつも、一応礼だけは言っておく。半信半疑で首の後ろにそっと葉をあてがうと、すぐに心地よい冷たさが伝わってきた。

「本当だ……これはすごいな」

「でもね。クスコの葉だけを体につけても効果はないんだよ」

ピッと人差し指を立てたオリビアが訳知り顔で言う。

「なにかカラクリがあるってことか？」

「うん。答えを言っちゃうと、クスコの葉に〝月華の実〟をすり潰したものを塗布して一日陰干しするの。それでようやく完成だね」

そう言われてクスコの葉を改めてよく見ると、確かになにかを塗り付けたような跡が見受けられる。アシュトンは思わずうなってしまった。

「月華の実を媒体にしてこの冷たさを出しているのか……これはちょっとした発明だぞ。──一応念のため聞くけど、これってオリビアが考えたのか？」

「えへへ。そうだよ。すごいでしょう」

オリビアは、どうだと言わんばかりに胸を反らした。

大陸南に位置するサザーランド都市国家連合は暑い国が多いと聞く。このことを両親に教えてやれば、嬉々として商売に繋げるのではないかとアシュトンは思った。

「──商売っ気はこの戦争が終わったら考えるんだな」

「え!?　僕の考えていることがわかったんですか!?」

驚いて聞くと、クラウディアは瞼を下ろして微かな笑みを浮かべた。

「ま、君とはそれなりに長い付き合いだからな」

「ね、それってアシュトンが単純って言いたいの？」

何気に辛辣な言葉を吐くオリビアはこの際無視し、アシュトンは畏敬を込めた目でクラウディアをジッと見つめる。

クラウディアは、アシュトンの視線を振り払うかのように声を上げた。

「同盟国とはいえ、神国メキアは警戒すべき相手だ。道中はもとより神国メキアに滞在中は、閣下の身辺に最大限の警戒を払ってほしい」

熱の籠った風が小隊の間を吹き抜けていく。

呑気にコメットへ話しかけるオリビアを除き、全員が真剣な表情で頷くのであった。

Ⅱ

オリビア小隊一行は予定通りアムルの街で一泊後、およそ一週間かけてコスリア、サン・カレードの街などを経由しながらファーネスト王国を出国。大陸中央へと足を延ばしていた。

現在いる街道から北の森を隔てた先には、三百年の歴史を持つ小国、幼王アレン・フォン・スワランが治めるスワラン王国である。

光陰暦九九七年。世に言う《スワラン戦役》が勃発し、スワラン王国はアースベルト帝国に大敗を喫した。スワラン王国の先王であったハイド・フォン・スワランを始めとする主だった重臣は、嘆き悲しむ民衆たちの前で斬首の刑に処された。

その後、属国の列に加わったスワラン王国は、ファーネスト王国と敵対関係にある。昨年、サーラ中将が守備するペシタ砦に侵攻してきたことは記憶に新しい。

(余計な接触は極力避けなければ)

クラウディア指示の下、スワラン王国の目を避けるよう南へ進路を取りながら、やがて小隊一行は風光明媚な景色が広がる村――ラゴに到着した。

懐中時計を押し開くと、時刻はすでに薄暮の刻を迎えている。クラウディアはラゴの村で休息を取ることをオリビアに提案し、すぐに了承を得られたのだが――。

「――今出て行けといったのか?」

「申し訳ありませんが……」

到着早々村の代表と名乗る長老の言葉に、クラウディアは眉を顰めた。

地図を見た限り、この先に街や村らしきものは見当たらない。野宿はそれなりに慣れてはいるものの、長旅で人や馬もそれなりに疲労を蓄積している。できればここらあたりでしっかりと、それこそ丸一日費やして休息を取りたいというのがクラウディアの意向だ。

とくにアシュトンなどは、多分に期待の籠った目をこちらに向けてくる。なんとしても説得してくれと言わんばかりだ。

「厚かましいことは重々承知している。それでもなんとかならないだろうか？」

頭を下げて再び滞在の許可を願い出るクラウディアに、長老は強張った表情を覗かせながら先程と同様の言葉を口にする。

（やはり駄目か……）

これ以上は村に迷惑がかかるとクラウディアは判断した。

「長老殿、無理を言ってすまなかった。我々は出ていくが、最後に理由だけでも聞かせてもらってもよろしいか？」

長老は一瞬逡巡する様子を見せた後、ボソボソと話し始めた。

「ご覧になった通り、ここはなにもない辺鄙な村です。その甲斐あって戦争に巻き込まれることもなく平和に暮らしてきました。そこへあなた方が突然現れた。正直あなた方のような軍人が一時でも村に入れば争いの元になる」

長老の口から思いがけない言葉を聞き、クラウディアはさらに眉を顰めることとなった。

「よく我々が軍人だと気づいたな」

領外へと出るにあたり、クラウディアたちは商人に変装していた。もちろん余計な争いに巻き込まれないための用心である。当然服装も軍服のそれではなく、当代の商人が好むような衣服を身に着けていた。普段は腰に帯びている剣なども馬車内に隠してある。

それこそ中を詳しく検めない限り、こちらを軍人と判断するのは難しいはず。腰にナイフを差してはいるが、あくまでも護身用レベル。旅人なら誰しもが携帯する類のものだ。

クラウディアが抱いた疑問は、次の長老の言葉で明らかとなった。

「あなた方がどこの国の軍人さんかは知りません。また知りたくもありませんが、軍人さんが纏う独特の空気感というものは、我々のような弱者の目からは隠しきれるものではありません。とくに戦争が始まってから、この地域は絶えず争いが続いています。当然軍人さんを見かける機会も少なくないということです」

「そういうことか……」

大陸中央から西にかけて多くの小国が乱立する。そして、それぞれの国がそれぞれの思惑の下、激しく矛を交えていると聞く。実際ここにくるまでに、比較的最近と思われる戦場の跡らしき場所も見受けられた。それゆえ長老の言葉を疑う余地はなかった。

「本当に申し訳ありません」

深々と頭を下げる長老に倣って、集まっていた村人たちもぎこちなく頭を下げ始める。

早々に出て行けと言わんばかりの態度に、クラウディアは内心で嘆息した。

「閣下、説得は無理そうなので今日も野宿となります。よろしいですか？」

長老に聞こえないよう耳打ちすると、オリビアはすぐに首を縦に振った。

「わたしは全然構わないよ。野宿は好きだし」

「ご不便をおかけして申し訳ありません」

「別にクラウディアのせいじゃないし」

なんら気を悪くした様子もなく、オリビアはすぐに出発の下知を下す。

長老がホッと胸を撫で下ろしたのも束の間、ギョッとした顔を覗かせた。

「どうした？」

不審に思ったクラウディアが声をかけるも、長老は時が止まったかのように固まっている。それは長老だけではなく、村の者たちも同様の反応を示していた。

「ねぇねぇお母さん。あれって山賊って人？」

そんな中、ひとりの幼子が母親の袖を引きながらクラウディアの背後を指さす。母親が襲いかからんばかりの勢いで幼子の口を塞いでいると、

「違うな坊主！　俺たちは気高き暁天傭兵団だ！」

クラウディアが振り向いた視線の先には、野獣のような男たちが村の入口を固め、それぞれが下卑た笑みを浮かべながらこちらを見ている。

武骨な鎧を着たひとりの男が近づいてくると、村人たちは我先にと逃げ始めた。

「ほれみたことかッ!!」

一転して恨みがましい顔をクラウディアに向けた長老も、たどたどしく杖をつきながら

逃げ出していく。その様子を男は楽しそうに見やりながら、クラウディアの前で足を止めた。

「ほほう。近くで見ると随分と精悍(せいかん)な面構えをした商人共だな。しかもこの辺りじゃ滅多なことではお目にかかれねぇ上玉揃(ぞろ)いときてやがる。こりゃ俺たちにも運が回ってきたかな？」

男はクラウディア、エリス、オリビアと次々に視線を移していく。最後は部下たちと同様、下卑た笑みを浮かべて満足そうに頷いていた。

「……我々になにか用か？」

嫌悪感を抱きながら尋ねるクラウディアに対し、男は表情を真剣なものに一変させる。

「こんな場所で護衛も伴わず商人がうろついていると部下から報告を受けてな。リーン共和国とカルネラ王国の連中がこの辺りで小競り合いを起こしているのは知っているだろ？」

「知らんな」

「知らなかったのか!?　お前ら商人のくせに随分とのんびりしているんだな。普通なら──ん？　その獅子(しし)の紋章、もしかしてお前らファーネスト王国の商人か？」

「……そうだ」

「なるほど。なら事情に疎くても仕方がないか」

男は馬車の扉に描かれた紋章を眺めながら納得顔で頷いていた。

「それで、私たちに何用だ？」

「悪い悪い。話が逸れちまったな。単刀直入に言うが、俺たちを護衛として雇わないか？」

「お前たちを護衛に？」

「さっきも言ったが護衛なしで商人がうろつくには危険過ぎる場所だ。どこに向かうかはこれから聞くとして、俺たちとなら奴らの争いに巻き込まれることなく安心して旅が続けられるぜ。――っと、そう言えば自己紹介がまだだったな。俺はこの暁天傭兵団を率いる団長ドモン・ギルバラだ」

言ってこれみよがしに剣を抜いたドモンは、見せつけるように弄んでいた。かなり使い込まれている様子からして、腕にはそれなりの自信があると言いたいのだろうが。

「残念だが我々は護衛を必要としていない。すまないがほかの商人たちをあたってくれ」

軍人が傭兵に護衛されるなど笑い話にもなりはしない。クラウディアは内心で苦笑しながらそう告げると、ドモンの太い眉が大きく吊り上がった。

「それは断るということか？」

「それ以外のことを言ったつもりはないが？」

「こいつは驚いた……。今の状況がわかっているのか？　争いに巻き込まれる確率が高いと俺は言っているんだぞ？　金を惜しんでいる場合じゃないぞ」

ドモンは意味がわからないと言わんばかりに首を大きく横へ振った。

「状況は理解したつもりだ。それでも護衛の必要はない。そもそもお前たちは傭兵なのだろう？　商人の護衛をして小銭を稼ぐよりも、戦場に出た方が余程稼げると思うが？」

国に属することなく金次第で戦場に赴くのが傭兵である。こんなご時世である以上、傭兵がどこの国でも引く手数多なのは間違いない。腕に覚えがあるなら尚更だ。常に死を傍らに置くのと引き換えに少なくない金子を得る。それが傭兵本来の姿だ。

半ば当たり前の質問をしたつもりのクラウディアであったが、しかし、ドモンは顔を歪ませて舌打ちをする。直後、エリスが声を立てて笑いながらドモンの前へと歩み出た。

「女、なにがそんなに可笑しいんだ？」

「そりゃ可笑しいに決まっているでしょう。暁天傭兵団、だっけ？　ご大層な名前を掲げてはいても、私が推察するにどこの国も雇ってくれない傭兵崩れでしょ？　大方雇われてもすぐにもめ事を起こすとかで？」

「…………」

「図星だった？　ごめんねー。それでも実力が確かなら多少のことは目を瞑ってでも雇われるはずだけど、実際はそこまでの腕でもない。だから商人の護衛っていうのはわかるけどさ……ププッ！　私ならプライドが邪魔してとてもじゃないけど無理ーっ！」

相手をけなすことにかけては右にも左にも出る者がいないであろうエリスは、心底恥ずかしいとばかりに顔を両手で覆っている。

（傭兵が商人の護衛をするのはそこまで珍しいことでもない。にもかかわらず、ここまで相手を蔑むことができるとは。いやはやなんとも恐ろしい……）

強烈なエリスの洗礼を受けたドモンはというと、目に仄暗い光を帯び始める。口調も今までのような気さくな感じではなく、恫喝的なものへと変化していった。

「さっきから随分と言いたい放題言ってくれるな。なにを勘違いしているのかしらねぇが、この護衛は強制だ。てめえらに選択の余地なんて端からねぇんだよ」

「も、もう駄目っ！　笑い死ぬからそれ以上言うのは止めてっ！」

エリスは腹を抱えて大笑いする。涙目であることからも本当におかしくて仕方がないのだろう。アシュトンやほかの兵士たちなどは畏怖を込めた表情でエリスを見つめている。

唯一、エヴァンシンだけが盛大に頭を抱えていた。

「このクソ女がッ!!」

「はぁはぁ……わかったわかった。じゃあこうしよう。ドモンちゃん、だっけ？　サシで私と勝負をするの。私が負けたら馬車の中にある荷物はぜーんぶあんたたちにあげる」

「……なんだと？」

眉を顰めるドモンに、エリスはニヤリと笑った。

「本当はそれが目的で近づいてきたんでしょう？」

「エリス！　なに勝手なこと——」

「オリビアお姉さま！　それでいいですよね？」

クラウディアの言葉を強引に遮ったエリスは、オリビアに嬉々として許可を求める。

当然許可など出すはずがない。そう思っていたクラウディアをあざ笑うかのごとく、オリビアは一も二もなく承諾する。しかも、満面の笑み付きでだ。

「あぅん。さすが愛しのオリビアお姉さまぁ。私のことがよくわかってるぅぅん」

「閣下ッ！」

「大丈夫だって。クラウディアも結果はわかっているでしょう？」

「それはまぁそうですが……」

チラリとドモンに目をやると、憤怒の表情で剣を二度三度と振っていた。

「どいつもこいつも舐めた口利きやがって！　俺が商人なんぞに後れを取ると本気で思っているのか！」

「あれ？　もしかして一対一だと怖かったかしら？」

わざとらしく心配そうにドモンを見つめるエリス。どこまでも人を小馬鹿にしたような態度だが、相手の心を乱すのは兵法においても理に適っている。

もっとも、エリスがそこまで考えているとは到底思えないが。

「んなわけあるかッ!!——てめえらは余計な真似するんじゃねぇぞッ!!」

ドモンの言葉に部下たちはぎこちなく頷く。こちらもそうだが、あちらも意外な展開に正直戸惑っているのだろう。

「ねぇ知ってる？　弱い犬ほどよく吠えるっていう言葉？」

言ってエリスは、エヴァンシンに剣を取りに行くよう命じた。エヴァンシンは言われるがまま走って馬車に向かう。

エリスより階級が上だということを彼は理解しているのであろうか。

「どこまでも口のへらねぇクソ女だな。頃合いを見計らって存分に楽しんでやろうと思っていたが、てめえだけは是が非にでも俺の手で殺さねぇと気がすまねえ！」

「はいはい。まさに小物臭漂うセリフだね。わかったからいつでもどうぞ」

エヴァンシンが慌てて投げ寄越した剣をエリスは無造作に摑む。スラリと剣を抜いて鞘を放り投げると、左手でドモンを軽く手招きして挑発する。

完全に相手を侮った態度であった。戦いにおいて相手を侮ることは、時として足をすくわれることが多分にある。

しかし――――。

「クソッ！　なんでだ！　なんで商人ごときがここまで剣を扱えるッ！」

荒い息を吐きながら地面に両手を突くドモンの額に向けて、エリスは剣の切っ先を突きつける。今回ばかりは予想した通りの結果ではあるも、それでもクラウディアは安堵の息を漏らした。万が一エリスが敗れていたら、オリビアは馬車の荷を全て渡していたに違いない。

エリスはまるで虫けらでも見るかのような冷たい目をドモンへ向けた。

「簡単な理屈じゃない。私があんたより強かった。ただそれだけのことでしょう？」

ドモンは顔を真っ赤にしながら拳を何度も地面に叩きつけると、

「てめぇらさっきからなにぼさっと見てやがるんだ！　さっさとこのクソ女をぶち殺せッ！」

「あーあ。それ言っちゃうんだ。さすがにそこまでくると笑えないんだけど」

「知ったことかッ！　この際だ。てめえだけじゃねぇ。この場にいる者全員まとめてぐちゃぐちゃにしてやるぜッ！――おいどうした？　ぼさっと見てないでさっさと殺れやッ！」

ドモンの言葉に部下たちは互いに顔を見合わせる。そして、誰ともなくこの場から立ち去り始めた。

「お、おい。てめえらどこに行くんだよ？」

ドモンは慌てて部下たちを引き留めにかかるが、彼らは黙って村を立ち去って行く。結局誰一人としてドモンの命令に従う者はいなかった。

「あ、あいつらどうして……!?」

「あんたの部下、もう元部下と言ったほうがいいのかな？　あんたより余程状況判断ができているっていう証明じゃない。——じゃあそろそろ死んでもらうとしますか」

死の宣告をするエリスの言葉に、ドモンの威勢ははるか彼方(かなた)へ吹き飛んだらしく、両腕を上げて降参の意を示した。

「ま、待て！　俺はこのあたりの地理には詳しい。是非案内係としてこき使ってくれ。お前たちも戦争に巻き込まれたくないだろ？　な？　な？」

へらへら笑いながら命乞いを始めるドモンに、エリスの顔から表情が抜け落ちた。

「……私はなにが嫌いって、形勢が悪くなった途端に命乞いを始める人間なの。——ほんと、見ているだけで反吐(へど)が出てくる」

最後は吐き捨てるように言って、エリスはドモンの頭に剣を叩き落とす。頭を割られたドモンは体を激しく痙攣(けいれん)させ、地面に倒れ伏した。

「——終わったみたいだね。じゃあ出発しようか？」

オリビアがなんでもないように出発の下知を下すと、エリスだけが「はあーい」と、蕩(とろ)けるような声で応じていた。

Ⅲ

オリビア小隊が聖都エルスフィアに通じるシャルナ砦に到着したのは、茜色と群青色の幻想的なグラデーションで彩られた暮れ時。

ガリア要塞を発してから実に二週間が経過していた。

「ここがシャルナ砦か……」

「ようやく到着だね」

オリビアの言葉に頷きながら砦を見上げるクラウディア。円筒形の砦は小規模ながらも重厚な造りをしており、城壁には神国メキアの国章である銀翼の紋章旗が掲げられている。

警戒の素振りを見せる門前の衛士に向けて素性を明かしたクラウディアは、さらにソフィティーアから正式に送られてきた招待状を広げて見せた。

「ファーネスト王国、オリビア様御一行ですね。お待ちしておりました」

一転、衛士は最敬礼でもって応えると、伸びのある声で「ひらーけー！」と開門を命じた。歯車が軋む音と共に門扉が左右にスライドしていくと、出迎えにみえたらしいひとりの男をクラウディアの瞳が捉える。

白と薄紫を基調とした軍服の上袖には、銀翼の刺繍が施されている。一見しただけでもわかる生地の上質さからして、高位の軍人であることが窺えた。そして、クラウディアの予想した通り、男はシャルナ砦を預かるバレンシア・ハイム上級百人翔と名乗った。

バレンシアは小隊を砦内へと誘いながら、今後の予定などを説明していく。

「――以上でございます。なにかご不明な点などございませんか？」

「ご丁寧な説明痛み入ります。とくに問題はございません」

「恐れ入ります。早速聖都エルスフィアに早馬を送りましたので、明日には迎えの使者が到着すると思います。むさ苦しいところで恐縮の極みですが、今晩はこちらで旅の疲れを癒してください」

「ハイム殿、色々とご足労をおかけして恐縮です」

丁寧に頭を下げたクラウディアへ、バレンシアが大袈裟に手を振って見せた。

「とんでもございません！　我が主、聖天使様よりくれぐれも粗相がないよう仰せつかっております。なにか不都合なことがございましたら遠慮なくおっしゃってください。滞在中の身の回りのお世話は彼女たちが行います。なんなりとお申し付けください」

バレンシアが顔を向けた先には、使用人がズラリと立ち並んで頭を下げている。おそらく急な招集がかかったのだろう。何人かの使用人たちは肩で息をしている。

クラウディアは重ねてバレンシアに礼を言った。バレンシアの命令で使用人が一斉に動き出すと、それぞれが用意された部屋へと赴くのであった。

「お口に合うかどうかわかりませんが、遠慮なく召し上がってください」

広いテーブルに所狭しと並べられた料理を目の前にして、夕食の席を設けたバレンシアが申し訳なさそうに言う。

（口に合うもなにも、どれもこれも手の込んだ料理ばかりじゃないか……）

アシュトンはさりげなく料理に視線を這わせながらそう思った。

どう考えても普段から食べているような、それこそ王国であれば上流貴族が口にするようなものばかりである。いくら神国メキアが豊かな国だといっても、普段からこのような食事を摂っているとはさすがに考えにくい。たとえ砦を預かる司令官だとしても、だ。

考えるまでもなくオリビアのために用意されたものだろう。国主であるソフィティーアの指示であることは疑いようがなく、オリビアの胃袋を摑むことに早くも成功している。

それはオリビアがナイフとフォークをおかしなスピードで動かしている様からしても明らかだった。ソフィティーアがオリビアを自国に招いた意図は不明だが、今のところ彼女の思惑通りに事が進んでいるような気がして、アシュトンは気が気でならなかった。

「――今からあれこれ考えても仕方あるまい。せっかくの料理だ。しっかり堪能したまえ」

アシュトンの隣に腰かけるクラウディアは、こちらを見ることなく話しかけてくる。またもや心の内を見透かされていることに内心で舌を巻いていると、

「不思議そうだな」

「ええ、まぁ……」

　クラウディアは小さな微笑みを漏らす。

「君は考えていることが存外顔に出やすい。軍師ならもう少し心の内を隠す術を身につけるべきだ。兵士は見ていないようで上官のことをよく見ているからな」

　言って鳥の香草焼きを口に運ぶクラウディア。ある意味敵地にもかかわらず堂々としたその態度からは、余裕すら感じられた。

「い、いやはや、実に豪胆な食べっぷりですな。頼もしい限りです」

　引きつった笑みを見せるバレンシアは手を軽く叩き、すぐに追加の料理を運ぶよう使用人に申し付ける。時を置かずに追加の料理が運ばれてくる様子からしても、深淵なる胃袋を有するオリビアの情報は筒抜けになっているらしい。

　だが、使用人たちには伝わっていなかったらしく、オリビアの健啖振りに終始目を白黒させながら給仕をしていた。

　ちなみにアシュトンの対面に座るエリスは、瞳を輝かせながら料理に舌鼓を打っている。その隣に座るエヴァンシンもまた、似たような反応を示していた。

「はぁぁ……美味しい。街の警備兵のままだったらこんな美味しい料理を口にすることなく一生終わっていたのは間違いないわね」

「その姉貴の意見には俺も同意するよ」

「でしょう？　それもこれも全ては我が愛しの女神、オリビアお姉さまのお・か・げ」

エリスはひりつくような熱視線をオリビアに浴びせ始める。その様子を見たエヴァンシンは、声を一段低く落としてエリスを窘めた。

「姉貴、間違ってもここで病気を出すのは止めてくれよ。出発する前にルーク兄貴からも厳しく言われていただろ？」

「あんたも兄貴もほんとうっさいわねぇ。大体オリビアお姉さまを讃えることのどこが病気だっていうのよ。──返答によってはたとえ血を分けた弟であろうと……」

静かにナイフとフォークを置いたエリスは、酷薄な笑みを浮かべながら左袖をゆっくり撫で始める。エヴァンシンは壁際に立つ衛士たちに慌てて視線を向けながら言った。

「姉貴、冗談でも袖に仕込んでいる隠しナイフを撫でるのは止めてくれ。見つかったらさすがにここの連中も黙っていないぞ」

「不思議ね。なんで隠しナイフのことを知っているのかしら？　あんたどれだけ私のことが好きなのよ。あんたがどんなに私のことを好きで好きでどうしようもなくても結婚はしてあげられないの。だから別の女を探しなさい」

「いつ誰がそんなことを言ったんだ!?　それと忘れているみたいだから言っておくけど、俺は一応姉貴の上官にあたるんだけど？」

二人の会話を聞いているとついつい忘れがちになるのだが、確かにエヴァンシンはエリスよりも階級が高い。たとえ弟であろうが軍務中は階級が全てである。

アシュトンも今や少佐の身。望むと望まないとにかかわらず、今や多くの部下を従える立場にある。本来なら上官らしくエリスを戒めるべきところであるのだが……。

(僕もオリビアに対して敬語を使っていないからなぁ)

アシュトンの視線に気づいたオリビアは、口一杯にソースをつけながら可愛く小首を傾げてくる。

オリビアから敬語禁止を言い渡されて以来、アシュトンは律儀に命令を遂行している。というか、それを大義名分にして避けているのが本当のところだ。公の席は別にしても、普段からオリビアに敬語を使うと考えただけで虫唾が走ってしまう。オリビアに対して敬語を使わないアシュトンに、クラウディアも当初こそ文句を口にしていたが、最近ではすっかり黙認している状態だ。オリビアが全く問題ないと公言していることもあるのだろうが、良くも悪くも砕けてきたのだろうとアシュトンは勝手に解釈している。

「上官だからなんだっていうのよ。いい機会だから耳の穴かっぽじってよく聞きなさい。姉と弟の関係は上官と部下の関係よりもはるかに崇高で重いの。よってあんたに敬意を払う必要など微塵もない。わかったわね？」

エリスは冷徹な視線をエヴァンシンに突き刺す。エヴァンシンは助けを求めるような目をアシュトンに向けてきた。

「このサラダは随分と美味しいな。うん……」

彩り鮮やかなサラダを口に運びながら、アシュトンはいかにも聞いていない体を装った。

ここで下手にエヴァンシンを庇えば、それこそ狂犬がこちらに噛みついてくる。エリスと馬が合うジャイルならこの場を上手くとりなすことも可能なれど、彼は今回居残り組のためここにはいない。

もっとも、オリビアがとりなせば問題はすぐにでも解決するのだが、しかしながら依然としてナイフとフォークが舞い踊っている様を見る限り、期待するだけ無駄だというもの。

（よってこれが最適解だ）

エヴァンシンに心の中で詫びを入れながら、一心不乱にサラダを咀嚼するアシュトン。

空気を読める男エヴァンシンはというと、これみよがしに大きな溜息を吐き、のろのろと目の前の肉を切り分け始めた。

「我が国の料理を気に入っていただけたようで安堵いたしました」

満足そうに頷いたバレンシアは、神国メキアの特産品など当たり障りのない話を振っては、適度に場を和ませていた。

（それにしても……）

改めてテーブルを見回しながらアシュトンは思う。

ひたすら料理を貪る食欲の権化オリビア。

オリビアを陶然とした表情で見つめる色ボケエリス。

溜息を吐き続ける苦労性エヴァンシン。

淡々とナイフとフォークを動かす夜叉クラウディア。

(本当にこの先大丈夫なのか？)

自分のことは棚に上げ、内心で溜息を零すアシュトンであった。


翌朝──。

夕食ほどではないにしても十分に豪華な朝食を堪能していると、バレンシアから使者が到着した旨を伝えられ、アシュトンたちは改めて司令官室で顔合わせとなった。

「ここまでの道中ご無事でなによりです。これより聖都エルスフィアまではこの私、ヒストリア・スタンピードがご案内いたします」

ヒストリアと名乗った導き手に従ってシャルナ砦を発したオリビア小隊は、聖都エルスフィアに向かってさらに西へと進んでいく。これまでの道中と異なるのは、絢爛な全身鎧を身につけた聖近衛騎士団が、護衛として小隊の両側に付き従っていることだ。

聖近衛騎士団は聖天使であるソフィティーアを守護することが任務と聞いている。それだけに、オリビアを手厚く遇しようという彼女の思いが透けて見えた。

「また随分と綺麗な人だな……」

荘厳な白毛に覆われた希少品種――〝アイリッシュ・スピナー〟に跨るヒストリアの後ろ姿を眺めながらアシュトンがそう呟くと、オリビアから〝カグラ〟と命名され、アイリッシュ・スピナーに負けず劣らずの美しい白毛を持つ希少品種――〝アダルシラ〟に跨るクラウディアが、寒々とした視線を投げかけてきた。

「な、なんでしょう？」

「アシュトンはあのような女が好みなのか？」

「――は？」

呆けているアシュトンに、クラウディアは苛立ったような口調で再び問うてくる。

「アシュトンはあのような女が好みなのかと聞いているのだが？」

「い、いえ、決してそういうつもりで言ったわけではないのですが……」

ようやく理解が及んだアシュトンは、訥々と反論する。花を見て単純に綺麗だと思うような感覚だけに、まさか女性の好みを尋ねられるとは思ってもみなかった。

「ではどういう意味なのだ？」

カグラを寄せながら食い気味に尋ねてくるクラウディア。心なしかカグラも不満そうな瞳でアシュトンを見つめてくる。

カグラはともかくとして、やけに絡んでくるなと思いながらアシュトンは答えた。

「ただ思ったことを言っただけです。とくに深い意味はなかったのですが……雰囲気はどことなくクラウディア中佐に似ていますよね。クラウディア中佐も綺麗ですし」

「……そんなお世辞はいらんぞ」

妙な間を置いた後、クラウディアはアシュトンを睨めつけてくる。お世辞を言ったつもりなど微塵もなかっただけに、アシュトンはすぐに反論した。

「いえ、お世辞ではなく本心を言っているのですが？」

真顔でそう答えると、クラウディアは面食らった様子でアシュトンから離れていく。それからのクラウディアはどこかよそよそしく、しきりに髪を撫でつけたりしている。

普段見ることのないクラウディアの態度に、アシュトンが大いに訝しんでいると……。

「アシュトン少佐も中々隅に置けませんね」

エリスが馬を寄せながらアシュトンの耳元で囁いてきた。

「隅に置けないってなにが？」

「またまたぁ。別に照れなくてもいいですよ」

エリスはニタニタしながらアシュトンの胸を肘で突いてくる。全く意味がわからず眉を顰めていると、エリスの口元が急速に萎んでいった。

「もしかして……」

「もしかして、なに？」

アシュトンの質問を華麗に無視したエリスは、盗み見るような目をクラウディアに向ける。しかし、それも長くは続かず、代わりに肩を大きく竦ませた。

「くわばらくわばら。また余計なことを言って首を絞められたらたまったものじゃない」

「ねぇ、さっきからエリスはなにを言っているの？」

さすがに苛立ちを覚えるアシュトンへ、エリスはあからさまに大きな溜息を吐くと、そのまま流れるように真っすぐ伸ばした手を、こめかみに当てて言った。

「私の失言でした。気にしないでください」

「いや、今さらそんなこと言われても……」

「気にしないでください。鈍感少佐殿！」

エリスは手綱を引いて馬を反転させると、さっさとオリビアの下へ向かって行った。

（鈍感少佐？――まさかとは思うけど、エリスはクラウディア中佐が僕に気があるとでも思っているのか？）

およそ馬鹿馬鹿しい想像をするものだと呆れながら、アシュトンは視線を右斜め前に向ける。すると、こちらを見ていたらしいクラウディアと目が合った。

「――ッ!?」

派手に視線を泳がせたクラウディアは、バツが悪そうに顔を背ける。アシュトンの思考は一瞬停止した。

（……いやいやいや。どんなに贔屓目に見ても、僕のことなんか精々手のかかる弟くらいにしか思っていないはず――だよね？）

もう一度クラウディアに目を向けるも、すでにエヴァンシンと何事かを話し込んでいた。

（ほらね。僕はどんだけ自意識過剰なんだ）

エリスの勘違いだと断定したアシュトンは、これからのことに意識を傾ける。

（ソフィティーア・ヘル・メキアは油断ならない相手だ。オリビアの警備を怠らないのは大原則として、彼女の目的がどのあたりにあるのかを探り出す必要がある。そのためには彼女の人となりを知ることが必須だけど、そもそも会話ができるかどうかも怪しいし……）

なにせ相手は一国を統べる女王である。片やアシュトンはただの平民。自然に考えれば口を利くことすらかなわない。

正直なところ拝謁できるかどうかも怪しいものだ。

「――アシュトン少佐、難しい顔をされてどうしたのですか？」

見ると、エヴァンシンがいつの間にか隣で馬を並べ、アシュトンを心配そうに見つめている。

「オリビアが神国メキアに招かれたことをエヴァンシンはどう思ってる？」

「そのことを考えていたのですか。今もその件でクラウディア中佐と話をしていたのですが、オリビア閣下に興味があるのは間違いないと思います」

エヴァンシンは、前を行くヒストリアを気にしながら言う。

「それはまぁそうだろうな」

そもそも興味がなければ王族を差し置いて、一介の軍人であるオリビアを招待するはずもない。問題はソフィティーアがオリビアのどこに興味を示しているかだ。

真っ先にアシュトンが思いつくのは、帝国軍から死神と恐れられるほどの武力だが……。

「どちらにしても我々は相手の出方を待つよりほかありません。どんな意図があるにしても、表敬訪問という形を取っている以上、こちらから下手な真似はできませんから」

「それでもあらゆる事態を想定しておくべきだと僕は思う」

「もちろんそうですが、だからって危ない真似はなさらないでくださいよ。オリビア閣下と同様にアシュトン少佐の代わりはいないのですから」

アシュトンは顔を引き締めて頷く。

聖近衛騎士団の護衛がついてからの道中は穏やかそのものであった。

暁天傭兵団のような野盗崩れが姿を見せるということもなく、シャルナ砦を発してから約一日の行程を経て、オリビア小隊は聖都エルスフィアに到着した。

第二章 ◆ 蜘蛛の巣

I

巨大な城壁に囲まれた聖都エルスフィア。

ヒストリアに続いて重厚な正門をくぐったオリビア小隊の目に映ったものは、整然と区画された美しい街並みと、活気ある人々の風景だった。

「実に活気がありますね」

往来を行く人々を眺めながら素直な感想を述べるクラウディアに、ヒストリアは如才ない笑みを浮かべた。

「ソフィティーア様の代になってからは、さらに活気を増しましたね」

頷(うなず)きつつ、クラウディアは薄暗い路地に視線を這(は)わせてみた。

少なくともごろつきなどの輩(やから)は確認できない。要所に衛士が配置されていることも理由のひとつだろうが、ソフィティーアの統治能力が優れていることを証明している。

（どうやら晩餐会(ばんさんかい)での印象に相違はないようだな）

それだけに彼女がなにを仕掛けてくるかわからず、クラウディアの警戒心は弥(いや)が上にも高まってしまう。

「それにしても信徒の方が目立ちますね」

アシュトンが口にした通り、白いローブを身に纏った信徒たちの姿がかなり目につく。大国であるファーネスト王国ですら、ここまでの信者を見ることはない。

「エルスフィアを出て北西に進んだ先に、アルテミアナ大聖堂があります。巡礼者たちはここで食料などを調達してから大聖堂に向かうのが通例となっています」

ヒストリアの案内を受けながら程なくして街を抜け、緩やかな坂を上っていくと、巨大な建物がクラウディアの視界に入ってきた。

ヒストリアが目配せすると、聖近衛騎士のひとりが建物に向かって颯爽と馬を走らせる。

「――あちらに見えるのが聖天使様の居城、ラ・シャイム城でございます」

近づくにつれて城の全貌が明らかになると、クラウディアはその壮麗さと異様さに大きく息を呑んだ。

まるで雲を突き抜けるかのような尖塔を中心に、八つの外郭塔がそびえ立っている。城を囲う城壁が黒い光を放っているのは最硬石である〝黒輝石〟を使っているせいだろう。生半可な攻撃では城壁に穴を穿つことなど不可能に思える。

（これは城というより、要塞と言われたほうが余程しっくりとくる……）

一同が呆けたようにラ・シャイム城を見上げている中、オリビアだけが目を輝かせて感嘆の声を上げていた。

「レティシア城より断然凄いお城だね！」

「恐れ入ります。聖天使様がこの場にいらしたら、さぞやお喜びになられたことだと思います。ちなみに市井の者たちは、《不落城》などと呼んでいますね」

同じようにラ・シャイム城を見上げたヒストリアは、可笑しそうに言った。

（また閣下はあんなことを言って……）

公然と自国の城を貶めるオリビアに小言のひとつも言いたくなるのを、クラウディアはグッと堪える。ここで自分が苦言を呈せば、それこそヒストリアに対して角が立つ。

「不落城……そう呼びたくなるのもわかる気がする」

エリスがまじまじと城を見つめながら口を開く。彼女が皮肉も込めずに素直な感想を述べるのは非常に珍しい。それだけ目の前の城に圧倒されたということだろう。

一同があくことなく城を眺めていると、鎖で繋がれていた跳ね橋が、けたたましい音を響かせながら降りてくる。やがて完全に橋が降りたことを確認したヒストリアは、このまま馬を進めるよう促してきたのだが、さらにオリビア小隊は驚かされることとなる。

精緻な彫刻で飾られているという特徴は共通しているものの、それぞれ趣が異なる門を合計十二門もくぐり、ようやく主塔に到着したオリビア小隊を待ち受けていたのは、国章旗を掲げて左右二列にズラリと並ぶ壮麗な衛士たちの姿であった。

列が延びる先では純白の衣装に身を包むソフィティーアが、銀の錫杖（しゃくじょう）片手に微笑を浮かべている。彼女の背後にはラーラと呼ばれていた麗人然とした女と、冷たい印象を抱かせる薄青髪の女。そして、クラウディア最大の天敵ともいえるヨハンの三人が、美々しい軍服姿でそれぞれ立ち並んでいた。

クラウディアと目が合ったヨハンは、片目を瞑（つむ）って笑みを向けてきた。

（相も変わらずへらへらと！）

クラウディアが内心で舌打ちしている隣で、オリビアは全員に下馬するよう伝えると、自らはソフィティーアに歩み寄り華麗に片膝を折った。

「聖天使ソフィティーア・ヘル・メキア様、この度はお招きいただいたことを我が王、アルフォンスに成り代わりお礼を申し上げます」

完璧なまでに礼を尽くした挨拶に、アシュトンを始めとする一行は唖然（あぜん）とした表情でオリビアを見つめている。クラウディアは一度叙勲式でオリビアの振る舞いを見ているだけに、アシュトンたちほど驚くことはなかったが、それでも予想しなかった立ち振る舞いであることに変わりはない。神国メキアにおいてオリビアのことを誰よりも知るであろうヨハンもまた、驚きの表情をもってオリビアを見つめていた。

ソフィティーアは首を垂れるオリビアの目線まで静かに腰を落とすと、オリビアの右手を優しく両手で包み込む。そして、美しい微笑を口元に湛（たた）えて言った。

「オリビアさん。わたくしたちの間に仰々しい挨拶は不要ですよ。だってお友達になったのですから」

「――あ、そっか」

顔を上げたオリビアは、たははと笑う。

晩餐会でのやり取りを知らないであろう衛士たちは、思いもよらないソフィティーアの行動と言動に今や釘付け（くぎづ）となっている。そして、晩餐会に同席していたはずのラーラもなぜか釘付けとなっていた。オリビアがどういう位置づけの人間であるのかを、ソフィティーアはその身をもって臣下たちに示したのである。

（非の打ちどころのない完璧な振る舞いだ。付け入る隙など全くない。ここまでは完全に彼女の思惑通りだろう）

クラウディアがジッと見守る中、オリビアを立ちあがらせたソフィティーアは、まるで長年の友であるかのように語りかけた。

「長旅で疲れたでしょう？」

「ううん。別に疲れていないよ。久しぶりの旅で楽しかったし」

オリビアが真顔で否定すると、ソフィティーアは苦笑した。

「今湯浴み（ゆあ）の用意をさせています。旅の汗を流してはどうですか？」

「湯浴み？――そうだね。ちょっとだけ埃（ほこり）っぽいし」

オリビアは軽く軍服をはたきながら同意した。

「そうしてください。ところでオリビアさんはなにか嫌いな食べ物はありますか？」

「嫌いな食べ物はとくにないかなぁ。――あ、一角獣のお肉はあんまり好きじゃないかも」

ソフィティーアは一瞬だけ目を丸くした後、慌てたように言葉を続けた。

「そ、そうですか。今宵は神国メキア随一の料理人が腕を振るってご馳走を用意します。一角獣のお肉は出る予定がないので安心してください」

「ご馳走！　やったね！」

「フフッ。では参りましょう」

ソフィティーアと並んで歩くオリビアの姿は呑気そのもの。

クラウディアは大きな溜息を吐きながら二人の後に続くのだった。

Ⅱ

ラ・シャイム城　聖羅殿

当代随一の職人たちによって造られた芸術性に富んだ大広間――《聖羅殿》は、今宵、燦然と輝くシャンデリアの下、華やかな雰囲気に包まれていた。

弦楽器の美しい調べが聖羅殿を優雅に彩り、それぞれが優美な踊りを披露している。

「ちょっ、クラウディア中佐、もう少しゆっくり」

「はぁ……君はもう少しスマートに踊れないのか？」

「そ、そんなこと言われましても僕平民ですし……」

「平民を言い訳にするな」

「そ、そんなぁ」

「ちょっと。なに気安く姉の清らかな手を握っているのよ？」

「手を握らなくてどうやって踊るんだよ!?」

　大広間の中央では、クラウディアのリードでぎこちなく踊るアシュトンに、お互い顔を引きつらせているエリスやエヴァンシンなどの姿も見受けられた。

「――ではみなさん。これからファーネスト王国の賓客であり、わたくしの大切な友人でもある方をご紹介したいと思います」

　黒のドレスで身を飾るソフィティーアの言葉が終わると同時に、蒼い絨毯が敷かれた螺旋階段の最奥、二階の大扉が厳かに開かれていく。

「いよいよ件の人物のおでましか」

「聖天使様がこれほどまで気にかける人間など未だかつて聞いたことがない」

「なにせ友人だと公言しているくらいだからな」

「相当美しい娘だと私は噂で聞いたぞ」

「聖天使様の美しさに比べればどうってことはないでしょう」

ソフィティーアのオリビアに対する厚い遇しようはすでに皆が知るところであり、渦中の人物を一目見ようと、高級軍人や上級貴族が固唾を呑んで見守っている。

「オリビア・ヴァレッドストーム様のご入場です！」

大扉の脇にいる男が朗々と告げ、オリビアの姿が露わになると、まるで時が静止したかのように聖羅殿は静まり返る。

後世に残る神国メキアの古文書には《あまりの美しさに目が眩み》などといった記述が残されているオリビアの今宵の装いは、神国メキアの旅立ちにあたってアルフォンス王から下賜された純白の儀礼服に、獅子が描かれた真紅のマントを身に着けている。

共に王宮お抱えの職人によって仕立てられた特注品である。

「「「…………」」」

オリビアは軍靴を高らかに響かせながら螺旋階段をゆっくり下りていく。今この場に於いて言葉を発するものは絶無であり、誰もが匂い立つようなオリビアの美しさ、そして、凜々しさに釘付けとなっている。

まるで自分のことのように誇らしく思いながらオリビアを見つめるクラウディアの隣で、エリスが肩を大きく震わせている。目はとろんとし、心なしか頬も赤かった。

「どうしたエリス？　体調でも優れないのか？」

小声で声をかけるも、エリスは俯いたまま一向に返事をしようとしない。再度問いかけようとしたところ、背後からエヴァンシンの声が聞こえてきた。

「クラウディア中佐、例の病気だと思うので気になさらずに」

「例の病気？」

視線を後ろに流すと、エヴァンシンが溜息を吐いていた。

「――ああ、例のあれか。全く紛らわしい」

クラウディアが呆れている間に階段を下りたオリビアは、ソフィティーアの隣へと並んだ。この二人がデュベディリカ大陸でも一二を争う美女であることを否定できる者は、少なくともこの場にはいないだろう。

（このような場でおかしな真似をするとはさすがに思えないが……それでもなにか事が起こった際には、すぐに動けるようにしておかなければ）

クラウディアは拳に力を込めて二人を見つめた。


「聖天使様、準備が整いました」

ラーラが耳元で囁くのを聞いたソフィティーアは、笑みを絶やすことなく執事から受け取ったグラスを軽く掲げる。その姿に、臣下たちも揃ってグラスを手にした。

「神国メキアとファーネスト王国の繁栄に」

「「「聖天使様に光あれ!!」」」

　全員がグラスを傾け終わるタイミングで、美しい調べが再び聖羅殿に花を添える。時を同じくして正面の大扉が開かれると、様々な料理が一斉に運ばれてくる。

　ソフィティーアは、瞳を輝かせて料理を見つめているオリビアに声をかけた。

「ではオリビアさん。お食事をしながらお話ししましょうか？」

「うん！」

　一も二もなく頷くオリビアをテーブルに誘い、自らも引かれた椅子に腰かける。次々とテーブルに置かれていく料理を前に、オリビアは体を小刻みに揺らしていた。

「もう食べていいのかな？」

「もちろんです。好きなだけ召し上がってください」

　それからのオリビアの行動は速かった。ナフキンの上に置かれているナイフとフォークを一瞬のうちに摑むと、目もくらむ速さで料理を口にしていく。

　ファーネスト王国で催された晩餐会の折、オリビアの健啖ぶりを遠目に見ていたので、十分理解しているつもりだった。それでも鬼気迫るオリビアの食べっぷりを目の前に、ソフィティーアはしばし話しかけるのも忘れ、オリビアに魅入ってしまった。

「ソフィティーア様、凄く美味しいね！」

「そ、そうですね」

声をかけられたことで我に返ったソフィティーアは、なんとか笑みを顔に張り付けた。

（これではいけませんね）

このままではなんとなくオリビアのペースにはまってしまうと感じ、居住まいを正したソフィティーアは、早速話を切り出すことにした。

「オリビアさんの武勇を色々と聞いたのですが、どうしてそこまでの強さを得ることができたのですか？」

すでに答えはわかっている質問ではあるが、あえて知らない体で尋ねてみた。もちろんオリビアの出方を見るためである。

「ふぉれはね――」

「飲みこんでからで大丈夫ですよ」

オリビアはコクコクと頷き、ゴクリと派手に喉を鳴らした。

「それはね。ゼットに色々教わったからだよ」

「ゼットさんというのはオリビアさんの師匠ですか？」

「師匠じゃないよ」

言いながら、運ばれてきた鳥の丸焼きに嬉々としてフォークを突き立てるオリビア。ヨハンがもたらした情報となんら相違点はない。

どうやら誤魔化すつもりはないようだと、ソフィティーアは判断した。

「師匠じゃないとすると、もしかしてお父上様かしら？」

「へへと。わふぁひいって」

「飲みこんでからで大丈夫です」

「――わたしって赤ん坊のとき森に捨てられたの。だから親の顔は知らないんだよね」

夢中で鳥肉にかぶりつくオリビアは、平然と自らが捨て子であることを公言する。意図せず繊細な部分に触れてしまったソフィティーアは、すぐに話題を切り替えることにした。

「オリビアさんは――」

「ねぇ食べないの？　せっかくの美味しい料理が冷めちゃうよ？」

「……そうですね」

知らずに急いていたことを反省し、目の前の魚料理に切り込みを入れていく。オリビアがテーブルの料理をあらかた片付けたのを見計らい、ソフィティーアは再び話しかけた。

「オリビアさんはどのような経緯で王国軍に入ったのですか？」

「もちろんゼットを捜すためだよ」

「捜すということは、つまりいなくなったのですか？」

「うん。それも突然ね」

あれほど動いていた手がピタリと止まり、オリビアは寂しそうに笑った。その反応を初めて見せる〝隙〟だと判断し、ソフィティーアは話を続けていく。

「それは寂しいですね。愛しい者を失うことはなによりも辛く悲しいことですから」

「わたしって辛くて悲しいの？」

オリビアの意外な質問に、しかし、ソフィティーアは即答した。

「でなければ軍に入ってまで捜そうとは思いません」

「そっか。わたしは辛くて悲しいのか」

遠い目をしたまま微動だにしないオリビアに、ソフィティーアは軽い咳払いをした。

「でもどうしてゼットさんを捜すために王国軍に入ったのですか？」

「――王国軍に入る前、一緒に旅をした人間が言っていたの。ファーネスト王国は最も歴史が古い国だから、きっと情報も沢山持っているはずだって。一番手っ取り早く情報を集めるなら、軍隊に入ることが一番だって教わったの。だから入っただけだよ」

「なるほど。そういう経緯でしたか……」

軍隊に所属していれば、情報を得やすいのは間違いない。オリビアが王国軍に在籍する理由がわかり、ソフィティーアは内心でほくそ笑んだ。

全てはゼットを捜すための手段ということであれば、取り込むこともそう難しいことではない。ゼットが行方知れずだと判明した今、オリビアは是が非にでも欲しいところだ。

「それでゼットさんの手がかりは掴めたのですか？」

「うん。なんとなくは掴めたけど、まだまだ時間はかかりそう」

力なく笑うオリビアの様子を見て、ソフィティーアはいよいよ本題に入った。

「オリビアさんは知らないと思いますが、我が国は優秀な課報部隊を抱えています」

「そうなの?」

「はい。帝国軍の諜報部隊〝陽炎〟より優秀だと自負しております」

「陽炎?――ああ、あのどぶねずみか」

つまらなそうにオリビアは言った。どうやら陽炎と相対したことがあるらしいが、それよりも陽炎をどぶねずみと評したオリビアが可笑しくて、ソフィティーアは喉元まで込み上げてくる笑いの衝動を抑えるのに、かなりの労力を要した。

「そのどぶねずみよりも神国メキアの諜報部隊は優秀です。――どうでしょう。もしオリビアさんが望むのであれば、ゼットさんの行方を全力で捜させますが?」

「それってほんと!?」

オリビアは勢いよく椅子から立ち上がった。椅子が派手に後ろへ倒れ、皆の視線が一斉にオリビアへと集中する。

その視線の中には、油断なくこちらを見据えるクラウディアの姿もあった。

(あの瞳の輝きは……?)

ソフィティーアの目には、クラウディアの瞳が一瞬光り輝いたように見えた。

「ね、ほんとにほんと!?」

クラウディアに気を取られていると、いつの間にかオリビアの顔が眼前にまで迫っていた。本当に怖いほど綺麗な顔立ちをしていると思いながら、ソフィティーアは答える。

「ええ。ただ、わたくしの願いを聞いてくれたらの話ですが」

「願い？——もしかしてお金が欲しいのかな？」

「ふふっ。お金ではありません」

興奮冷めやらぬオリビアを椅子に座るよう促しながら、ソフィティーアは確かな手応えを感じていた。

「わたくしはオリビアさんを聖翔軍に迎え入れたいと思っています」

「——ええと。それは王国軍を辞めて聖翔軍に入れってこと？」

「その通りです。もちろん今の地位以上の待遇をもって迎え入れることをお約束します」

「別に地位なんてどうでもいいんだけど……」

その発言からオリビアが地位や権力に全く固執しない人間であることがわかった。加えてオリビアの目的は、ゼットの行方を摑みたい一心だということも。

「オリビアさんが首を縦に振ってくだされば今すぐにでも諜報部隊を動かします」

「うーん……」

両腕を組みだしたオリビアは、困ったような表情で天井を見上げ始めた。明らかに悩んでいると判断したソフィティーアは、ここぞとばかりに揺さぶりをかける。

「先程もお話をした通り、帝国の陽炎よりも情報収集能力は長けています。それはファーネスト王国であっても変わりありません。成果は期待できると思いますよ？」

「……少し考えてみてもいいかな？」

「もちろんです」

ソフィティーアは微笑んだ。ここで焦っては元も子もない。承諾こそ得られなかったが、それでも手ごたえは十分に感じた。とりあえずは満足すべき結果である。

「ところで……」

「どうしました？　お友達に遠慮は無用ですよ？」

「料理はこれでお終いかな？」

お腹をさすりながらテーブルをひたと見つめるオリビアに、ソフィティーアは今度こそ声を上げて笑ってしまった。今はなによりも食べることが優先らしい。

「まだまだ料理は運ばれてきます。今日はオリビアさんのお腹が満たされるまで料理は続きます。覚悟してくださいね」

「わかった！」

続々と運ばれてくる料理を先程以上の速さで胃袋に収めていくオリビア。そんな彼女をソフィティーアは微笑ましく見つめるのであった。

Ⅲ

盛大に催された夜会が滞りなく終了し、オリビア小隊はヒストリアが用意した四台の馬車にそれぞれ乗り込むと、ラ・シャイム城を後にした。

「これから皆様が滞在する場所に案内いたします」

馬車が小気味よい車輪の音を響かせながら走ること約十分。聖都エルスフィアでも大きな建物が軒を連ねる通りで馬車が止まると、すぐに扉が開かれた。

「こちらで馬車をお降りください」

御者の言葉に従って次々に馬車を降りていくオリビア小隊。全員が揃ったことを確認したヒストリアは、オリビア小隊に背を向けて目の前の屋敷を指し示した。

「滞在中はこちらの屋敷をご自由にお使いください」

「えっ!?　ここをですか!?」

夜更けであることも忘れ、アシュトンは思わず大声を上げてしまった。月下に佇む屋敷は横長で、三階建ての造りをしている。

(誰がどう見たって上級貴族が住みそうな屋敷じゃないか……)

アシュトンが唖然と屋敷を眺めていると、ヒストリアが申し訳なさそうに口を開く。

「最初は城の客室をご案内しようとも思ったのですが、それでは却って気を遣ってしまうと思い、こちらの屋敷を用意させていただきましたが……もし不都合があるようでしたら別の屋敷をご用意いたしますが？」

「い、いえ！　不都合なことなんて全然ありません！」

首をブンブンと左右に振るアシュトンを見て、ヒストリアはクスリと笑う。

「オリビア様とクラウディア様もこちらで問題ございませんか？」

「別に問題なんてないよ」

オリビアはあっけらかんと言う。

「部下が大変失礼いたしました。もちろんこちらで異存ございません」

クラウディアの手が伸びてきたかと思うと、アシュトンの頭が強引に下げられる。ヒストリアは顔を後ろへ反らして何度か咳払いをした後、凜（りん）とした表情を見せた。

「では中に入りましょう」

軍人らしく実にきびきびとした足取りで進むヒストリアの後を、アシュトンたちは周囲を観察しながら続いていく。手入れが行き届いた庭を抜け、屋敷内に足を踏み入れたアシュトンが見たもの。それは中央の大階段を挟んでズラリと立ち並ぶ使用人たちの姿であった。

（ひぃふぅみぃ……ざっと数えても三十人以上いるじゃないか）

単純にひとりずつ使用人がついたとしても半分は余る計算だ。もっとも、専属の使用人など全力で拒否するつもりのアシュトンだが。

「本日はお疲れ様でした。なにか必要なものがございましたら、こちらの使用人たちにお申し付けください。明日は別の者が改めてお迎えに上がりますので」

「え？　ヒストリアさんではないのですか？」

「私でないとお寂しいですか？」

そう言って笑いかけてくるヒストリアに、どう返事してよいかわからずおろおろしているアシュトンの頭を、強烈な拳骨が襲った。

「痛っ！」

「重ね重ね部下が失礼いたしました。こちらこそヒストリアさんには色々とお世話になりました。——アシュトン！」

「あ、お、お疲れ様でした！」

「ふふっ。そう畏まられても困ります。私は任務を果たしただけですから」

「それでもありがとうございました」

アシュトンが改めて礼を述べると、一転して真面目な表情を作ったヒストリアは、二本の指をこめかみに当て敬礼した。

「では失礼いたします！」

そのまま右足を引いて華麗に踵を返し、ヒストリアは颯爽と屋敷を後にする。玄関ホールには使用人のみが残された。

「――全く。これ以上私に恥をかかせないでくれ」

そう言ってクラウディアが睨み付けてくる。アシュトンは反論を試みるも、「言い訳するな」の言葉に二の句が告げなくなってしまう。

「ええと……これからどうしましょう？」

救いの手がエヴァンシンから差し伸べられたことで、アシュトンは危機を脱することができた。エリスからとりあえず部屋でゆっくりくつろぎたいとの意見が出され、ほかの者たちも賛同する。

そんな中、オリビアがお腹を擦りながら呟いた。

「なんだかお腹の音楽隊がまた少し騒ぎ出したみたい……」

「なにそれ？」

「音楽隊は音楽隊だよ」

「……まさかお腹が空いたなんて言わないよな？」

オリビアは長い睫毛を瞬かせて小首を傾げた。

「言ったらダメなの？」

「はあああっ!?　おまっ……さっきの夜会で死ぬほど食っていたじゃないか！」

ここが他国だということもおかまいなしに常軌を逸した量を食べていたのを、アシュトンは遠巻きに見ていた。あまりに恥ずかしくて途中で目を逸らしてしまったが、いつもクラウディアはこんな思いをしているのかと心底同情したものだ。

深淵なる胃袋を持つオリビアのことを知らない人間からしたら、普段から碌に食事を摂っていないと思われても仕方がない。

事実、近くにいた貴婦人が「食糧が不足しているとは聞いていましたが、ファーネスト王国は将軍でも食事をまともに摂れないのかしら」と、憐れみの目でオリビアを眺めていたのをアシュトンはしっかり覚えている。

「死ぬほどは食べてないよー。だって死んでないし」

だが、こちらの気も知らずにオリビアはケラケラと笑っている。眩暈がしそうになるのをグッと堪えていると、クラウディアが苦笑しながらアシュトンの肩に手を置いた。

「どうやらアシュトンも少しは私の気持ちをわかってくれたようだな」

「わかっていたつもりでした。でも本当に〝つもり〟だったみたいです。今回のことでわかりすぎるくらいわかりましたよ」

クラウディアが満足げに頷く隣でアシュトンが重い息を垂れ流していると、使用人たちの中でも一番若いと思われる女性が近づいてきた。

「ええと。なにか用でしょうか？」

「失礼ながらお話は聞かせていただきました」

「え？　聞いていたの？」

聞かれて困るような会話をしていたわけでもないが、それでも非難めいた口調になってしまった。そんなアシュトンに対し、エヴァンシンが使用人を庇うように口を開く。

「とくに悪気はないと思いますよ？」

「そうね。別に小声で話していたわけでもあるまいし。そうじゃなくてもここはかなり声が響くから、耳がいかれていない限り聞こえて当然じゃない」

如才ない笑みを浮かべながら、エヴァンシンとエリスに向けて謝辞を述べた使用人は、未だにお腹を擦るオリビアに視線を向けた。

「さすがに夜会でお召し上がりになりました料理までとは参りませんが、腕によりをかけてお作りしようと思います。それでいかがでしょう？」

「作ってくれるの？」

「もちろんです。お任せください」

「だって」

なぜか勝ち誇ったような表情を向けてくるオリビア。わざわざ申し出てくれた使用人の好意を無下にするわけにもいかず、アシュトンは手をひらひらとさせて言った。

「わかったわかった。オリビア閣下の好きにしろよ」

考えてみれば夜会のように衆目に晒されるわけでもなく、なによりも自分の懐が痛むわけでもない。オリビアに呆れはするものの、反対する理由がそもそもないのだ。

「うん、好きにする」

「ではオリビア様をこれから食堂にご案内いたします」

「じゃあね」

使用人はこちらに向かって一礼すると、立ち並ぶ使用人たちに指示を出し、自らは数人を引き連れて玄関ホールから立ち去って行く。一番若いと思われていた使用人が実は一番上の立場らしいことに、アシュトンは少なからず驚いた。

「――ではこれより皆様をお部屋までご案内いたします」

アシュトンたちもまた使用人たちに連れられ、それぞれが用意された部屋に向かうのであった。

「美味しかった！」

食事を大いに堪能し、最後に出された紅茶を一気に飲み干したオリビアは、一際大きな伸びをして椅子から立ち上がった。

「ご満足いただけたようでなによりです。ではオリビア様のお部屋に参りましょう」

使用人と一緒に玄関ホールに戻ってきたオリビアは、真紅の絨毯が敷き詰められている大階段を三階まで上がると、長い廊下を突きあたった角部屋に案内された。

「こちらがオリビア様のお部屋となります」

ドアノブに手をかけた使用人は、扉を大きく開いてオリビアを中へと誘う。足を踏み入れたオリビアは、ひとりで過ごすには広すぎる部屋を目の当たりにした。

「随分と広いね……」

天井もかなり高く、白で統一された家具がいくつも置かれている。絵本で見たお姫様の部屋とよく似ているというのが、オリビアの抱いた感想だった。

「お気に召さないようでしたら別の部屋にご案内いたしますが？」

「ううん。このままで大丈夫だよ」

本音を言えば、冥界の門で使っていた部屋の広さくらいが落ち着く。要するに数歩歩けばなんでも手に届くくらいの広さだ。お金をたくさん持っている人間は、どういうわけか大きな家に住んでいる、もしくは住みたがる。

アシュトンやクラウディアに理由を聞いてみたけれど、苦笑いするばかりで明確な答えは返ってこなかった。

（そんなことよりも今は）

存在感を示すかのようにオリビアの視界へ入ってきた天蓋付きの巨大なベッド。見ただけでふわふわだとわかるベッドに向かって、オリビアは今すぐにでも飛び込みたかった。

「もう説明は大丈夫だよ」

「かしこまりました。最後に、ご用命の際はこちらの呼び鈴を鳴らしてください。すぐにオリビア様の下に参りますので」

使用人がテーブルの上に置かれている黄金の呼び鈴を鳴らすと、リーンと澄み切った音色が部屋に響いた。

（ん？　でも呼び鈴を鳴らしても聞こえないんじゃ……）

オリビアの疑問を察したらしい使用人は、部屋の外で常に待機しているので問題ないと告げてきた。その言葉で廊下に一脚の椅子が置かれていたのをオリビアは思い出す。

「もしかしてずっと椅子に座っているつもりなの？」

「はい」

「ご飯も食べないで？」

「食事はすでに済ませています」

「寝ないの？」

「はい。寝てしまってはオリビア様の求めに即座に対応できませんので」

さも当たり前のように話す使用人に、オリビアは呆れてしまった。椅子に座って呼び鈴が鳴るのをただじっと待っているだけなんて、考えるだけで身の毛がよだつ。

使用人には絶対になれないとオリビアは思った。

「あのね、人間には成長期があるの。だから――そう言えば名前聞いていないよね？」

「タバサと申します」

タバサは背筋を伸ばし、片足の膝を軽く曲げる。

「タバサは知らないのかもしれないけど、成長期のときはご飯をもりもり食べて沢山寝ないと大きくなれないの。だから部屋に帰って寝たほうがいいよ。別にわたしのことは気にしなくていいから」

オリビアはゼットに教わったことをタバサにも教えてあげた。すると、「成長期ならとっくに過ぎているのですが」と、タバサは困ったような顔で言う。

「成長期が過ぎている？　なんで？」

「なぜと聞かれましても……すでに私は二十七歳なので……」

「えっ⁉」

オリビアは思わずタバサの両肩を摑み、そのあどけない顔をまじまじと見つめた。自分よりも年齢が下だとばかり思っていたタバサは、なんと自分よりもずっと年上だったのだ。このことをみんなが知ったらきっと驚くに違いない。

「オリビア様、申し訳ありませんがちょっと痛いです」

「え？――ああ、ごめんね」

オリビアが慌てて手を放すと、タバサは肩を擦りながらホッと息を吐いた。

「オリビア様のお気遣いは大変嬉しいのですが……そういう次第なので遠慮なさらず呼び

鈴を鳴らしてください」

「う、うん。わかった」

オリビアはぎこちなく首を縦に振った。

「では失礼させていただきます」

両手をお腹に組んで丁寧に頭を下げたタバサは、静かに扉を開けて部屋を出ていく。

なにか得体の知れないものを見たような気持ちになりながら、オリビアは思い切りベッドに飛び込んだ。

（気持ちいい……）

思う存分ふわふわを堪能したオリビアは、おもむろに体を回転させて仰向けになると、ソフィティーアが提案した内容を脳内で反芻してみる。

（聖翔軍に入ればゼットの行方を捜してくれるのか……悪い話じゃないよね。諜報部隊は優秀だって言ってたし。案外簡単に見つけてくれるかもしれない）

期せずして王国軍の将軍になったオリビアではあるが、だからといって地位そのものに固執はしていない。偉くなることを受け入れ続けたのも、結局はより多くの情報に触れる機会が与えられるためだ。敬語を使う機会が減るという利点もあるが、オリビアの中ではあくまでも副次的なものに過ぎなかった。

（本当にどうしよう……）

昔のオリビアだったら一も二もなく飛びついた話であることは間違いない。夜会の場で即答を避けたのは、今まで共に過ごしてきた仲間たちの姿が思い浮かんだからだ。

いつも優しく頼りになるクラウディア。

文句を言いつつも世話を焼いてくれるアシュトン。

にこにこ顔で大好きなケーキをくれるパウル。

会うたびに文句ばかり言ってくるオットー。

ちょっと苦手だけど狩りがとても上手なジャイル。

大きな体でガハハと豪快に笑うガウス。

なぜか年上なのにお姉さまと呼んでくるエリス。

溜息を吐くことが多いエヴァンシン。

オリビアにとってゼットは特別で唯一で、そして大事な大事な存在。それはこれからも決して変わることはないけれど、それとは違う多くの〝大事〟を今のオリビアは手にしている。それはひとりでは決して得られることがなかったもの。

王国軍を辞して聖翔軍に入ってしまったら、きっとその大事なものは自分の手から零れ落ちてしまうに違いない。それはオリビアにとって恐怖以外のなにものでもなかった。

（でもゼットには会いたい。一日でも早く会いたい）

再び出会えたからといってなにがあるというわけでもない。自分の前から黙って姿を消したことに文句を言うつもりもない。ただただゼットに会いたいだけなのだ。

基本悩むことを知らないオリビアではあるが、このときばかりは頭を抱えていた。すると、聞き慣れた複数の足音と共に、扉をノックする音が部屋に響く。

「今開けるね」

ベッドから起き上がったオリビアが静かに扉を開いた先には、クラウディアとアシュトンが真剣な表情で立っていた。

Ⅳ

「二人してどうしたの？」

「夜分遅くにすみません。少々お話があるのですが……お邪魔してもよろしいですか？」

「うん。別にいいけど……」

ドアの隙間から中を窺う素振りを見せるクラウディア。アシュトンは、こちらを探るような視線を向けてくる。オリビアは首を傾げながらも二人を部屋に招き入れた。その際、タバサが宣言通り椅子に座って待機している姿が見えた。

「また随分と広い部屋ですね」

クラウディアは隅々まで部屋に視線を這わせて言う。まるでなにかを警戒しているかのようにオリビアには見えた。

「廊下にいる使用人は？」

「なんか呼び鈴を鳴らしたらすぐに駆けつけられるように座っているんだって」

「ずっとあの場所でか？」

アシュトンが壁越しに座っているタバサを睨みつけるようにして言う。

「そうみたい。わたしは部屋に帰って寝たほうがいいよって言ったんだけど……二人は違うの？」

アシュトンとクラウディアは無言で首を横に振る。どうやら自分だけの対応らしい。

「さすがに徹底していますね」

「ああ……」

険しい表情の二人をソファに座るよう促したオリビアは、自らもテーブルを挟んだ形で腰を下ろした。

「なにか飲む？」

「では温かいものをいただいてもよろしいですか？　大分冷えてきましたので」

言ったクラウディアは窓に視線を向けた。考え事をしていたオリビアは全くもって気が付かなかったが、いつの間にか外は雨が降り出していた。

「アシュトンはどうする？」

「そうだな……僕も温かいものを貰おうかな」

「わかった」

　オリビアは早速テーブルの呼び鈴を手に取って鳴らすと、ノック音と共にタバサがすぐに現れた。本当にご苦労なことだと思う。

「オリビア様、お呼びでしょうか？」

「三人分の温かい飲み物を用意してくれる？」

「かしこまりました。メキア特産のレイグランツでよろしいですか？」

「わたしは好きだからそれでいいけど……」

　確認の意味でクラウディアとアシュトンに視線を移すと、二人はそれぞれ頷いて同意を示す。

「それでいいみたい」

「かしこまりました。すぐにご用意いたしますのでお待ちください」

　部屋を出ていくタバサを見送ったオリビアは、再び二人に話しかけた。

「なにかあったの？」

「……その言葉をそっくりそのままお返しします。ソフィティーア様からなにを言われたのですか？」

「え？　どうしてわかったの？」

オリビアは単純に驚いた。少なくともみんなの前では普通にしていたつもりだったからに他ならない。

「オリビアとはそれなりに長い付き合いなんだ。クラウディア中佐に言わせると僕は鈍感らしいけど、それでもオリビアの様子がおかしいことくらいはわかるつもりだ」

いつになく真面目な表情を見せるアシュトンに、クラウディアが苦笑しながら頷く。最初の驚きは次第に薄れ、代わりに嬉しい気持ちがどんどん溢れてくる。

理由はわからないけれど、とにかくオリビアは嬉しかったのだ。

「……なんだか機嫌が良さそうだな」

「うん、いいよ」

「変な奴だな……」

眉を寄せるアシュトンの横で、クラウディアが咳払いをひとつした。

「閣下、それでソフィティーア様になにを言われたのですか？」

「それは……」

「私たちにも言えないことですか？」

オリビアは二人に話すべきか迷った末、聖翔軍に誘われていること、その見返りとしてゼットの行方を捜す手伝いをしてくれることを打ち明ける。

二人は驚きつつも、最後まで黙って話を聞いてくれた――。

「驚いたかな？」

　珍しく窺うような視線を向けてくるオリビアへ、クラウディアが静かに口を開く。

「彼女に魂胆があることはわかっていましたが、それでも予想外であったことは事実です」

「聖翔軍への勧誘か……オリビアの武勇を考えれば当然あり得る話だ。ははっ。はははっ」

　アシュトンは自嘲した。最近では天才軍師だなんだと持ち上げられてはいても、結局はソフィティーアの思惑ひとつ見抜くことすらできなかった。

　これが笑わずにいられるかと、内心で自分自身を大いに罵った。

「それで閣下はその……今後どうなさるつもりですか？」

　クラウディアはオリビアを見ることなく、手にしたカップに視線を落としながら尋ねる。オリビアが育ての親であるゼットを慕っていることは、もちろんアシュトンも知っている。ゼットを捜し出すために王国軍に志願したことも大分昔に教えてもらった。

　それだけにクラウディアは、直接オリビアの目を見て尋ねることが怖かったに違いない。なぜなら自分も全く同じ気持ちだからだ。

　しばらく無言の状態が続いたオリビアは、やがて困ったように微笑(ほほえ)む。すでに聖翔軍に入ることを決めてしまったのか、今の笑みから判断するのは難しかった。

（まさかこんな形で攻めてくるとは思ってもみなかった……）

ソフィティーアがオリビアをなんらかの形で害するようであれば、たとえ相手が女王であろうと、アシュトンは断固立ち向かう覚悟でいた。

（だけど、実際は違った）

聖翔軍に取り込むためとはいえ、ソフィティーアはオリビアの手助けを申し出てきたのだ。アシュトン最大の誤算は、オリビアのゼットに対する思いの深さを見誤っていたこと。そして、そんなオリビアの思いをソフィティーアは軽視しなかった。

結果として、オリビアは王国軍を――アシュトンの下から去ろうとしている。

（今まで僕はなにを勘違いしていた？　とんだ大馬鹿野郎だ）

いつもオリビアは自分の傍にいて、それはこれからも変わることがないと思っていた。そんなものは単なる幻想に過ぎないというのに。

アシュトンが次の言葉をかけられずに黙っていると、クラウディアが張りつめた顔でオリビアに深々と頭を下げた。

「閣下の思いがそこまで深いものだと私は気づくことができませんでした。副官として失格です」

話を聞く限り、どうやらクラウディアも同じ思いに至ったらしい。そのままうな垂れるクラウディアを見たオリビアは、動揺した様子でクラウディアに声をかけた。

「ゼットのことはわたしの問題だし、別にクラウディアが気にすることじゃないよ」

「しかしこれだけ王国軍に貢献してきた閣下です。たとえ私的だとしても人捜しのために軍の諜報部隊を動かすこともできたはず。なのに私は規律ばかり重んじて……」

言葉を詰まらせたクラウディアの瞳が微かに潤む。

こんなにも弱々しいクラウディアの姿を目の当たりにしたアシュトンは面食らったが、それ以上に劇的な反応を示したのはオリビアだった。あわあわと口を動かして懐から桃色のハンカチを取り出すと、クラウディアの目元に急いであてがう。

「すみません……」

「ぜ、全然大丈夫だから！」

オリビアは素っ頓狂な声を上げてクラウディアの背中を必死に擦る。クラウディアが落ち着きを取り戻したのを見計らって、アシュトンは尋ねてみた。

「今からでも掛け合うことはできないのですか？」

クラウディアは力なく首を横に振った。

「今は暁の連獅子作戦のために国を挙げて人間が動いている……」

「つまり難しいということですか？　ですがコルネリアス元帥やパウル上級大将に事情を説明すれば、力を貸してくれるのではないでしょうか？」

オリビアひとりの活躍で戦争の勝敗が決まったりはしない。それでもオリビアがいたからこそ、王国軍はここまで劣勢を覆すことができたとアシュトンは確信している。オリビアのことを孫のように可愛がっているパウルが知れば、間違いなく黙っていないだろう。

「さっきも言ったが国を挙げて人間が動いている。それは諜報部隊だって例外ではない」

「でも――」

「それにアシュトンも聞いているはずだ。神国メキアには〝梟〟という手練れの諜報部隊がいることを。聞けばあの陽炎を圧倒するほど情報収集に長けているという話ではないか」

そのままクラウディアは押し黙った。彼女の様子からたとえ助力を得たとしても、王国軍の諜報部隊では梟に歯が立たないことを雄弁に物語っている。

（つまりオリビアを引き止めるほどの材料はない。万策尽きたということか……）

見れば天井まで届きそうな床置きの柱時計が、そろそろ天頂の刻を指そうとしている。普段賑やかなオリビアが口を閉ざしていることで、部屋の中は寂寞感で満たされていた。

（このまま無為に時間を費やしてもオリビアの気持ちが変わるわけじゃない……）

確かめることが怖いと思いながらも、それでも聞かねば前に進めないと思い、アシュトンはオリビアを真っ直ぐ見つめて禁断の言葉を口にした。

「オリビアは聖翔軍に行くつもりなのか？」

しばしの間を取ったオリビアは、所在なげに毛先を弄りながら言う。

「まだ迷っている。ゼットのことは大事だけど……」

窓を叩く雨音がやたらアシュトンの耳に響いてくる。真剣に耳を傾けるクラウディアの隣で辛抱強く続きの言葉を待っていると、オリビアの唇が再び時を刻み始めた。

「――でも、わたしはアシュトンのことも大事」

「え……？」

思ってもみなかったオリビアの告白に、アシュトンは鼓動が高鳴るのを感じた。

V

動揺を見せるアシュトンの口が開かれるより先に、クラウディアはオリビアに問うた。

「それはどういう意味ですか？」

「どういう意味もなにも、そのままの意味だけど……」

オリビアは困惑の表情でこちらを見つめてくる。

「そのままの意味というのはつまり……」

盗み見たアシュトンの顔は、はっきりとわかるくらい赤くなっていた。得体の知れない感情がふつふつと沸き上がるクラウディアに、

「もちろんクラウディアのことだって大事だよ」

と、オリビアは告白してきた。

「え？——その、私も大事なのですか？」

「え？　当然でしょう？」

クラウディアが戸惑っている間にも、オリビアはパウル、オットー、ガウス、ジャイル、エリス、エヴァンシンなど次々に名前を挙げていく。

アシュトンだけではなかったことに、クラウディアは知らず胸を撫で下ろしていた。

（——ん？　なにを私はホッとしているのだ？　閣下がアシュトンのことを大事に思ったところで別に問題ないではないか？）

自分の感情を不審に思いながら視線を横に流すと、アシュトンが形容しがたい複雑な表情でオリビアを見つめていた。

クラウディアは改めてオリビアに言葉の意味を問うてみる。

「それは閣下にとって大事な人たちがいるから迷っているということでよろしいですか？」

コクリと頷くオリビアを、クラウディアはまじまじと見つめた。

（閣下は私たちのことを大事だと思ってくれていたのか……）

出会い始めた頃のオリビアの印象は、決して好ましいものではなかった。特殊な環境下で育ったせいもあるのだろうが、あまり人間味を感じなかったのが大きい。

今でも言葉の端々にその傾向が見られるものの、それでも自分を大事だと言ってくれたことが純粋に嬉しかった。それ故、クラウディアはひとつの決断を下す。

「閣下の副官としては全力でお止めしなければならないところですが……それでも閣下のご決断に異議は唱えないと、騎士の誇りにかけて約束します」

「は？　本当にクラウディア中佐はそれでよろしいのですか？」

露骨に非難の視線を浴びせてくるアシュトンへ、クラウディアは大きく頷いた。

「それでいい」

「クラウディア中佐はそれでいいのかもしれませんが、僕は……僕は……」

アシュトンは拳を震わせる。付き合いの長さで言えば、アシュトンのほうが自分よりも長い。それだけに簡単に納得できないのは痛いほどわかるが――。

「君も一端の男なら閣下の事情を汲んで笑顔で見送りたまえ」

クラウディアが下した判断を知れば、今いる部下たちはもちろんのこと、軍上層部からも非難されることは間違いない。非難だけならまだしも、最悪、軍を追われる可能性すらある。

だが、それでもいいではないかとクラウディアは自分に言い聞かせた。今まで十分王国軍に貢献してくれたオリビアに対し、今度は自分が報いなければいけない。

それこそがクラウディアの心の在り方なのだ。

「そうは言いますが、新設されたばかりの第八軍は誰が率いるのですか?」

「それは……」

新兵たちはともかくとして、独立騎兵連隊以来の古参兵はオリビアのことを強く慕っている。強さに引かれるのが人の性分であり、まして常軌を逸したオリビアの武力は、その美しさも相まって高いカリスマ性を発揮している。

次の総司令官としてクラウディアが真っ先に思い浮かべるのは、従兄(いとこ)であるナインハルトだが、たとえ彼が第八軍の総司令官に着任しても、見劣りするのは間違いなかった。

クラウディアが返答に苦慮していると、オリビアの手が遠慮がちに上げられた。

「どうされました?」

「あのね。さっきも言ったけど、まだどうするか迷っているの。だから答えを出すのはもう少し待ってもらってもいいかな?」

「それは五日後には答えが出ると思ってよろしいのでしょうか?」

神国メキアの滞在は五日を予定している。

オリビアは黙って頷いた。

「わかりました。では私たちはこれで失礼いたします。夜分遅くに押しかけて申し訳ありませんでした。――帰るぞ、アシュトン」

促され不満そうにソファから立ち上がったアシュトンは、オリビアをチラリと見やった後、無言で立ち去っていく。

敬礼をしたクラウディアも、足早にオリビアの部屋を後にした。


廊下を無言で歩くアシュトンへ、駆け寄ってきたクラウディアが声を潜めて言った。

「このことは皆に伏せておけ。今は余計な動揺を生むだけだからな」

「……遅かれ早かれわかることです。ならば早めに話すべきではないですか？」

「どうやら君は閣下が王国軍を去ると思っているらしいな」

その口ぶりから察するに、クラウディアと自分とでは意見が異なるらしい。

「クラウディア中佐は違うのですか？」

クラウディアは答えることなく、ただ前を見つめて歩いている。途中すれ違った使用人が壁に寄り、深々と頭を下げてきた。

（オリビアに面と向かって大事と言われたことは嬉しかった。今は迷っているらしいけど、それでも最終的には僕たちの前から去るに違いない）

それほどソフィティーアが示した提案は、魅力的に聞こえたことだろう。

「——君はもっと泥臭く足掻くかと思っていた」

微かに唇を緩ませて、クラウディアは意外な言葉を口にした。

「……確か一端の男らしくだとか言っていませんでしたか？」

「あの場で君がうだうだ話したところで閣下に迷惑がかかるだけだろう。だからそう言ったに過ぎん」

「うだうだですか……。まぁこれでも僕は冷静なつもりです。相手に勝てる手札が一枚もない状態で戦いを挑もうとは思いません」

アシュトンは大袈裟に肩を竦めてにへらと笑ってみせた。精々勝てるのはオリビアに対する思いくらいだが、そんなもので彼女が留まるとは露ほども思っていない。

足を止めたクラウディアは、目を伏せて小さな息を落とす。

「――なんにせよ、まだ時間はある」

「時間があったところでこればかりはどうしようもありませんが」

そう呟くアシュトンの肩をクラウディアは優しく抱き、再び前を歩むのであった。

第三章◆逃避

I

光陰暦九八三年　エストラ皇国領内

四方を深い谷で囲まれたエストラ皇国は、デュベディィリカ大陸の西方に位置する小国である。齢七十になる老皇フール・シン・エストラの優れた頭脳と統治力の下、民は豊かで穏やかな生活を営んでいた。

そのエストラ皇国の玄関口にあたるトアの街の外れ。寂しげに佇む古びた一軒の小屋を目指して歩く男の姿があった――。

「――今帰った」

「お帰りなさい」

銀月のような髪の色をした男――エリオット・ブレインは、妻であるオリビア・ブレインの頬に軽く口づけをし、背負っていた荷物を簡素なテーブルへと下ろした。

「気持ちよさそうに寝ているな」

隣の寝室に移動したエリオットは、生後六ヶ月になるキャロラインをそっと抱き上げる。

「しばらく寝ていたからそろそろ起きる頃だと思う。——ほら」

キャロラインはエリオットの腕の中で窮屈そうに小さな体を動かし、やがて大きな瞳をパチパチとさせる。そして、二人の顔を交互に見つめると、嬉しそうにニコリと笑った。

「……俺は神なんてものをまるで信じちゃいないが、天使だけは本当に実在すると日々思い知らされるよ」

エリオットがキャロラインの頬を人差し指で軽くつつくと、キャッキャと笑いながら楽しそうに足を上下にバタつかせ始める。

オリビアは笑いを堪えるようにして言った。

「知ってる？　そういうのを世間では親バカって言うのよ？」

「世間の親バカ共と俺を一緒にしてもらっては甚だ迷惑だ。——な、キャロライン？」

「ふふっ。これはかなり重症のようね。——すぐにお夕飯の支度をするから、それまで天使様のお相手を騎士様にお任せしてもよろしいですか？」

「それが姫たっての願いであるなら喜んで」

エリオットが恭しくお辞儀をしてみせると、キャロラインは新しい遊びだと勘違いしたらしく、エリオットの髪の毛を無我夢中で引っ張ろうとしていた。

「騎士様、よろしくね」

微笑（ほほえ）んだオリビアは足取り軽く台所へと向かっていく。

それから一時間後――。

エリオットお手製である木彫りの灰兎（はいうさぎ）人形でキャロラインと遊んでいると、夕食の用意ができたとの声が届いた。キャロラインを抱えたエリオットは、テーブルへ移動する。

「冷めないうちに召し上がれ」

「今日も相変わらず美味（うま）そうだな」

「褒めても今日はこれだけですから」

並べられた料理を前に、激しく体を揺さぶり始めるキャロラインをオリビアに託して椅子に腰かけると、食欲をそそる香ばしい香りがエリオットの鼻をくすぐった。

「しかし、毎度のことながら大した食材でもないのに美味（おい）しく作るな」

料理の元になる食材は全てエリオットが街で購入したものである。懐がそれほど温かいわけではないので、基本売れ残っているような食材を中心に買ってくる。それをオリビアは一流料理人にも引けを取らない料理に仕上げてくるのだから頭が下がるばかりだ。

「ふふっ。だからそんなに褒めたって追加は出ませんよ」

「そりゃ残念。――お！　これはまた絶品だな」

エリオットが多種多様な料理に舌鼓を打っていると、キャロラインもオリビアの太ももに座りながら口を大きく開けて、早くこちらにも寄越（よこ）せと催促している。

オリビアはキャロラインにスープをゆっくり流し込みながら、何とはなしに尋ねてきた。

「ところで街の様子はどうだった？」

「今日もとくに問題はなかったな」

「そう……今回ばかりは奴らを巻くことができたかも。しばらくはここに留まれそうだね」

「そうだな……」

ここ最近二人の間で交わされる希望的観測に基づいた会話。

無人だったこの小屋に身を潜めるようになってから、二週間あまりが経過しようとしている。街の中心地から外れ、且つ人の行き来がないこの場所を見つけることができたのは僥倖だと言えた。オリビア、ひいてはキャロラインのためにもしばらくこの街に留まりたいが、なにせ相手は――阿修羅は蛇のような執拗さで追いかけてくるからたちが悪い。

（ここも一ヶ月持てば御の字と言ったところか……）

僅かな希望を持つオリビアには悪いと思いながら、エリオットは美味しそうにご飯を食べるキャロラインの姿をジッと眺めた。

「ところで前から気になっていたんだが……キャロラインってかなり食いしん坊だよな？」

ほかの赤ん坊と比べたことはないが、最近では大人が食べる量をペロリと平らげてしまう。沢山食べてくれることそれ自体は親としても嬉しい限りだが、小さな体のどこに納めることができるのかと、エリオットはいつも不思議に思ってしまう。

話を振ったオリビアはといえば、頬をほんのりと赤く染めながら蚊の鳴くような声で呟いた。

「全然覚えていないけれど、私も小さい頃は両親が呆れるくらい食べていたらしいの。だからキャロラインが物凄く食べるのはきっと遺伝だと思う……ごめんなさい」

「別に謝ることじゃないだろう。……だとすると、キャロラインは将来飛び切りの美人になること間違いなしだな」

そう言い切ったエリオットへ、オリビアは不思議そうに首を傾げた。

「どうして自信満々で断言できるの？」

「だってお前と一緒なんだろ？　美人は約束されたようなものじゃないか。——俺に似たのが髪の色だけで本当に良かった。な、キャロライン？」

キャロラインの頭に手を伸ばしたエリオットは、絹のように柔らかい銀色の髪を優しく撫でる。キャロラインは、不思議そうに母親譲りの瞳を向けてきた。

まだ赤ん坊とはいえ、我が娘ながら非常に整った顔立ちをしている。もしかしたらオリビア以上の美人になるかもしれないとエリオットは秘かに思った。

「……バカ。そんな恥ずかしいこと面と向かって言わないでよ」

「俺は少しも恥ずかしくない。なにせ事実を言っているだけだからな」

「もう。――でも美人になったらそれはそれで大変だよ？」

「なぜだ？　美人で困ることなどなにひとつないだろ」

「キャロラインに沢山の男たちが言い寄ってきてもそう言える？　エリオットお父さんはそれに耐えられますか？」

思いもよらないオリビアの言葉に、蛾の如くキャロラインへと群がってくる男たちの姿を想像したエリオットは、即座に胸を張って断言した。

「耐えられるわけがない。言い寄ってくる男たちは全て俺が排除する。そう、全てだ！」

「あらあら。キャロラインは大変ですねぇ」

可笑しそうに言ってキャロラインの頭を撫でるオリビア。そんなことはどうでもいいとばかりに、キャロラインはご飯を早く寄越せとテーブルを叩いていた。


夕食後――。

寝室でキャロラインを寝かしつけているエリオットの耳に、微かだがオリビアのすすり泣く声が聞こえてきた。静かに立ち上がったエリオットが、台所で洗い物をしているオリビアを背後から優しく抱きしめると、彼女は慌てて涙を指で拭った。

「……ごめんなさい」

「なにがだ？」

「私が深淵人の末裔でなければ、エリオットがこんな過酷な運命を背負うこともなかったのに……」

「そんなことを気にしているのか？」

涙の理由が判明し、エリオットはホッと胸を撫で下ろした。自分の身を心配して流す涙であれば、なにも案ずることはない。

「だって私と出会わなければ、少なくとも日々命の危険に晒されることはなかった。私がエリオットを好きにさえならなければ……」

「……俺はお前に出会えて、お前を好きになって本当に良かったと思っている」

「どうしてそんなことが言えるの？　普通の人が手にするほんのささやかな幸せさえも、私はあなたに与えてあげることができないのに！」

「そんなことはない。幸せならもう十分過ぎるほど貰っている」

「あげてなんか――ッ!?」

エリオットはオリビアの体を強く抱きしめる。強張っていた彼女の体から力が徐々に抜けていくのを感じながらエリオットは告げた。

「貰っているんだ。あの時、全てを失って絶望していた俺に、オリビアは優しく手を差し伸べてくれた。今はオリビアがくれたキャロラインもいる。オリビアが言う通り、確かに平穏な日常は今後も望めないかも知れない。だけど、それでもほかのどんな男よりも俺は幸せだと思っている。だからそんな悲しいことは言わないでくれ」

「……エリオットッ！」

振り返ったオリビアは、大粒の涙を零しながらエリオットの胸に顔を埋める。エリオットはオリビアの美しい黒髪を優しく撫で続けた。

「心配するな。阿修羅だろうがなんだろうが、オリビアとキャロラインは必ず俺が守り抜く。――必ずな」

「……うん」

空を覆っていた雲が流れ、真円を描く銀月が姿を見せる。

言葉は途絶え、エリオットとオリビアは静かに口づけを交わす。

窓から差し込む銀色の光だけが、二人を優しく包み込んでいた――。

Ⅱ

オリビアの告白から一夜明け、神国メキア滞在二日目――。

ヒストリアの代わりに姿を見せたのは、小柄な体に不釣り合いな大剣を背負った軍人だった。

「ファーネスト王国の皆様初めまして！　私はアンジェリカ・ブレンダーと申します。どうぞお見知りおきを！」

「わたしはオリビア・ヴァレッドストーム。よろしくね」

「はい！　よろしくお願いします！」

にぱっと笑うアンジェリカに、オリビアを除く一同はぎこちない笑みを返す。愛嬌のある顔立ちは、そのまま人懐っこい印象を多分に抱かせる。

明らかにヒストリアとは正反対の雰囲気をもつ女性であった。

「本日は聖天使様主催の狩りを予定しています」

「ソフィティーア様が狩りをなさるのですか？」

意外そうな声を上げたのはエヴァンシンだった。アシュトンも虫も殺さないような顔をしているソフィティーアが狩りをするとは夢にも思っていなかった。

「意外ですよね。でも聖天使様はあれで結構やんちゃなところがあるのです」

なにかを思い出したのか、アンジェリカはクスクスと笑う。

「本当に意外です」

「ほんと、一国の主なのに困り者ですよねー」

そう言いつつも、アンジェリカの言葉には敬愛の念がこもっている。

昨日、ソフィティーアの人となりをそれとなく市井の者たちに尋ねてみたところ、皆が皆、素晴らしい統治者であると絶賛していた。改めてソフィティーアという人間が多くの者に慕われていることがわかったアシュトンである。

　絶対口には出せないが、どこかの王とは天と地ほどの開きがあるのは間違いなかった。

「私も狩りは好きだよ」

　オリビアは弓を打つ真似をしながら言う。

「聖天使様からもそう伺っています。なのでオリビア様を狩りにお誘いしたのだと思います」

　そう言うと、アンジェリカはどこか値踏みするような視線をオリビアに向け始めた。そして、聞こえるか聞こえないかくらいの小さな声で、「噂以上の美人だけどヨハン様の好みとは違う」と呟いたのをアシュトンは聞き逃さなかった。

「しばらく行っていないけど、この時期は美味しい獲物が結構獲れるんだよねー」

「私はその辺の事情にあまり詳しくないのですが、この時期はなにが美味しかったりするのですか？」

「うんとね、今の時季ならヒュドラなんか結構美味しいと思うよ。冬眠に備えて栄養を沢山蓄えているはずだから」

「え？　今ヒュドラと言ったのですか？」

「そうだよ」

「ええっと……確かヒュドラって危険害獣ですよね？」

二人の会話を聞きながら、アシュトンは内心で嘆息した。アンジェリカの認識で間違いはなく、危険害獣二種に属するヒュドラは、亀をそのまま巨大化させたような獣だ。

大きく異なるのは甲羅から伸びる三つの首。動きこそ鈍重そのものであっても、三つの首を存分に利用した連係攻撃は、間違いなく人類の脅威そのものだった。

「そうなの？」

尋ねてくるオリビアへ、アシュトンはガリガリと頭を掻（か）いて首を縦に振った。

「そうみたい。わたしは気にしたことないからよくわからないけど」

アンジェリカは大きな瞳をさらに大きくさせ、

「危険害獣を食べるって……さすがになにかの冗談ですよね？」

「え？　冗談じゃないよ」

オリビアは真顔で否定する。啞然（あぜん）とした様子のアンジェリカに向けて、クラウディアが遠慮がちに咳払（せきばら）いをすると、我に返ったアンジェリカは慌てて口を開いた。

「で、ではご用意ができましたらお声をかけてください。私は外で皆様をお待ちしておりますので」

敬礼したアンジェリカは、小走りで外へと出ていく。

程なくして迎えの馬車に乗り込んだオリビア小隊は、改めて街並みをゆっくり眺めながらラ・シャイム城へと到着する。

ソフィティーアたちと合流し、聖都エルスフィアの近郊に位置する森へと向かった――。

「わあ！　とっても綺麗な湖だね！」

オリビアがどこまでも広がる瑠璃色の湖を眺めて弾んだ声を上げる。ソフィティーアは、風で揺れる髪を押さえながらオリビアの隣に並んだ。

「カルラ湖と呼ばれています。これから冬を越すため多くの渡り鳥たちがこの湖を目指して飛んできます。中には気の早い鳥たちも何羽かいるようですが」

カルラ湖には白い羽で覆われた鳥が数羽ほど優雅に泳いでいる。最盛期には数百羽の渡り鳥で埋め尽くされるとソフィティーアは説明した。

「――ではそろそろ始めましょうか」

今日のソフィティーアの服装は当たり前だがドレス姿ではなく、優美な細工が随所に施された軽装鎧を身に着けている。

「ソフィティーア様、こちらをお使いください」

護衛として付き添っているラーラから丁重に弓を手渡されたソフィティーアは、同じくクラウディアから弓を受け取るオリビアに、嬉々として声をかけた。

「オリビアさん、準備はよろしいですか？」

「わたしはいつでもいいよ」

弦の張り具合を確かめるように軽く弾きながら、オリビアは楽しそうに笑う。その様子だけ見ていると、自らの進退で迷っていることが嘘のように思えてくる。

ソフィティーアも勧誘の件に触れることは一切なかった。

——狩りが始まってから小一時間ほどが過ぎた。

ソフィティーアは実に手慣れた動きでもって、灰兎や灰狐などを次々に仕留めていく。女王らしからぬ鮮やかな手並みに、アシュトンは素直に舌を巻いた。

（さすがにジャイルまでとはいかないけど、それでも僕なんかよりはるかに上手い）

片やオリビアはというと、意外にも狩りは片手間という感じで、もっぱらソフィティーアのアドバイスに徹している。ソフィティーアはオリビアからのアドバイスに対して真摯に耳を傾けており、時に二人は朗らかな笑顔を見せていた。

（随分と楽しそうじゃないか。やっぱりお前は俺たちを捨てて、ソフィティーア様の下へ行くのか？）

仲良さげな二人の様子を遠くから眺めるアシュトンの耳が微かな音を拾う。耳を澄まして聞いてみると、次第に音が鮮明になっていく。

カッカッカッカッカッカッカッカッカッカッ………。

（この鳴き声は……灰猪か？）

カッカッカッカッカッカッカッカッ…………。

一定のリズムで刻まれる音は、どうやらアシュトンの背後から聞こえてくるようだった。

（――でも灰猪ってこんな鳴き声だっけ？）

当たるはずもない弓を構えながら後ろへ体を向けるや否や、オリビアの鋭い声が飛んできた。

「アシュトン逃げてッ！」

「え？」

突如として黒い物体に視界を遮られた途端、アシュトンの体は古木ごと吹き飛ばされ、そのまま崖下に広がる川底へと落下していく。

「アシュトンッ!!」

クラウディアの悲痛な叫び声を聞きながら、アシュトンの意識は次第に薄れていった。

Ⅲ

「ソフィティーア様ッ!!」

ラーラがソフィティーアを素早く背後に匿い、二人の周囲を屈強な聖近衛騎士たちが瞬時に取り囲む。

一方オリビアたちの反応は――――。

「閣下ッ！　アシュトンがッ！　アシュトンがッ！」

「うん。わかっているけど少し落ち着こうか」

「おのれえええええっ!!」

剣を抜き放って天授眼を開放したクラウディアは、アシュトンを吹き飛ばした獣に立ち向かおうとする。怒りで我を忘れていると判断したオリビアは、怒声を上げて制止した。

「クラウディアッ!!」

「止めないでくださいッ!!」

「戦ってもクラウディアに勝ち目はない！」

「ですがアシュトンの仇をッ!!」

「――アシュトンならきっと大丈夫。崖の下は川が流れていたから」

オリビアはクラウディアを安心させるかのように優しく言った。クラウディアは体を震わせながら疑心に満ちた目を向けてくる。

「吹き飛ばされたあげく、あの高さから落ちたのです。たとえ川に落ちたからって助かるはずが……」

「ごめんね。今は勘としか言えないけど、あれでアシュトンは運がいい。クラウディアの気持ちもわかるけど、ここはわたしに任せて。——みんなもソフィティーア様を守ってあげて。わたしのことは心配しなくていいから」

弓を投げ捨てたオリビアは、鞘から漆黒の剣を引き抜く。

切っ先から黒い靄が一筋の糸のように流れ始めた。

「ソフィティーア様……」

「ええ。どうやらオリビアさんは戦うつもりらしいですね」

我が身が死の危険にさらされているにもかかわらず、ソフィティーアは女神シトレシアの大いなる導きに感謝した。

「大した時間稼ぎにならないかもしれませんが、今のうちに引きましょう」

ラーラの進言に、しかし、ソフィティーアは首を横に振って拒否の姿勢を示す。ここから逃げ出すなど思いもよらない。

「なぜですかッ!!」

「オリビアさんの剣技をこの目で見る絶好の機会です。もしかしたら噂の魔術を使うかもしれません」

「それは、それはそうかもしれませんが、あの獣は危険過ぎます」

声を一段低くしたラーラは、油断なく獣を見据えながら言う。

「知っています。あれは魔獣ノルフェスですよね」

赤黒い体毛。そして、頬まで裂けた口から頭に向かって、二本の牙が曲線を描くように伸びている。危険害獣二種の中でも上位に位置するノルフェスは、人間と同じ二足歩行ができる稀有な獣として知られている。

全身筋肉の塊のような体軀に、匠の手によって研ぎ澄まされたかのような巨大な鉤爪を最大の武器とする。普通ならひとひとりの力でどうにかなる相手ではないが——。

「知っているならなおさら私に従ってください。御身を守ることが私の使命です」

「もちろんわたくしに危険が及ぶと判断したら遠慮なく魔法を使いなさい。ラーラさんが傍にいてくれるからこそ、安心してこの状況を観察できるのです」

「聖天使様……」

ラーラは肺の中の空気を全て絞り出すかのように息を吐く。そんな彼女の肩に、ソフィティーアは優しく手を置いた。

「……わかりました。絶対に私の傍から離れないでください」

ラーラは〝天蛇の魔法陣〟が刻印された左手をノルフェスに向けてかざす。

魔法を使えることを知らないであろうオリビアの従者たちは、剣を抜かないラーラに不可解な表情を覗かせるも、オリビアがひとりでノルフェスと対峙することそれ自体に不安を抱いている様子はなかった。

（あの魔獣を前にしてもオリビアさんの力を信じているといったところですか……。ではわたくしも信じてオリビアさんの戦いを刮目しましょう）

魔獣ノルフェスを前にして、ソフィティーアは艶やかな微笑を浮かべた。

「グウウゥゥ……」

地鳴りのような足音を響かせながら、ノルフェスはなにかを探しているかのように周囲を見渡す。そして、オリビアの姿を捉えた途端、空気を震わすかのごとき咆哮を上げた。

（片目が潰れている。あのときの獣か……）

オリビアが目の前のノルフェスと対峙するのはこれが初めてではない。神国メキア出身の人間と旅をしている途中ノルフェスに襲われ、逆に返り討ちにした経緯がある。その証として、ノルフェスの左目は漆黒の剣で斬りつけた痕が今も深く残されている。

当時はまだ子供だったので、逃げるノルフェスにあえてとどめを刺さなかったオリビアだが、様子を見る限りだと再戦を望んでいるらしい。すっかり大人になったらしく、オリビアの首元くらいの大きさだったのが、今では二倍以上に成長していた。

ノルフェスは鋭利な白い歯をガチガチと鳴らし、こちらとの距離を徐々に縮めてくる。地面を蹴り上げたオリビアが俊足術を発動し、ノルフェスの横腹に向けて軌跡を描くも、巨大な鉤爪を使って器用に受け止めてきた。

その直後、もう一方の腕から伸ばされた鉤爪がオリビアの顔面に迫りくる。

オリビアは体を半回転させて攻撃をかわし、そのままノルフェスの背中に向けて強力な後ろ蹴りを放った。

「グルアアアッ!!」

ノルフェスは前のめりになりながらも倒れることはなかった。激しい息遣いが次第に収まると、ノルフェスは空に向かって再び咆哮を上げた。その様子にソフィティーアを守る聖近衛騎士団が、必死で盾と剣を構える姿が視界に入ってくる。

視線を左にずらすと、クラウディアたちも緊張した面持ちで武器を掲げながらオリビアを見つめてくる。オリビアは軽く頷き、視線をノルフェスへと戻した。

（戦意を失った様子は……ないみたい）

オリビアが予想した通り、ノルフェスは歯をむき出しながら再び距離を縮めてくる。さっきと違うのは足の運びに慎重さが増している点だ。

ノルフェスは獣の中でも知能が高い。つまり、学習能力に優れているということだ。ノルフェスに同じ攻撃は二度通じないと思っていいだろう。そういう意味では、大地の覇者と呼ばれているらしい一角獣より余程面倒な獣だとオリビアは認識している。

再び俊足術を発動させたオリビアは、今度は大地を左右に蹴りつけながら徐々にノルフェスへと迫る。ノルフェスは足の動きを止めて、両腕を左右に大きく伸ばした。不気味に輝く赤い双眸は、オリビアの動きを捉えようと激しく動いている。

（そろそろ頃合いかな？）

オリビアは一度だけ動きに緩急をつけ、ノルフェスの反応を惑わせることに成功した。地面を思い切り横に蹴りつけ、ノルフェスの視界の外へ出たと確信したオリビアは、さらに全身のバネを使って上空へと疾空する。

完全にオリビアを見失ったノルフェスは、地面を荒々しく踏み鳴らしながら、三度咆哮を上げていた。

（今度は見逃してあげない）

オリビアは空中で上体を大きく後ろに反らし、直下のノルフェスに向けて叩きつけるように剣を振り下ろす。オリビアが地面に着地したときには、血飛沫を盛大に噴き上げて左右に泣き別れるノルフェスの姿があった――。

「オリビアお姉さまッ！」

血糊を地面に向けて払っていると、駆け出したエリスが勢いよくオリビアに抱きついてくる。

「本当にあの魔獣ノルフェスを単騎で仕留めるなんて……」

エヴァンシンはノルフェスの死体を覗き込みながらブルリと体を震わせた。

「閣下……」

うな垂れるクラウディアの肩を、オリビアは励ますように数度叩いた。こんなにも暗い顔をするクラウディアをこれ以上は見たくない。

「アシュトンを捜しに行かないとね」

漆黒の剣を鞘に納めているオリビアの下に、ラーラと聖近衛騎士団を伴ったソフィティーアが近づいてくる。聖近衛騎士団が畏怖の目をオリビアに向けてくる中、ソフィティーアが凛(りん)とした声で話しかけてきた。

「オリビアさん、お見事でした。――これからアシュトンさんを捜しに行かれるのですね」

「うん。アシュトンは大事だから」

ソフィティーアは瞼(まぶた)を伏せ、しばらく沈黙したのちに口を開いた。

「川に落ちたのなら、そのまま下流に流されている可能性は高いです。こちらからも捜索隊を派遣いたしましょう」

「ありがとう」

頷いたソフィティーアは聖近衛騎士団に指示を出し、ラ・シャイム城に走らせる。クラウディアたちもアシュトンを捜索するための話し合いを始めていた。

オリビアがふと空を見上げると、青々とした空に糸を引くような雲が流れている。

――――雨が降ってくる。

オリビアはアシュトンが落ちた崖へと足を進め、眼下に広がる川をジッと見つめた。

Ⅳ

固いものでつつかれているような感覚に、アシュトンはゆっくり目を開けた。霞む視界で感覚の元になっている左腕に視線を移すと、なにやら赤い色をした物体が見える。

（なんだ？）

視界が次第に鮮明になるにつれ、〝大地の掃除屋〟と呼ばれている死喰い鳥の姿が露わになった。

「僕はまだ死んでいないぞッ!!」

思わず飛び起きたアシュトンは、全身に激しい痛みが走り思わず悲鳴を上げた。

死喰い鳥はアシュトンを威嚇するように赤紫色の羽を大きく広げると、やがて不気味な鳴き声を上げながら空の彼方へ飛び去っていった。

（そうか……僕は黒い塊に吹き飛ばされて崖から落ちたんだ……）

手を見れば擦過傷が見られる。おそるおそる袖をたくし上げると、無数の打撲創が目に飛び込んでくる。全身もずぶ濡れで、川に落ちたことは明白だった。

　それにしてもとアシュトンは思う。幸運にも地面に落ちるのは免れたらしいが、意識を失って川に落ちたのなら溺れるのは必至だ。たとえ意識があったとしても、アシュトンはそれほど泳ぎが得意ではない。つまり、どちらにしても死んでいたということだ。

　にもかかわらず今もこうして生きている。これは十分異常な状態であった。

（まさか無意識で泳いで川を脱出したとも思えない。……そういえば前にも似たようなことがあったな……）

　山賊からランブルク砦を取り返し、そのまま守備任務に就いていた頃。食料の確保をするべく川で魚を捕まえようとして溺れかけたことがある。

　オリビアが笑い転げていたことを思い出して顔を顰めていると、いきなり背後から声をかけられ、アシュトンは思わず大きな叫び声を上げてしまった。

「それくらい声が出るなら問題なさそうだね」

　振り返ったアシュトンの瞳に、薪を両脇に抱えた女性が映しだされた。深緑色のマントを羽織るその女性は、背中に弓と矢筒を背負っている。

　恰好からして狩人ではないかとアシュトンがあたりをつけていると、女性はその場にしゃがみ込み、実に手慣れた様子で火を起こし始めた。

「……もしかしてあなたが僕を助けてくれたのですか？」

「もしかしなくてもそうだよ」

　女性はこちらを見ようともせず、ぶっきらぼうに返事をする。ややあって細長い煙が立ち上るのを横目に、アシュトンは礼を述べた。

「助けていただいてありがとうございます。失礼ですが名前を聞いても？　僕はアシュトン・ゼーネフィルダーと言います」

「お前の名前に興味はないけど……あたしはステイシア・バネッサ。そんなことよりお金を貰ってもいいかな？　ただで助けるほどあたしってお人好しじゃないから」

　メラメラと炎が上がったのを確認したステイシアは、アシュトンを見降ろすように立つと、ぶっきらぼうに右手を差し出してきた。

　結った長い黒髪に端麗な顔立ち。年齢は自分とそう変わらないように見える。

「ねぇ、話聞いてる？」

「あ、はい。ええと、お金でしたよね？」

「そ。見たところ聖翔軍じゃないみたいだけど、それなりの地位にいるんでしょう？　その軍服の生地、結構いいもの使っているみたいだし」

　動機はどうであれ、助けてくれたことは事実。命の恩人に対して謝礼を払うのは構わない。ただ、狩りにお金が必要なはずもなく、金袋は自分の部屋に置いてある。

「今は持ち合わせが……」

「そんなことはさっき調べたからわかっている」

　ステイシアはアシュトンの懐辺りを見つめながら平然と言ってのけた。

「調べたって……!?」

　慌てて体をまさぐるアシュトンに対し、ステイシアはなにかを思い出したような表情で懐に手を突っ込む。

「もしかしてあんたが必死に探しているものはこれか？」

　ステイシアはこれみよがしに銀色のペンをアシュトンの前にぶら下げてみせた。慌てて手を伸ばすも、ペンはアシュトンから引き離されていく。

「返してください」

　アシュトンはステイシアを睨みつける。ステイシアは、ペンを不思議そうに眺めながら言う。

「ふーん。こんなものに必死になるんだ。どうみても価値があるようには見えないけど？」

「価値観は人それぞれです。そんなことよりペンを返してください。勝手に僕の懐を漁って……ステイシアさんは泥棒ですか？」

　聞いたステイシアは目を瞬かせ、すぐにぷっと吹きだした。

「……なにか可笑しかったですか？」

「そりゃ可笑しいさ。命を救ってやった恩人に対して、いくらなんでも泥棒はないだろう。お前を担いでここまで運ぶのだってかなり苦労したのに」

「助けてくれたことにはもちろん感謝していますが、それとこれとは話が別です。勝手に人の懐を漁っていい理由にはなりませんよ」

だが、アシュトンの反論を無視するかのようにあっさり懐にペンを戻したステイシアは、興味深そうにこちらを見つめてきた。

「なんですか？」

「まさかお前、貴族様か？」

「それと今の話となにが――」

「いいから答えて」

ステイシアの剣幕に押される形でアシュトンはすごすごと答える。

「平民ですが……」

「そうだよなぁ。貴族様だったらもっと傲慢な態度に出てもおかしくない。――なら裕福な商家の息子といったところだろ？」

「……まぁ否定はしませんけど」

ステイシアは得心が行ったように何度も頷く。彼女がなにを言いたいのかさっぱり理解できず、アシュトンは相手が命の恩人であることも忘れ、だんだん腹が立ってきた。

「商家の息子だったらなにか問題ですか？」

「別に問題はないよ。ただお前はさぞや上品に育てられたんだろうと思っただけさ」

「だからさっきからなにが言いた――ッ!?」

　突然アシュトンの胸倉を乱暴に掴むステイシア。驚きで身を固めるアシュトンに、ステイシアは吐き捨てるように言った。

「いいかいお坊ちゃん。よく聞きな。あたしが助けなかったらお前は間違いなく死んでいた。その時点でペンは誰のものでもないんだよ。つまり、お前が身に着けているものは当然として、お前自身も今やあたしのものなんだよ」

「…………」

「少しは理解してくれたかい？　お坊ちゃん」

　薄ら笑いを浮かべたステイシアは、アシュトンの額をピンと指で弾く。クラウディアのそれとは違う、なんとも無機質で冷たい痛みだった。

「……僕が甘ちゃんだと、そうステイシアさんは言いたいんですよね？」

「違うな。大甘ちゃんだ。それでよく軍人が務まるな」

　胸元から乱暴に手を放したステイシアは、小馬鹿にしたように鼻を鳴らした。彼女の論理は実に無法極まるが、それでも筋は通っている。死んでしまったらペンを盗まれようが関係ない。いくら思い入れがあろうとも、死人には一切必要ないのだから。

「ところで僕はこれからどうなるのですか？」

「だから金を払えと言っているだろう。払うもの払えばお前の大事なものは返してやるよ」

「お金を払えば僕も解放してもらえるのですか？」

「ほかにどう聞こえるんだ」

「ですがステイシアさんの論理でいくと、僕もあなたのもの。つまり所有物ということですよね？」

ステイシアは苛立ったように頭を掻き毟って言った。

「だからそれも含めて金を寄越しなってあたしは言っているんだよ。お前は奴隷商人に売り払うよりも金になりそうだからな」

「は!? 僕を奴隷商人に売るつもりだったんですか!?」

ステイシアは再び薄ら笑いを浮かべながらアシュトンの全身を眺めた。

「そんな身なりをしていなければな」

「……ステイシアさんは狩人ですよね？」

「飛び切り優秀な、を付けてもらおう」

ステイシアは殊更に胸を張った。

「その飛び切り優秀な狩人が人間を売るのですか？」

「逆に聞くが、狩人が人間を売ったらいけないのか？」

なんら悪びれた様子もなく答えるステイシア。ならばと、アシュトンは切り口を変えることにした。

「ここは神国メキアで間違いないですよね？」

「それがどうした？」

「神国メキアは奴隷売買を認めていないはずですが？」

光陰暦七〇〇年頃までは当たり前だった奴隷制度も、今は前時代的ということで下火になっている。それでも公に奴隷売買が認められている国は今も存在しており、あまつさえ奴隷の数が国の力だと信じて疑わない国もあると聞く。

「お前が言う通り、神国メキアは奴隷売買を認めていない。だけど神国メキアばかりが国じゃない。現に隣のセラニス王国は今でも奴隷売買が盛んな国だ。――そんなことよりもお前はさっさと服を脱げ」

「は？」

突然意味不明の言葉にアシュトンが首を傾げていると、ステイシアが派手な舌打ちを打ってくる。

「同じことを何度も言わせるな。いいからさっさと脱げ」

「なぜ服を脱ぐ必要があるのですか？」

「いちいち質問が多いやつだな。そのままだと風邪を引くからに決まっているだろ。それとも体の痛みだけじゃ物足りないのか？」

苛立ちを顔に張り付けたステイシアが伸ばしてくる手を、アシュトンは軽く払った。

理由は判明したが、それが優しさから出た言葉でないことは明らか。風邪でも引かれたら連れて歩くのに厄介くらいの考えだろう。

百歩譲ってアシュトンの身を案じていたとしても、若い女性に服を脱ぐ手伝いをしてもらおうとは絶対に思わない。

「自分で脱ぎますから大丈夫です」

アシュトンは痛む体をゆっくり動かしながら上着とシャツを脱いでいく。露わになる無数の痣に顔を顰めていると、突然ステイシアが小さなビンを投げて寄越した。慌てて受けとったアシュトンが訝しみながらも蓋を開けると、ツンとした臭いが鼻を突いてくる。

「これは？」

「打ち身や擦過傷に効くバネッサ家秘伝の塗り薬だ。わかったらさっさと体に塗っておけ。――それともあたしに塗って欲しいか？」

ステイシアは魚でも焼くかのように木の棒にひっかけた軍服を、焚き火の周囲に突き刺しながらニヤリと笑う。アシュトンは慌てて薬を体に塗り込んでいった――。

「なにをボーッとしている？」

薬もあらかた塗り終わり、アシュトンが手持無沙汰にしていると、ステイシアが怪訝な目を向けてきた。

「ほかにやることもないので……」

「まだ下がまだ塗り終わっていないだろう」

そう言って、ステイシアはあからさまに下半身を見つめてくる。アシュトンは体をよじりながら答えた。

「いや、下は……」

「やっぱり恥ずかしいのか？」

「べ、べつに恥ずかしくないし！」

「恥ずかしくないなら脱げるだろう。お前の体に全く興味はないから安心しな」

「嫌です」

アシュトンが頑なに拒否して見せると、ステイシアは大きな溜息を吐いた。

「そこまで恥ずかしいなら――」

「だから恥ずかしくないって！」

猛然と否定するアシュトンへ、ステイシアは害意がないことを示すかのように両手を上げて見せた。安堵の息を漏らすアシュトンの隙を衝くかのように、ステイシアの両手が不意に伸びてくる。痛みのせいで体が思うように動かないことが災いして、必死の抵抗むなしくズボンは剝ぎ取られてしまう。しかも、それで終わりではないと言わんばかりに、ステイシアの視線はアシュトンの下着に注がれている。

母親以外で初めて女性に下着姿を見られたアシュトンは、必死に股間を両手で押さえながら声を張り上げた。

「これだけは！　これだけは絶対に駄目ですからッ!!」

「そんなに大声出さなくても下着までとりゃしないよ。それより服が乾くまでこれでも食って体力を回復させておくんだな」

ステイシアはニヤニヤと笑いながら干し肉を差し出してくる。アシュトンは股間を隠すように膝を抱えながら、黙って干し肉を受け取るのであった。

V

まともな会話が交わされることもないまま、アシュトンが乾いた軍服に袖を通していると、不意にステイシアが立ち上がる。

そして、険しい表情を浮かべながら周囲を見渡し始めた。

「どうしました?」

「……どうにも嫌な気配がする」

嫌な気配と言われてもアシュトンにはさっぱりわからない。ステイシアと同じように周辺を見渡すも、とくに変わった様子などはない。

強いて言うのなら、時折吹く風で葉がさざめくくらいだ。

「とくにおかしいとは思えませんが？」

「素人の意見なんか聞いちゃいない……すぐにここを離れるぞ」

慌ただしく薪の火を消したステイシアは、弓を片手に東の森へ向かって進んでいく。だが、一分も歩かないうちに立ち止まり、無言のうちに背中の矢筒から一本の矢を取り出す。

「なにかいるのですか？」

アシュトンの質問を無視し、奥の木立に向けて弓を構えるステイシア。再度アシュトンが声をかけるよりも早く草木が派手に揺れたかと思うと、赤黒い毛で覆われた獣が姿を現した。

（あの獣は!?）

危険害獣二種に指定されているノルフェスを見た途端、アシュトンの全身が総毛立つ。それと同時に、自分を襲った黒い塊の正体と目の前のノルフェスが完全に一致した。

「あれは魔獣ノルフェスじゃないか。どうりで今日の狩りが不調に終わるわけだ……」

そう言うステイシアの顔はすでに真っ青で、ガチガチとうるさいくらいに歯を鳴らしている。ノルフェスは巨大な鉤爪（かぎづめ）をこれみよがしに広げると、アシュトンたちへ左右二つに連なる目を向けてくる。

幸いなことは、ノルフェスと二人の間には一定の距離があった。それでもノルフェスが走り出したら最後、瞬く間に距離を詰められてしまうのは想像に難くない。まして、相手がノルフェスなら尚更(なおさら)である。

「逃げましょう」

ノルフェスを刺激しないよう小声で話しかけると、ステイシアはあり得ないとばかりに首を小刻みに振った。

「無理だ。逃げ切れるわけがない」

「ならここで黙って殺されますか？」

「あれはそんじょそこらの獣じゃない。〝災厄の使い〟と恐れられている魔獣だぞ？」

「もちろん百も承知です」

「お前……まさか怖くないのか？」

そう尋ねるステイシアの目は、一切アシュトンを見ることはない。ノルフェスを前にして僅かでも隙を見せることは許されないとばかりに。

アシュトンもまた、ノルフェスに対し片時も目を離さずに答える。

「危険害獣二種でしかも上位種ですよ？　怖いに決まっているじゃないですか」

今のステイシアにはわからないだろうが、恐怖でアシュトンの膝は完全に笑っている。

ランブルク砦奪還任務の途中に出会った一角獣を彷彿とさせるが、あの時はオリビアがいたおかげで事なきを得るに至った。だが、今回はいない。都合よく助けに現れるはずもない以上、アシュトンたちに残された唯一の選択肢は、ただひたすら逃げることのみ。

アシュトンはこの場を切り抜けるための知恵を必死に絞りだす。

「――左右どちらでも構いませんが、ノルフェスの膝にその矢を当てる自信はありますか？」

「突然なんだ？」

「自信はあるかと聞いているんです」

余裕なく問うアシュトンに、ステイシアはなおもノルフェスから視線を外すことはなく、しかし、矢を番えたままコクリと頷く。

「ただし相手が動いていないのが条件だ」

「わかりました。ではこのままゆっくり後ろへ下がってください」

「下がるのか？」

「そうです。軍服が乾いたばかりなのにまた川に入りたくはないですけど……魔獣ノルフェスは水を苦手としています」

「本当か!?　そんな話は初耳だぞ！」

小さく驚くステイシアに、アシュトンはそうだと断言した。

ノルフェスの体を覆う体毛は水をかなり吸うらしく、それなりに深さのある川などに入

ろうものなら、重みであっという間に体が沈んでしまうらしい。

　これは文献で得た知識に過ぎないが、それを今のステイシアに言う必要はない。どちらにせよこの場を上手く切り抜けなければ、二人まとめて冥府の門を叩くだけだ。

「とにかく川を渡れば目の前の危機は回避できます。それにはまずあいつの足を負傷させて素早さを奪う必要があります。何度も言いますが狙うのは膝です。確実に狙うため、まずは奴の顔面に矢を放って気を逸らします」

「次の二本目が本命というわけだな？」

「その通りです」

「……信じていいんだな？」

　アシュトンは自らを鼓舞するように力強く頷いた。

「少しずつ後ろへ下がりましょう。ゆっくりと、亀の歩みのように」

　お互い息を殺しながら、まさしく亀のように足を動かしていく。しばらくこちらの様子を窺っていたノルフェスであったが、突然魂を凍てつかせるような咆哮を上げた。

「放ってくださいッ！」

　アシュトンの叫びと同時にステイシアの弓から矢が放たれた。ステイシアは瞬時に二本目の矢を弓に番え、間髪を容れずに解き放つ。

（一本目の矢が当たる可能性は極めて低い）

アシュトンの予想はすぐに現実のものとなった。寸分の狂いもなくノルフェスの顔面に向かって放たれた矢は、凶悪そのものの鉤爪によってなんなく弾(はじ)かれてしまう。

だが、その隙を衝くべく放たれた第二の矢は、ノルフェスの右膝を見事貫くことに成功する。自身の膝に刺さった矢を見たノルフェスは、不気味な鳴き声を上げていた。

「今のうちです！　川を渡りましょう！」

「そ、そうだな！」

全身からくる痛みを無理矢理意識の外へと追いやりながら全力疾走し、ステイシアに続いて川に飛び込むアシュトンであったが……。

「はぁ……はぁ……」

川の流れはそれほど速くない。それでも体の痛みが災いして、思うように前へ進めずにいると、

「もたもたするな！」

アシュトンの襟首を強引に摑(つか)みながら川を横断していくステイシア。アシュトンも必死に水を搔(か)きながら視線を後ろへ向けると、瞬く間に川岸へとたどり着いたノルフェスが、川縁を左右に忙(せわ)しく歩きながら底冷えする唸(うな)り声(ごえ)を上げ続けている。

ステイシアの手助けもあって、アシュトンはなんとか川を渡り切ることができた。

「はあはぁ……なんとかこの場を切り抜けたな」

「はあはぁ……ステイシアさんのおかげです。ノルフェスの膝を射貫いていなかったら、きっと川に飛び込む前に追いつかれていたと思います」

互いに大の字になりながら呼吸を整えていると、ステイシアが言いにくそうに口を開く。

「お前の作戦がなかったら私は間違いなく死んでいた……その、一応礼は言っておく」

思わぬ感謝の言葉に視線を向けるも、ステイシアは顔を横に背けている。自然と笑みが漏れるアシュトンであったが、すぐに気を引き締め直した。

「残念ながらまだ油断はできません」

上半身を起こしたステイシアは、未だ諦めきれない様子のノルフェスを見つめた。

「どういうことだ？　あいつは川を渡ろうとしない。これで逃げ切ったはずだろ？」

「一旦逃げ切ったに過ぎません。川を迂回してでも僕たちを追ってきます」

「なぜそう断言できる？　経験から言わせてもらえば、少なくともこちらに執着するほど腹が減っているようには見えなかったぞ？」

見事ノルフェスに矢を突き刺したことからも、ステイシアが一流の狩人であることはアシュトンでもわかる。通常なら彼女の見解は正しいのだろう。

しかし、今回に限ってはノルフェス特有の行動から否定することができた。

ダイアン・レインが生涯を捧げて完成させたと伝わっている書物、【危険害獣行動学】を紐解くと、成獣したノルフェスはつがいで行動する生き物だと記されている。つまりは、単体で姿を現すことがそもそも不自然なのだ。

　森でアシュトンを襲ったノルフェスが片割れだとすると、たとえ危険害獣二種であろうが、一角獣でさえ屠ってしまうオリビアの手によって刈られているのは間違いない。

　目の前のノルフェスが片割れを捜しているのだとしたら、なんらかの匂いを嗅ぎつけた可能性は低くないとアシュトンは説明した。

「二度もノルフェスに襲われるとはお前も大概ついていないが……つまりあいつはこれからもあたしたちを執拗に追ってくるということか？」

「正確に言うのなら僕の体についた匂いに惹かれて追ってくると思います。要するに僕から離れれば、ステイシアさんは逃げ切れるはずです」

　優秀な狩人であるステイシアが傍にいれば、アシュトンとしてもなにかと心強いのは言うまでもない。だからといって、己が身の可愛さにステイシアを巻き込もうとは思わない。

　当然別れる判断を下すと思っていたアシュトンに向かって、ステイシアは予想に反した言葉を口にした。

「まさか金を渡さないつもりか？」

「お金？――お金は生きて帰れたらもちろん渡しますが……」

　困惑するアシュトンに、ステイシアは勢いよく立ち上がって言った。

「なら追いつかれる前にさっさと行くぞ」

「命よりお金が大事ですか？」

「そういうことだ」

「……後悔しても知りませんよ」

鼻を鳴らし、再び弓を抱えながら黙々と歩き始めるステイシア。アシュトンは感謝の念を抱きつつ、黙ってステイシアの後に続くのだった――。

VI

ノルフェスから逃れるため、ひたすら森の中を歩き続けていると、

「少し早いが今日はあそこで休むとするか」

そう言ってステイシアが指さした先、草木に覆われてかなり見えにくいが、洞窟の一部分が確認できる。よくも見つけたものだと感心しているアシュトンを尻目に、ステイシアは洞窟に向かって慎重に歩を進めていく。

「先客がいないといいのですが……」

この洞窟を住処（すみか）とする獣がいてもなんら不思議はない。警戒を促す意味で声をかけるアシュトンに、ステイシアは洞窟を見据えたまま口を開く。

「もちろん確認はする」

体感にして一分程の時間で洞窟に到着すると、アシュトンを入口に待機させたステイシアは、用心深く洞窟内へと足を踏み入れていく。

アシュトンが手近な岩に腰を下ろしながらも周囲を警戒していると、ステイシアが顔に安堵の表情を浮かべて戻ってきた。その様子にアシュトンもホッと息を吐く。

日は西へ大きく傾き、森は赤褐色に染まろうとしていた。

「あたしは日が落ちる前に食料を調達してくる。お前は薪を大量に集めておけ」

「それは構いませんが……大丈夫ですか？」

ここに来るまでアシュトンは当然として、ステイシアもそれなりに体力を消耗しているだろうとの思いからそう言葉をかけた。

しかし、返ってきたのは侮蔑とも嘲笑ともとれる言葉だった。

「お前のようなひょろい奴と一緒にするな。どのみち体力を回復させるために飯は必要だ」

「それはそうです。――わかりました。お気を付けて」

一瞬だけアシュトンと視線を交錯させたステイシアは、弓を片手に再び森の中へと分け入っていく。アシュトンは早速薪拾いに勤しんだ。

燃え盛る太陽が完全に沈み、森が闇の衣を纏う小夜の刻。

赤々と照らされた洞窟内には、下着姿の男女が焚き火を囲む異様な光景が広がっていた。

「しかし灰兎が早々に獲れたのは幸運だった。食べると食べないとでは体力の回復にかなりの差がでるからな」

あぐらをかくステイシアが、脂が滴る肉にかぶりつく。

狩りから帰ってきたステイシアは、あろうことか火を起こしていたアシュトンの目の前でいきなり服を脱ぎ始めたのだ。止めてくれとアシュトンは必死に懇願したが、このままでは風邪を引くとの正論をぶつけられた。直視しなければ問題ないと無理矢理自分を納得させて、渋々ながらも了承した経緯がある。

(こんな光景、オリビアには絶対に見せられないな)

屈託なく笑うオリビアの姿を思い浮かべながら、アシュトンは焚き火越しに今後の見通しを聞いてみた。

「早朝から出発すれば、明日の昼頃までには街道に出られるはずだ。——ただし、ノルフェスに見つからなければの話だが」

アシュトンは相槌を打ちながら洞窟の入口に目を向けた。最近狩人の間で流行っているという獣除けの花——雪中紅花がちりばめてある。凶暴な獣ほど雪中紅花の匂いを嫌うとステイシアは言っていたが、実際効果のほどは定かではない。

食料調達と一緒にわざわざ摘んできたステイシアには申し訳ないが、なにもやらないよりはましだろう程度にしかアシュトンは考えていなかった。

「――ふぅ。美味かったな」

　灰兎をあらかた平らげたステイシアは、今度はまじまじとアシュトンを見つめてくる。

アシュトンは身を隠すことに全力を注いだ。

「な、なんですか？」

「いやな。ずっと思っていたんだが、お前は全然軍人らしくないな」

「それはよく言われます。僕は軍人になりたくてなったわけじゃありませんから」

「ふーん……それなのになんで軍人をしているんだ？」

「徴兵されたんですよ」

「徴兵か……確かに徴兵でもなければお前みたいのを軍人にはしないな」

　ステイシアはカカと笑った後、さらに質問を続けてきた。

「そもそもお前はどこの国の軍人だ？」

「僕はファーネスト王国の軍人です」

「ああ。あの落ち目の国の軍人か。ならお前みたいのが軍人なのも頷けるな」

　ステイシアは納得といった表情を浮かべた。どうやら遠く離れた異国の地でも、ファーネスト王国の現状は知れ渡っているらしい。

　アシュトンは内心で苦笑しながら、今度はこちらの質問をぶつけてみた。

「ステイシアさんこそなんで狩人になったんですか？」

「あ？――まぁ親父がそこそこ有名な狩人だったからな。気が付いたら自然と後を継いでいたって感じだ」

ステイシアは一瞬遠い眼をするも、炎が弱まっていることに気が付くと、小枝を手早く折って焚き火へと放り投げた。小枝はパチパチと爆ぜ、炎の勢いが徐々に戻っていく。

ホウと、鳥の鳴く声が洞窟内に滑り込んできた。

「――ステイシアさんは先に寝てください。僕が見張りをしておきますので」

「……そうさせてもらおうか」

言ってステイシアは膝に手を押し付けるようにして立ち上がった。彼女の全身が露わになり、アシュトンは慌てて目を逸らす。

ステイシアは服を着ながら「さすがに今日は疲れた」と呟き、膝を抱えてうずくまるように横になる。それから一分と経たないうちに小さな寝息が聞こえ始めた。

（お休みなさい）

アシュトンもそそくさと乾いた軍服に袖を通し、落ちそうになる瞼を必死に吊り上げながら再び焚き火の前へと座る。

夜明けにはまだしばらくの時を必要としていた――。

Ⅶ

背中を蹴られたような衝撃で飛び起きると、洞窟内に一条の光が差し込んでいた。

「起きたか？　準備ができたら出発するぞ」

「おはようございます……」

欠伸をしながら立ち上がったアシュトンの肩から、緑色のマントがはらりと落ちてくる。

無言で落ちたマントに手を伸ばしたステイシアは、慣れた動作で身に着けた。

「あ、あの、ありがとうございます」

「気にするな。お前は黄金の卵を産む雌鶏だからな」

アシュトンに視線を向けることなく、弦の張り具合を念入りに確認し始めるステイシア。

どうやら一夜を無事過ごせたらしいと、アシュトンは今さらながらに安堵した。


再び街道に向けて出発したアシュトンの足取りは軽やかだった。ステイシアがくれた塗り薬のおかげで体の痛みが大分引いたことも理由のひとつだが、それ以上にしっかりと睡眠がとれたことが大きかった。これがひとりだったら獣の襲撃に怯え、一晩中寝ずの番をしていたことだろう。

金が目的とはいえ、危険を顧みず行動を共にすることを選択してくれたステイシアに、

アシュトンが改めて心の中で感謝していると、

「――そうそう、ところでお前の階級はなんだ？」

ステイシアは思い出したように語りかけてきた。

「階級とは軍の階級のことですか？」

「ほかになにがあるんだ？」

油断なく周囲を警戒しながら尋ねてくるステイシアを不思議に思いながらも、とくに隠すつもりもないアシュトンは素直に答えた。

「少佐です」

「少佐か……少佐だとッ!?」

突然歩みを止めたステイシアの背中に、アシュトンは思わずぶつかりそうになった。振り返った彼女の顔はあからさまに驚きの色で満たされている。

（当然の反応だな。なにせ本人ですら少佐だなんておかしいと思っているくらいだし）

たまに近況を知らせる手紙を両親宛に送っているが、その両親でさえ自分が少佐で、多くの部下を率いる立場にあることを今も訝しんでいるくらいだ。

アシュトンが自嘲の笑みを漏らしていると、ステイシアの表情が急激に険しくなった。

「まさか冗談なのか？」

「冗談ではありませんよ」

「ならどうして笑う？」

「自分でも今の立場が信じられないからです」

おどけたように肩を竦めて見せると、ステイシアの顔から険が取れる。

「……だろうな。正直なところ精々少尉くらいだとあたしは思っていた。それがまさか佐官だとはな……」

「ステイシアさんは軍の階級に詳しいのですか？」

尋ねると、ステイシアはあからさまに渋顔を作って見せた。

「母方の祖父がとある国の軍人だった。階級は今のお前と同じ少佐で、部下は言うに及ばず、私たちにまで尊大な態度を示す人だった。正直あまり好きではなかったな」

「そういうことですか」

歩みを再開するステイシアは、乱暴に草を掻き分け始める。この話題を続けるのはお互いによろしくないと感じたアシュトンは、話題を変えることにした。

「ところで無事に生き延びたら、ステイシアさんにいくら支払えばいいのですか？」

職業軍人としてそれなりの給金をアシュトンは貰っている。今のところ給金の主な利用用途はオリビアにせがまれて買うおやつ代くらいなので、法外な金額を要求されなければ問題なく払えるだろうとアシュトンは踏んでいる。

ステイシアはこちらを見ることなく、指を五本立てて言った。

「金貨五枚がお前の命の代金だ。言っておくが一切負けるつもりはないからな」

「わかりました」

即答するアシュトンへ、再び歩みを止めて振り返ったステイシアの顔は、先程以上に驚愕の表情を張り付かせていた。

「まさか金貨五枚がどれほどの価値かわからないわけはないよな？」

「馬鹿にしないでください。これでも僕はれっきとした商人の息子です。そうですね……金貨五枚なら働かなくても二年は余裕で暮らせると思います」

「そ、そうだ。それほどの大金だ」

何度も頷くステイシアに、アシュトンは必ず支払うと告げる。ステイシアはなんともぎこちない返事をした後、のろのろと歩き始めた。


日がそろそろ天頂に差し掛かろうという頃。

二人は左右に広がる分かれ道に立っていた。どちらも木々が乱立しており、且つ草が生い茂っている。どちらを選択したとしても、それほどの違いはないだろうと思われた。

「どちらのほうが街道に近いと思う？」

「……あくまでも勘ですが、左のほうが近いような気がします」

「そうか。では右に進もう」

ステイシアはあっさりと右の道を選択した。アシュトンはモヤモヤとしたものを感じながらも、ステイシアの後に黙って付き従う。しばらく無言で歩き続けていると、遠くから雷鳴が聞こえてくる。顔を上げれば、空はいつの間にか黒一色に塗り潰されていた。

「どうやら一雨きそうですね」

「………………」

「ステイシアさん、聞いています？」

「ああ……聞こえているとも」

前方を見据えたまま搾りかすのような声を漏らしたステイシアは、素早く矢を弓に番え始める。まさかと思いながら前方に目を凝らすと、赤黒い塊のような影が微かに見える。

それだけでアシュトンには十分だった。

「やっぱり諦めていなかったか……」

今回も都合よく川があるわけではない。にもかかわらず、ステイシアの声は意外なほどの落ち着きをみせていた。今度も逃げ切れると思っているのか、それとも諦めたがゆえの反応なのかを考えている余裕はない。

はっきりしていることは、死が間近に迫っているということだ。

（ノルフェスは知能が高い。同じ攻撃を仕掛けても今度は絶対にかわされる）

ステイシアが果敢に臨戦態勢をとる一方、アシュトンが周囲に視線を走らせていると、木々の間から小道が奥へと延びていることに気が付いた。

「あそこから逃げましょう！」

アシュトンは先へ行くようステイシアを促す。彼女に続いて小道に飛び込んだ途端、ノルフェスの地鳴りのような雄叫(おたけ)びが聞こえてくる。

アシュトンはただひたすら前に走った。時折小枝が頬を掠(かす)めて鋭い痛みを覚えるが、そんなものにかまけている暇はない。凸凹とした地面に足が何度も取られそうになり、心臓が限界とばかりにうるさく鳴り響く。

やがて視界が開けるのと同時に、アシュトンは走るのを止(や)めた。正確に言うのなら、止めざるを得なかった。同じく足を止めているステイシアは、息も絶え絶えに笑っていた。

「ははっ。どうやらここまでのようだな」

アシュトンの目の前には崖が広がっている。あまりといえばあまりの光景だ。大いなる皮肉を感じながら崖下を覗(のぞ)き見ると、ゴツゴツとした岩が目に飛びこんでくる。

（落ちれば今度こそ即死で間違いない。それでも雨が降ってくれれば、まだ助かる可能性があるかもしれないけど……）

一転して顔を引き締めたステイシアは再び矢を番え、後方に向けて弓を引き絞る。すぐにアシュトンの耳が、最初に襲われたときにも聞いた鳴き声を捉えた。

「すみませんでした。僕がここに逃げ込もうと言ったばかりに……」

「それを言うなら左の道を選んでいれば、あいつと再び出会うことはなかったかもしれない。今さらたらればの話をしても仕方がないということだ」

「それもそうですね」

アシュトンが腰に身に着けているナイフを抜くと、ステイシアが忍び笑いを漏らした。

「そんなものであの魔獣ノルフェスと渡り合うつもりか？」

「渡り合えるだなんて思っていませんよ。それでもないよりはましですから」

「お前は意外と馬鹿だったんだな」

「どうせ僕は馬鹿ですよ」

「ふっ。まぁそういう奴は嫌いではないが――来たぞ！」

姿を見せたノルフェスが咆哮を上げると、鳥たちがけたたましい鳴き声を上げて一斉に木から飛び立った。ノルフェスは見せつけるように鉤爪を大きく開きながら慎重に近づいてくる。ステイシアの弓を警戒しているのは一目でわかったが……。

「なにか様子がおかしいな」

「ええ」

様子を窺っていると、ノルフェスの歩みは次第に遅くなり、ついには止まってしまう。

そして、しきりに鼻を鳴らし始めたノルフェスは、なぜかアシュトンたちに背を向け、低いうなり声を上げ始める。それとほぼ同時に、懐かしい声が聞こえてきた。

「間一髪ってところだね。やっぱりアシュトンは運がいいよ」

「オリビアッ！」

思わず名を叫ぶアシュトンに向かって、姿を見せたオリビアが呑気に手を振ってくる。

全身の力が抜け、アシュトンはその場に崩れるように座った。そんなアシュトンとオリビアに素早く目を配らせながら、ステイシアが声を潜めて言う。

「お前の仲間なのは軍服からしてわかるが……ノルフェスを前にして無防備に姿を晒すなんて頭がどうかしているんじゃないのか？　こう言ってはなんだが彼女は死んだぞ」

「大丈夫です。僕らは助かりました」

「助かりましたって……お前とうとう気が触れたのか？　たかが小娘ひとり現れたくらいでこの状況が変わるはずもないだろう」

ステイシアはなおも油断なく弓を構えたまま、呆れたような声を出す。だが、彼女は知らない。オリビアがただの小娘では断じてないということを。

「まぁ見ていてください」

つがいの片割れを殺したのがオリビアであれば、アシュトンとは比べものにならない匂いがオリビアには染みついているはず。

ノルフェスの標的は完全にオリビアに移行したと思っていいだろう。

「グガアアアアァァッ!!」

先に動き出したのはノルフェスだった。天を穿つかのような咆哮を上げ、オリビアに向けて突っ込んでいく。ステイシアが膝を射貫いたはずなのに、そのことを感じさせない速度はまさに脅威そのもの。しかし、それ以上の速度でもってオリビアがノルフェスの横を駆け抜けると、絶叫と共にノルフェスの左腕が宙に舞う。オリビアは素早く体を反転させると、今度は膝を大きく曲げて空に跳躍した。

再び咆哮を上げながら勢いよく突き上げられるノルフェスの右鉤爪と、空中で一回転しながら振り下ろされたオリビアの剣が重なった瞬間、白き輝きが世界に放たれると同時に、一筋の雷光が巨木を貫いた。

木片が派手に四散する中、両断されたノルフェスは血の海に沈んでいく。抜け殻のような顔をしたステイシアが、いつの間にかアシュトンと同じく地面に座り込んでいた。

（本当に凄い奴だよ。お前は……）

鞘に剣を納めたオリビアがこちらに近づいてくると、我に返ったらしいステイシアは、一転して顔が青ざめる。そんなステイシアを気にした様子もなく、オリビアはアシュトンの前で歩みを止めると、白い歯を見せながら手を差し伸べてきた。

「やっぱりわたしがいないとアシュトンはすぐに死んじゃいそうだね」

「そうさ。オリビアが傍にいてくれないと僕って人間はすぐに死ぬんだよ」

――空から滝のような雨が降り注いでくる。

アシュトンは白魚のようなオリビアの手を握りしめて立ち上がった。

雨で濡れそぼるオリビアの姿は、たとえようもない美しさに満ち溢れている。

魔獣ノルフェスの襲撃から始まったアシュトンの逃避行は、まもなく終わりを告げようとしていた――。

第四章 ◆ 疑惑

I

「ただいまー！」

「……ええと、今戻りました」

「──あっ!?」

アシュトンとオリビアが屋敷へ帰ってくると、玄関前に佇(たたず)んでいたアシュトン付きの使用人──メアリー・スーが箒(ほうき)を投げ捨て、今にも泣きだしそうな笑みで走り寄ってきた。

「アシュトン様、ご無事で良かったです……」

「……ご心配をかけたようですみません」

気恥ずかしさを覚えて頭を下げるアシュトンに、メアリーは慌てて両手を振った。

「頭を上げてください！　皆様アシュトン様のお帰りをお待ちになっておられます」

メアリーの案内に従って談話室の扉を開けると、皆の視線がアシュトンに集中する。

真っ先に口を開いたのは、ソファから勢いよく立ち上がるクラウディアであった。

「アシュトン！」

クラウディアがアシュトンの胸に勢いよく飛び込んできた。あまりに突然のことで棒立ちになっているアシュトンに対し、クラウディアは突然体をまさぐり始める。

「クラウディア中佐!?」

「――それなりに怪我はしているみたいだが、どうやら大事には至らなかったようだな」

ホッと胸を撫で下ろすクラウディアの姿を見て、アシュトンはただただありがたい気持ちになった。そして思う。本当に自分は上官に恵まれたと。

「長らく心配をおかけしました」

そっと目元の涙を拭うメアリーを横目に、アシュトンが再び頭を下げていると、クラウディアの拳骨が降ってきた。温かみのある痛みにアシュトンは感慨深い気持ちになりながら頭を上げると、そこにはいつもの厳しいクラウディアの顔。

「大体油断しているからそういう目に遭うのだ。いついかなるときも周囲には気を配れと教えただろう」

「お言葉ですが魔獣ノルフェス相手に油断もなにも――」

「いいわけするな」

再びクラウディアの拳骨が落ちてくる。理不尽極まりないクラウディアの言葉ではあるが、心配をかけたのは紛れもない事実なだけに、これ以上反論の余地はない。

頭を擦るアシュトンの下に、やたらニヤついた笑みを浮かべるエリスと、安堵したような表情を見せるエヴァンシンが近寄ってきた。

「ご帰還早々派手に見せつけてくれますね、アシュトン少佐殿」

クラウディアにチラリと視線を流しながらエリスがそう言うと、クラウディアはバツが悪そうにアシュトンから一定の距離を置いた。なんとなく気まずくなった雰囲気を和ませるかのように、エヴァンシンが話しかけてくる。

「アシュトン少佐、ご無事でなによりです」

「オリビアから話は聞いている。結構捜してくれたんだろ？」

「それはまぁ……ただ正直に言いますと、もう駄目かと思っていました。なにせ状況が状況でしたから」

「僕自身もそう思ったよ」

考えてみればノルフェスに吹き飛ばされた挙句、さらには崖から落ちたのだ。しかも、それで終わりではなく、つがいのノルフェスに再び襲われる始末。

立て続けに危険害獣二種に襲われることなど奇跡に等しい。普通に会話をしている今の状況が不思議なくらいだ。

「オ、オホン！——ところでアシュトン。あちらの女性は誰なのだ？」

所在なげに立つステイシアを遠慮がちに見やりながら、クラウディアが尋ねてくる。

「紹介が遅れてすみません。僕の命を救ってくれたステイシア・バネッサさんです」

「……どうも」

今度はステイシアに視線が集まる中、彼女は居心地が悪そうに軽く会釈をした。

「彼女がアシュトンを？」

「はい」

アシュトンは改めて川に流されていたところを救ってもらったこと。そして、ノルフェスに襲われた経緯などを全員に語って聞かせた――。

「アシュトン少佐を吹き飛ばしたノルフェスはオリビア少将が退治してくれたので事なきを得たのですが……それにしても大変でしたね」

話を聞き終わったエヴァンシンが労いの言葉をかけてくる隣で、これ以上ないくらい邪悪な笑みを浮かべるエリスを見て、アシュトンは内心で嘆息した。

「なにか？」

「アシュトン少佐はステイシアさんとずっと一緒にいたんだ」

「なんだか言い方に妙な含みがあるけど、やましいことはなにもないぞ。お互い下着姿になったことだって、服を乾かすために仕方がなかったことだし」

言ってすぐに失言だったと気づいたときには手遅れだった。まさに水を得た魚状態のエリスが、さらに邪悪な笑みを浮かべながら嬉々として言う。

「若い男女が下着姿!?　しかも一夜を共に!?」

「だから服を乾かすために仕方がなくって言っているだろ！」

「全く……姉貴はどうしてそうちゃかすんだ？」

呆れて窘めるエヴァンシンへ、エリスは瞬時に冷ややかな視線を向けた。

「は？　馬鹿なの？　そんなの面白いからに決まっているじゃない。——それにしてもアシュトン少佐も隅に置けませんねぇ。ところでステイシアさんの下着は何色でした？」

「黒——じゃなくって!!」

慌てて視線を奥のテーブルへ向けると、オリビアは夕バサから差し出された紅茶を美味しそうに飲んでいた。とくに誤解はされていないようだと息をつく間もなく、クラウディアがアシュトンに向けて酷薄な笑みを浮かべた途端、オリビアが静かに部屋を出て行く。

「お互い下着姿だったのか？」

「それはさっきも言った通り、本当に仕方がなく——」

「でも下着姿で一緒に過ごした」

「そ、それはまぁそうですが……」

悪いことをした覚えなどまるでない。それにもかかわらず、どうしてかアシュトンの背中から大量の汗が滲み出てくる。

その様子を見かねたのか、ステイシアが割って入ってきた。

「このお坊ちゃんにあたしをどうこうしようなんて気概はありませんよ」

アシュトンから視線を外したクラウディアは、品定めをするような勢いでステイシアを見る。

「……ステイシアさんと言ったな」

「ええ」

「アシュトンの命を救ってくれたこと、まずは心から礼を言う。だが、たった二日ばかり行動を共にしただけで、アシュトンのなにがわかるというのだ？　こう見えてこの男はそれなりに気骨がある。お坊ちゃんなどとあまりふざけた口を利いてほしくはないな」

アシュトンに対して小言が常態化しているクラウディアだが、今に限っては擁護に回っている。そんな彼女に大いなる戸惑いを覚えていると、ステイシアが両腕を組んで言った。

「確かに共に過ごしたのは二日だけ。それでもこの男に気骨があるのはわかっている。なにせこいつは魔獣ノルフェス相手にナイフ一本で立ち向かおうとしたくらいだからな」

「なら――」

「それでもこいつが坊ちゃんであることに変わりはない」

そう言って、最後は鼻で笑うステイシア。身を切るような二人の視線が交錯するのを、しかし、アシュトンはどうすることもできず、ただ二人をおろおろと眺めるばかり。

「その言いようが――」

「あたしがここにきたのは約束の報酬を受け取るためだ。別にあんたの恋人に興味はないから心配するなって」

「なっ!?　こ、恋人だとっ!?」

ステイシアはあからさまな動揺を見せるクラウディアを華麗に無視し、アシュトンに向かってぶっきらぼうに手を差し出してきた。

「ということでそろそろ例のものを渡してくれない？　あたしも暇じゃないし」

「お金はすぐに用意します。——それと、クラウディア中佐に変なことを言わないでください。後で文句を言われるのは僕なんですから」

最後は小声でそう耳打ちすると、ステイシアは怪訝な表情を浮かべてクラウディアとアシュトンを交互に見比べる。そして、最後は呆れたような溜息を落とした。

「お前は……まぁいいか。とりあえず貰うものを貰ったらあたしはとっとと退散するから」

「ではすぐに取ってきます」

談話室を出て自分の部屋へ戻ったアシュトンは、金袋から金貨を一枚ずつ丁寧に取り出して机に並べていく。

（ひぃふぅみぃ……これでよし）

階段を足早に下りて再び談話室に戻ると、ステイシアがエリスと何事かを話している。アシュトンが戻ったことに気づいたらしいステイシアは、にやけた笑みを向けてきた。

（はぁ……またエリスが碌でもないことを言ったな）

いちいちエリスの言動を気にしていたらきりがない。アシュトンが再び差し出されたステイシアの手に金貨を載せる。

最初こそステイシアは笑顔を見せるも、すぐに表情を曇らせた。

「六枚ある。確か五枚ってあたしは言ったよな？」

「追加の一枚はほんの気持ちです。そのまま受け取ってください」

「ふーん……なら遠慮なく」

手早く金貨を懐に入れたステイシアは、去り際にアシュトンの肩を軽く叩いた。

「ま、色々あるらしいが精々頑張れよ。――アシュトン・ゼーネフィルダー少佐」

そう言い残し、ステイシアは足取りも軽やかに談話室を出ていく。

（……初めてステイシアさんに名前を呼ばれたような気がする）

アシュトンの隣では、クラウディアが閉ざされた扉をいつまでも睨みつけていた。

Ⅱ

聖都エルスフィア　ラ・シャイム城　ソフィティーアの執務室
ラーラが執務室を訪れると、ひとりの梟がソフィティーアに報告書を手渡すのを目にした。

ソフィティーアはすぐに終わる旨をラーラに告げ、受け取った報告書に目を通すと、程なくして小さな驚きを示した。

「あの青年は無事でしたか……怪我などは？」

「それなりに傷は負っているらしいですが、命にかかわる大事には至っておりません。今は自らの足で屋敷へと戻っています」

「ではオリビアさんも戻ってきたということですね？」

オリビアの名をソフィティーアが口にした途端、梟は怯えたような表情を見せる。

この梟はソフィティーアを陰から守る護衛衆として、ラーラ自らが狩場に配置したうちのひとりである。

「聖天使様のおっしゃる通り、死神オリビアも一緒に戻っています」

「わかりました。報告ご苦労様です」

「はっ。失礼いたします」

報告を終えて退出する梟を横目に、ソフィティーアは部屋の中央に置かれた灰色のソファへと移動しながら、笑みを交えて声をかけてきた。

「ラーラさんも今お聞きになった通り、あの青年は無事とのことです」

「さすがにあの状況で生き延びるとは思っていませんでした……」

ノルフェスに吹き飛ばされ、そのまま崖下に落ちて行ったのだ。ソフィティーアの指示で捜索隊を編成はしたが、徒労に終わるとラーラは踏んでいた。

　それだけに彼が生きているという事実が、ラーラには不思議でならなかった。

「実に強運の持ち主です。もしかすると女神シトレシアの恩寵を受けたのかもしれませんね。――そんなところに立っていないでお座りなさい」

「はっ。では失礼いたします」

　ラーラが座ったことを確認したソフィティーアは、お茶を運ぶよう侍従に申し付ける。

「さてラーラさん。わたくしは是が非でもオリビアさんが欲しくなりました」

「それはノルフェスとの戦いをご覧になられたからですか？」

「もちろんその通りです。やはり聞くのと実際にこの目で見るとでは、雲泥の差がありました。百聞は一見にしかずとはまさにこのことを言うのですね」

　楽しそうに言うソフィティーアに、ラーラは内心で嘆息した。

「……聖天使様、非礼を承知で申し上げることをお許しください」

「構いません。上っ面だけの言葉などわたくしは求めていませんから」

　謝辞を伝えたラーラは、居住まいを正した。

「ノルフェスとの一件でオリビアを懐に入れるのは危険だと私は判断しました。魔法ならいざ知らず、剣一本であの魔獣をあっさり屠るなど尋常ではありません」

　二人の間にしばしの沈黙が訪れる。その合間を縫うように従者が紅茶を運んでくると、ソフィティーアは優雅な所作でティーカップを手に取り、ゆっくり紅茶をすすり始める。

「――わたくしではオリビアさんを御し得ないと、そうラーラさんはおっしゃりたいのですか？」

「そうは申しません。ただ、ゼファーが以前言っていた通り、彼女は人の枠から外れた、それこそ人間のもつ常識が通じない気配を醸し出しています。ヨハンが危惧するところも、まさにそのあたりだと私は思いました」

ラーラはオリビアと魔獣ノルフェスの戦いを思い出していた。魂を震わせるほど恐ろしくも華のある美しい戦い。剣技、体術どれをとっても一流などとは生ぬるい言葉で、ヨハンが足下にも及ばないと断言したことも今なら納得できる。

ラーラも魔法を行使すればノルフェスを屠る自信はある。が、こと剣技に関して言えば、オリビアに勝てるイメージがまるで浮かばなかった。

たとえ天賦の才を持つヒストリアとて、オリビアの剣技の前では児戯に等しく見えてしまう。それほど凄まじい剣技だったのだ。

そして、ラーラがオリビアを危惧する最大の理由――――。

（笑っていたんだ。魔獣と恐れられるノルフェスを前にして。あの女は薄ら笑いを浮かべながら戦っていた。あれはどう考えても異常だ）

ラーラもあえて衛士たちを鼓舞するため、自信に満ちた作り笑いを見せることはある。

しかしながら、オリビアの笑みはそういったものとは違う全く異質なもの。それがラーラには酷く不気味なものに思えてしまったのだ。

ソフィティーアは艶やかな唇を静かに動かす。

「危険だからと遠ざけるのは簡単です。ですがそれでは大陸統一という覇業を成就することは叶いません。ラーラさんはそう思いませんか？」

「それはそうかもしれませんが……」

ソフィティーアの瞳は、星屑をちりばめたような輝きを放っていた。

「魔術も使わず剣ひとつであれだけのことができてしまう強者です。ラーラさん風に言えば、単純な強弱ではもはや測れないといった存在でしょうか？　帝国が彼女を御し得ない理由が骨身に沁みてよくわかりました。だからこそオリビアさんを手中に収めれば、大陸統一が俄然現実味を帯びてくるのです」

「聖天使様はあの戦いをご覧になって、オリビアを恐ろしいと感じなかったのですか？」

常識から外れたオリビアとノルフェスの戦いを目の当たりにすれば、誰であろうと恐怖を覚えるのが自然な感情である。実際ソフィティーアのためなら死をも恐れぬ勇猛な聖近衛騎士団でさえも、あのときばかりは一様に恐怖を顔に張り付けていたくらいだ。

「恐ろしい？　むしろわたくしはオリビアさんの戦いぶりに感銘を受けました。狂おしいほどの愛おしさを感じてしまうほどに」

目を細めるソフィティーアの姿に、ラーラの全身を鳥肌が襲う。

（死神と呼ばれるオリビアを傍らに置くことで、ソフィティーア様は危険を楽しもうとしていらっしゃる……）

もはやこれ以上の説得は無駄だとラーラは悟った。ならば忠実なる臣下として、ソフィティーアの言葉をどこまでも信じるしかない。

「聖天使様のお考えはわかりました。これ以上私から申し上げることはございません」

「前にも一度お伝えしましたが、オリビアさんの危険性は十二分に承知しているつもりです。それを踏まえてラーラさんのお考えも胸に留めておきましょう。――そうそう、ところで明日の予定はどうなっています？」

場の空気を変えるかのように、ソフィティーアは明るい表情でポンと手を叩いた。

「聖天使様が許可してくだされば、延期していた観兵式を行おうと思うのですが」

観兵式を行う目的はただひとつ。聖翔軍の力をオリビアたち――ひいてはファーネスト王国に喧伝するためである。本来であれば狩りの翌日に観兵式を執り行う予定だったが、王国側の事情に配慮し、一応の決着をみるまで先延ばしにしていた。

「そうですね……あの青年が生きて見つかったということであれば問題ないでしょう。それで進めてください」

「かしこまりました」

「それと、明後日はオリビアさんを改めて夕食に招待します」

予定通りならオリビア一行は三日後に帰郷する。ソフィティーアからの誘いに対し、オリビアが返答を保留しているのはラーラも知っている。間違いなく夕食の席で、再度の話し合いが持たれることだろう。

「ではその旨をアンジェリカに伝えておきます」

「お願いします。明日からの二日間はオリビアさんが望むものは全て与え、そして出来得る限り恩を売りなさい。それこそ恩で身動きが取れなくなるくらいに」

「はっ……」

程度の差はあれど、人は恩を感じる生き物である。

だが、相手は人外の化生というべき存在であるオリビア。

果たして人並みに恩を感じるものかと、この時のラーラは疑問に思った。

翌日――。

アシュトン捜索のため延期となっていた観兵式に参加するため、再び姿を見せたアンジェリカと共に馬車で揺られること約十分。

ラ・シャイム城に到着したオリビア小隊は、ソフィティーアが待つ《緑翠(りょくすい)の間》へと案内された。

（この城はどこもそうだけど、ここもご多分に漏れず豪華な造りだな）

吹き抜け仕様の広々とした天井を感心して眺めながら視線をバルコニーへ向けると、夜会の際にも見かけた容姿端麗な長身の美女——ラーラ・ミラ・クリスタルが、ソフィティーアと何事かを話している。

「聖天使様、ただいまお連れいたしました！」

アンジェリカの言葉に反応したソフィティーアは、銀の錫杖片手に近づいてきた。

「アンジェリカさんご苦労様です。——アシュトンさん、この度はご無事でなによりでした」

「こ、これはご丁寧に！　僕——私を捜し出すために人手も割いていただいたそうで、そ、その、あ、ありがとうございました！」

まさか直接本人から声をかけられるとは思っていなかっただけに、アシュトンはひざまずくことも忘れ、立ち姿のままで礼を述べてしまった。

「礼には及びません。当たり前の対応をしたに過ぎませんから」

ソフィティーアは不快感ひとつ表すことなく、むしろ、笑みを交えて言う。

無作法を全く意に介していないその様子に、アシュトンはソフィティーアの懐の深さを改めて感じた。

（しかし、間近で見ると本当に美しい人だな……）

なんでも市井の者たちは、ソフィティーアの笑みを〝女神の微笑〟と讃えているらしい。

そんなソフィティーアをまじまじ見つめていると、彼女は不意に小首を傾げた。

「わたくしの顔になにかついていますか？」

「い、いえ！　あまりにも綺麗だったのでつい！」

また余計なことを口走ってしまったと、慌てて口を押さえるアシュトン。ソフィティーアは目をキョトンとした後、小さな笑い声を上げた。

「男性の方に面と向かってそのように言われると、意外に照れるものですね」

「本当に申し訳ございません！」

アシュトンが勢いよく腰を曲げて謝罪を口にしている背後で「恐ろしい……」と、エリスの呟く声が聞こえてくる。ちなみに隣に立つクラウディアを盗み見ると、張り付けたような笑みを殊更に浮かべ、両の拳をわなわなと震わせていた。

「皆様にはこちらで観兵式をご覧いただきます」

ソフィティーアは笑みを絶やすことなくアシュトンたちをバルコニーへと誘う。

ラーラの誘導で一列に並べられた椅子にそれぞれが座っていく中、ソフィティーアは最上段に置かれている椅子にオリビアを座らせ、また自らも隣に腰かけた。まるで玉座のような豪華な椅子といい、自分とオリビアは同等ですよと暗に知らしめている。

最上級の待遇を受けるオリビアは、しかし、全く意に介した様子もなく、「この椅子フカフカでとっても気持ちがいいね」と、呑気極まる発言をしていた。

「――そろそろ始まります」

凛としたラーラの声に合わせるかのように、観兵式の開始を知らせるラッパが一斉に鳴り響く。

整地された広場の左右から雅な鎧に身を包んだ衛士が国章旗を掲げて登場し、広場の中央で交差すると、今度は若草色の全身鎧を身に着けた衛士が正面より二列縦隊で姿を現す。

彼らは一糸乱れぬ歩調で行進を続けながら左右へと分かれ、ソフィティーアに向かって次々に敬礼を披露していく。

（素人目にもかなり鍛えられていることがわかる。主のためなら死をも厭わない。そんな風にも見えるな……）

衛士たちばかりでなく、戦車と呼称される重厚な乗り物や、最新式と思われる攻城兵器なども次々に登場し、技術力の高さをまざまざと見せつけてくる。

「敵に回すと厄介そうね……」

真剣な表情で呟くエリスに、隣に座るエヴァンシンが黙って首を縦に振る。エリスの意見にはアシュトンも完全に同意であり、小国だからと舐めてかかることはできない。ストニア公国の兵士を、僅か半数の兵士で退けることができたのも頷ける話だ。

やがて七列横隊を形成した衛士たちは、自らの額に重ねるよう剣をあてがい、一斉にソフィティーアを讃える言葉を口にした。

「「「聖天使様に絶対なる忠誠を!!」」」

「「「聖天使様に女神シトレシアの光あれ!!」」」

椅子から立ち上がったソフィティーアが、衛士たちに向けて軽く手を振ると、地鳴りのような歓声と熱狂が広場を支配する。

その光景は、かつて古(いにしえ)の時代に強烈なカリスマと、類稀(たぐいまれ)なる美貌を武器にデュベディリカ大陸を席巻(せっけん)したと言われている伝説の女王〝カグヤ〟を彷彿(ほうふつ)とさせた。

微笑(ほほえ)むソフィティーアの姿を、オリビアは不思議そうに眺めていた。

Ⅲ

帰郷前夜――。

「じゃあちょっと行ってくるね」

ソフィティーアから夕食に招待されたオリビアは、不安そうな目を向けてくるクラウディアとアシュトンに見送られながら出迎えの馬車に乗り込み、ひとりラ・シャイム城へと向かった。

「儀礼服もとてもお似合いでしたが、ドレス姿も素敵ですよ」

オリビアを見たソフィティーアの第一声がそれだった。オリビアは薄紫色で染められた自身のドレスを見下ろしながら首を傾げる。

「そうかな?」

「ええ。本当によくお似合いです」

オリビアが着ているドレスは、この日のためにソフィティーアが特別に用意してくれたものらしく、昨日商人が届けに来た。オリビアは軍服で構わないと拒否の姿勢を見せたが、それではソフィティーアに恥をかかせることになるとクラウディアに注意され、仕方なく着ている。

ちなみにソフィティーアは、赤いドレスを身に着けている。いつも以上にドレスがキラキラだねと指摘したオリビアに、ソフィティーアは「実はわたくしが着るものは全て侍女たちが見繕うので、わたくしに選択の余地はないのです」と、耳元で囁いてきた。

服に関しては自分も偉そうなことは言えないけれど、それでも着る服を自分で選べないなんて、一国の主というものは随分不便なものだとオリビアは思った。

(それにしても、こんな大きなテーブルでいつもご飯を食べているのかな?)

片側だけで二十人以上は楽に座れそうだ。スッと引かれた椅子にオリビアが座ると、隣室に繋がる扉が開かれ、銀色のワゴンを運ぶ使用人たちが列をなして現れた。

「こちらはメノウ鳥の香草焼きとなります」

「こちらはサラウのシャトレーゼです」

「こちらは――」

使用人たちは料理の名前を口にしながら、オリビアの前に次々と並べていく。

ファーネスト王国の料理と比べて、神国メキアの料理は繊細な味付けをしている。基本的に味が濃いものを好む傾向のオリビアだが、これはこれで気に入っていた。

「遠慮なさらずにお召し上がりください」

「アシュトンに言わせると〝遠慮〟って言葉を母親の胎内に置いてきたらしいの」

「ふふっ。では余計な言葉でしたね」

「そういうこと」

オリビアは料理を片っ端から食べていく。ソフィティーアはなにがそんなに楽しいのか、オリビアの食べる姿をにこやかに見つめていた。


（そろそろ頃合いかしら）

グラスに注がれた葡萄酒（ぶどうしゅ）で喉を潤したソフィティーアは、食べることはすなわち戦いだと言わんばかりにナイフとフォークを動かすオリビアに声をかけた。

「アンジェリカから話を聞きましたが、昨日は図書館に行かれたそうですね」

「ほうだよ」

オリビアは頬を蛙のように思い切り膨らませながら首を縦に振る。

聖都エルスフィアにはそれなりに見るべきところはある。たとえばシャンデルセン通りなどは、様々な商品を扱う店が立ち並び、聖都エルスフィアでも屈指の賑わいを見せる。ほかにも天を衝くような女神シトレシア像や、郊外にまで足を延ばせば、山肌を滑るように降りてくる雲など神秘的な光景も見ることができる。

それら全てを無視し、なにゆえ図書館を選んだのか不思議だった。

「ほら。わはひってほんがふぅひだはら」

「ええと……本が好きだとおっしゃったのですか？」

オリビアは一切手を止めようとはせず、やはり首だけ縦に振って肯定する。良くも悪くも武力が突出しているだけに、意外といえば意外な言葉にソフィティーアは驚いた。

ちなみにどんな本を読むのか尋ねてみると、多種多様な本を、それこそ学者が手に取るような本まで読んでいることがわかり、ソフィティーアは二度驚かされることとなった。

「オリビアさんはことのほか本がお好きなのですね」

口の中のものをゴクリと豪快に飲みこんだオリビアは、笑顔を見せて頷いた。

「ゼットがね。たくさんたくさん本をくれたんだよ」

「ゼットさんが本を……オリビアさんはゼットさんと暮らしていたのですか？」

「うん。深い森の中で一緒に暮らしていた」

以前両親のことは知らないと聞かされていたので、ゼットなる人物がオリビアの育ての親であることはなんとなく察していたが、街や村でなく森で暮らしていたとは、さすがのソフィティーアも思っていなかった。

以前梟にオリビアの身辺調査を命じたが、彼女が王国軍に志願する前の情報をなにひとつ摑めなかったのも、森で暮らしていたのであれば納得もできる。

「そうだったのですか……」

「うん。ここからならそんなに遠くないと思う」

しれっと聞き捨てならない言葉を口にするオリビアに、ソフィティーアは危うくグラスを落とすところだった。今の話が事実であれば、それこそ領土内のどこかの森にオリビアが、そして、ゼットが暮らしていた可能性は低くない。

ソフィティーアはすぐに執事を呼び出し、地図を持ってくるよう命じた。

「どのあたりの森かわかりますか？」

即座に用意された神国メキア周辺の地図を広げて見せると、オリビアは目を這わせて「ここだよ」と、ある一点を指差す。

ソフィティーアは思わず二度見してしまった。

「一応お聞きしますが、本当にこの森で間違いないですか？」

「うん。間違いないよ」

「そ、そうですか……」

結論から言えば、神国メキアの領土内であった。しかし、領土であって領土にあらず。オリビアが指し示した森は、聖都エルスフィアから南西に位置する、俗に《帰らずの森》と呼ばれている大森林である。名前の通り一度足を踏み入れたら二度と戻ることができない魔境の森として有名だ。

数年前、噂(うわさ)の真相を確かめるべく数人の梟を調査に派遣したことがあったが、結局誰一人として戻ってくることはなかった。その帰らずの森にオリビアは住んでいたという。

(彼女が虚言を弄するとは思えない。そもそもその理由もない。本当に先程から驚かされることばかりですね……)

それでも表面上は平静を装いつつ、さらなる情報を引き出すため、ソフィティーアは慎重に言葉を選びながら話を続けていく。

「オリビアさんは赤子の頃から森で暮らしていた、ということでよろしいですか?」

「ほら、わたしって赤ん坊のときに捨てられたでしょう?」

「そ、そうおっしゃっていましたね」

「で、そのあと森でゼットに拾われたから」

相変わらずデリケートな過去をわけもなく話す様子からして、捨てられたことそれ自体気にも留めていないのがわかる。気になるのはゼットに拾われるその時まで、獣の爪牙(そうが)にかかることもなく、無事に生き延びたということだ。

そのあたりの事情を尋ねてみると「赤ちゃんだからさすがに理由はわからないよ」と、オリビアは困ったような顔を見せた。

確かに言われてみればその通りだと、ソフィティーアは苦笑する。

同時にある程度の情報を手に入れたことで満足したソフィティーアは、改めて居住まいを正し、オリビアをひたと見据えた。

「オリビアさん？」

「なにかな？」

「そろそろ過日のお答えを聞かせていただいてもよろしいですか？」

オリビアは一瞬で表情を硬くさせ、手にしていたティーカップを静かに置いた。

「——やっぱり王国軍に残ることにした」

悩みつつも最終的にはこちらの申し出を受けてくれるだろうとの思いが少なからずあった。それだけにオリビアの決断は、ソフィティーアに一瞬言葉を忘れさせた。

「——理由をお聞かせ願えますか？」

オリビアはカップのふちに指を滑らせながら口を開く。

「わたしがいなくなるとね。すぐに死んじゃう人間がいるの」

そう言ってオリビアは困ったように笑う。ソフィティーアの脳裏に浮かんだのは、優しい顔立ちをしたひとりの青年だった。

「もしかして、アシュトンさんのことですか？」

「うん」

「つまりアシュトンさんを放っておけないから王国軍に残ると、そうオリビアさんはおっしゃっているのですね？」

　オリビアはコクリと頷いた。

　臣下たちにも伝えていないことだが、オリビアだけではなくアシュトンも聖翔軍に迎え入れようと画策していたソフィティーアである。天才軍師と呼ばれ、帝国軍に辛酸を嘗めさせているという情報を得たからに他ならないが、同時に義理堅いとの報告も受けていた。

　少なからずこちらを警戒しているふしが見える様からも、誘いには応じないだろうとソフィティーアは早々に結論付けていた。

「ではゼットさんのことはよろしいのですか？」

「よろしくないよ！　ゼットは絶対に見つけたい！」

　両手をテーブルに叩きつけながら立ち上がったオリビアは、目を大きく見開いて言う。

「それでしたら……」

「……最初はね。人間のことなんてどうでもよかったの。別に興味もなかったし」

　再びテーブルに座ったオリビアは、訥々と語り始める。まるで自分が人間ではないような言い回しに違和感を覚えるも、ソフィティーアは黙って耳を傾けることにした。

「だけどアシュトンが崖から落ちて、クラウディアには冷静になれってわたしは言ったけど、もしもアシュトンが死んじゃったらと改めて考えたら、わたしの中にあるぽかぽかしたものが消えちゃって、なんだかとても寒くなった。崖に落ちたのがクラウディアだったとしても、きっとわたしは同じことを感じたんだと思う。ゼットがわたしの前から突然いなくなったときも胸が締め付けられるような痛みに襲われたの。わたしが生きていれば、ゼットとはいつか絶対に会えると信じているけど、アシュトンは違う。わたしが傍(そば)にいないとアシュトンは簡単に死んじゃう。そしたら二度と会えなくなっちゃう。だから……」

　話を終えたオリビアのタイミングを計ったかのように、宵の刻を知らせる音色が食堂に鳴り響く。予定していた会食の時間は終わりを告げようとしていた。

（……話を聞く限り説得するのはどうにも難しそうですね。――ならばオリビアさんの言う大事なものが消えてしまったとしたらどうなるのでしょう？）

　アシュトンとクラウディアの顔がソフィティーアの脳裏を掠(かす)めた次の瞬間、オリビアがこちらをジッと見つめながら薄桃色の唇を動かした。

「友達は絶対にそんなことは考えないと思う」

「え？」

「せっかく友達になった相手をぶっ殺したくないし」

間近で見る彼女の瞳は、これまでにないくらい漆黒に染まっている。そのまま見つめ続けられたら、得体のしれないなにかに取り込まれてしまうような錯覚を起こすほどに。

背中にじっとりと冷たい汗が滲むのがわかった。

（これは……まさかこのわたくしが怯えている……？）

ソフィティーアは、初めて向き合う感情に戸惑いながらもオリビアへ告げた。

「ごめんなさい。オリビアさんがなにをおっしゃっているのかよくわかりません」

「本当にわからないの？」

「ええ」

「ふーん……ま、これからもソフィティーア様とは仲良くやっていきたいし、そういうことにしておいてあげる。――じゃあ、そろそろわたしは帰るね」

ちらりと天井を見上げたオリビアは、おもむろに椅子から立ち上がった。

「ではすぐに馬車の手配を――」

執事を呼ぼうとするソフィティーアを、しかし、オリビアは手を振って拒否する。

「大丈夫。近いから歩いて帰る。見送りはいらないから」

オリビアは軽い足取りで食堂を後にした。浮かしかけていた腰を落とし、小さな息を吐くソフィティーアの瞳が、目の前の蠟燭が僅かに揺れるのを捉える。

その直後、全身黒装束の男が天井からふわりと舞い降りてきた。

「――ジョゼルさん、彼女をどう見ます？」

「噂通りの、いやそれ以上の化け物と見受けました。完全に気配を断っていたにもかかわらず、彼女はこちらに気づいているばかりか、平然と無視を決め込んでおりました。殺そうと思えばいつでも殺せると言わんばかりに。絶対に彼女と敵対してはいけません」

「〝死の伝道師〟と呼ばれたほどの暗殺者がそういうのでしたら間違いありませんね」

「それは昔のことです。今は聖天使様の忠実なる僕でございます。それよりもなにとぞ早まった真似だけはなさらないよう伏してお願い申し上げます。――それでは」

ジョゼルは再び天井へと戻っていく。

ソフィティーアはグラスに残された葡萄酒を一気に呷った。

（それにしても聖天使であるこのわたくしを脅しますか。――増々もって彼女のことが気に入りました。今回は一旦引き下がりますが、大陸統一には彼女の力が必要不可欠です。絶対にわたくしは諦めたりはしませんよ）

大扉を押し開いてバルコニーに出たソフィティーアは、両腕を殊更に広げて見せる。

銀月の光を全身に浴びるソフィティーアの表情は、どこまでも華麗な笑みに満ちていた――。

Ⅳ

ラ・シャイム城の中庭は本格的な秋の深まりを見せていた。

木々の間を忙しく動き回る灰リスたちが、冬の訪れが近いとばかりに頬袋を大きく膨らませ、巣穴の中に木の実をせっせと運び込む光景が映しだされている。

(やはりこちらにいらしたのか)

真紅の絨毯が敷き詰められたかのような落ち葉を踏みしめながら、亜麻色の髪を掻き上げる青年――ヨハン・ストライダーは、小さなテーブルで優雅にお茶を飲むソフィティーアに歩み寄った。

「――発たれましたか?」

ソフィティーアは視線をヨハンに向けることなく尋ねてくる。

「はい。先程聖近衛騎士の面々と一緒に」

「見送りご苦労様です。せっかくですからヨハンさんもご一緒にいかがですか?」

「ではご相伴にあずかります」

椅子に腰かけたヨハンは、給仕にレイグランツを出すよう指示し、改めてソフィティーアを真っすぐ見据える。美しきその姿は、普段と何ら変わった様子がなかった。

「ヨハンさんは最近難しい顔をするようになりましたね」

おどけたような調子で言うソフィティーアに、ヨハンはガリガリと頭を掻いた。

「そんなことよりこのまま行かせてしまってよろしかったのですか？」

ほかの誰でもなくオリビアのことであるのは言うまでもない。魔獣ノルフェスとの一件でオリビアに対する熱がさらに上がったと、ラーラから愚痴を聞かされていたからだ。

ティーカップを置いてヨハンをしばし見つめたソフィティーアは、

「今回の件、あまりヨハンさんは乗り気でないと思っていました」

そう言って静かに微笑む。

少なくともオリビアを迎えることを公然と否定した記憶はない。ソフィティーアにあっさり心底を見抜かれていたことに、ヨハンは内心で苦笑した。

「個人的にはそうかもしれません。ただ神国メキアの未来を、覇業を成就させるためには、オリビアの武力が大きな礎となるのは疑う余地がありません」

「わたくしもそう思っていますが、断られた以上は大人しく引き下がるより仕方ありません。それともヨハンさんが説得をしてみますか？」

悪戯っぽい瞳を向けてくるソフィティーアに問われ、ヨハンは言葉を詰まらせる。もちろん命令とあれば説得を試みるが、徒労に終わると思っている。

（あれは自ら決めたことに関しては絶対に曲げないタイプだ）

様々な女と浮名を流してきたヨハンだからこそ、その見立てには自信を持っていた。

「俺が説得しても結果は同じことでしょう」

「それではわたくしが頑張るよりほかありませんね」

ソフィティーアは華奢な腕に可愛い力こぶを作って見せる。

「諦めたのではなかったのですか？」

「ヨハンさんは知らないようですね？」

「なにをです？」

「わたくしが諦めの悪い女だということを、です」

そう言って、薄桃色の唇から小さな舌を可愛く出すソフィティーア。

冷めた風がソフィティーアの髪をたおやかに揺らしていく。

（そういえばソフィティーア様も、己が決めたことは絶対に曲げないタイプだったな）

茶目っ気溢れる我が国主は、オリビアを諦めるつもりなど微塵もないらしい。

ヨハンは青く澄みきった空を見上げながら、声高らかに笑うのだった。

V

帝都オルステッド　リステライン城　フェリックスの執務室

グラーデンの訃報をフェリックスが聞かされたのは、執務室で書類の束と格闘しているときだった。

「――すまないがもう一度言ってくれませんか？」

ペンを置いたフェリックスは、沈痛な面持ちのテレーザ中尉を見つめた。

「グラーデン元帥閣下は今朝方お亡くなりになりました」

テレーザは伏し目がちに同じ言葉を口にする。

グラーデンと最後に会ったのはおよそ三ヶ月前。そのときは特別変わった様子などなかった。もちろん本人からも病気を患っているなどの話は聞いたことがない。

「死因はわかっているのですか？」

「今のところはまだ……ただ、ご自身のお屋敷でお亡くなりになったとのことです」

「屋敷？　グラーデン元帥は自宅に戻っていたのですか？」

「そのようです」

「それは変ですねぇ……」

帝都に戻っているなら顔くらい自分に見せるはず。少なくとも今までのグラーデンはそうだった。それだけにフェリックスは内心で訝しむ。

「グラーデン元帥閣下に付き従った護衛たちの話によりますと、ダルメス宰相に会うため急遽帝都へお戻りになられたとのことです」

彼女の話を聞いて、フェリックスはすぐに合点がいった。

この情勢下にあってグラーデンが急遽帝都に戻る理由などひとつしかない。間違いなく死神オリビアの件でダルメス宰相に話をつけるためだろう。

時期的にもグラーデン宛にフェリックスが送った手紙と一致している。

（今後のこともある。とにかく詳しい事情を把握しなければ）

フェリックスが書類の片付けもそこそこに椅子から立ち上がると、テレーザは心得ているとばかりにハンガーからフェリックスの上着を差し出し、自らも出かける支度を始めながら言う。

「すぐに馬車の手配をいたします」

「馬車の手配は必要ありません。歩いて行きますので」

「かしこまりました」

こちらがなにも言わずとも意図を察してくれるテレーザに感謝をしつつ、フェリックスはテレーザを伴い、グラーデンの屋敷へと向かった。

特区　ヒルデスハイマー邸

華麗とも言えるグラーデンの屋敷は、しかし、今日に限っては暗い影を落としていた。

フェリックスとテレーザは、憔悴しきった様子のリアナ公爵夫人に案内され、ベッドに横たわるグラーデンと再会する。

傍目には、静かに眠っているようにしか見えなかった。

「今こんなことをお尋ねするのは重々酷だと承知していますがお聞かせください。こちらへ帰ってきたときのご様子はどうでしたか？」

「……多少疲れているようでしたが、それでも帰って早々子供の相手をしておりました。夕食も久しぶりに食べる私の料理は格別だと言って……」

そのときの光景を思い出してしまったのか、肩を小刻みに震わせて嗚咽を漏らすリアナを、テレーザは痛ましい眼で見つめている。

リアナが落ち着くのを見計らい、フェリックスは再び質問をした。

「昨日のご様子はどうでした？」

「それが……リステライン城から戻ってきたときには、様子がおかしかったのです」

「どのようにおかしかったのですか？」

「こちらが話しかけてもまるで無反応で……お城で気に入らないことでもあったのかと最初は思ったのですが、それでもこちらの言葉に一切反応しないというのは不自然でした。結局夕食も一切口にせず、その日は自室に引きこもってしまいました。今朝も普段なら誰よりも早く起きて体の鍛錬をするのに、部屋から出てくる気配がなかったので……」

「それで様子を確かめに部屋に入ったら――ということですね？」

「はい……」

「ちなみに治療師はなんと言っているのですか？」

「おそらくは自然死だろうと……」

そう言って、グラーデンの頬を優しく撫でたリアナは、堰を切ったように大粒の涙を零す。リアナの傍らにいた犬が、主人を慰めるかのように体をすり寄せていた。

もしも、もしも妹であるルーナが突然死を迎えたらと考えれば、フェリックスも他人事とは思えなかった。

（治療師は死因を特定できなかったのか……）

グラーデンを診断するほどの治療師なら間違いなく優秀であろうが、だからといって万能というわけでもない。実際死因が特定できないことはそれほど珍しいことでもなく、治療師の診断を疑うことなど普段はしないのだが、部屋に足を踏み入れたときから妙な違和感をフェリックスは覚えていた。

「リアナ公爵夫人、少しグラーデン元帥閣下の体に触れてみてもよろしいですか？」

「……ズィーガー卿は治療師の資格をお持ちなのですか？」

「いえ、そういうわけではないのですが……」

リアナは困惑したような表情を見せるも、グラーデンから一定の距離を置く。フェリックスは礼を述べ、まずはグラーデンの首元にそっと手をあてがってみた。

（……間違いない。首の骨が折れている）

　これは十分異常な事態であった。すぐに思ったのは自然死などではなく、何者かに暗殺されたということだ。しかし、自ら得た着想をフェリックスは即座に肯定することができなかった。帝国三将筆頭であるグラーデンの屋敷は、常に厳重な警戒網が敷かれており、フェリックスとて易々と侵入できるものではない。

　そもそも首の骨が折れているにもかかわらず、外傷らしい外傷が一切見当たらないのが不自然極まる。首の骨を折るほどの力が加われば、なにかしらの痕跡が残るはずである。

（どうやら詳しく調べてみる必要がありますね）

　フェリックスは手のひらをグラーデンの丹田に押し当て、瞳を閉じて意識を集中させる。

「あの……ズィーガー卿は先程からなにをなさって……」

「リアナ公爵夫人、ご心配には及びません」

　困惑を深めるリアナに対し、テレーザは優しい口調で悟す。その間にもフェリックスは意識を極限まで研ぎ澄まし、グラーデンの全身に自らの〝オド〟を張り巡らせていく。

　しばらくするとグラーデンの体に変化が生じ始めた。

（……これは間違いなく魔法の痕跡。グラーデン元帥は魔法によるなんらかの攻撃を受けた可能性が高い）

　魔法の干渉を受けた者の体には、数日に渡って痕跡が残される。オドを扱う訓練を受けていなければ、見ることも感じることもできない代物ではあるが、フェリックスの双眸には魔法の残滓がはっきり映しだされている。

グラーデンは自然死などではなく、魔法によって死に至らしめられたことを確信した。

(しかし……)

そもそも魔法士は希少なる存在。フェリックスとて現存の魔法士は三人しか知らない。

一人目はアメリア・ストラスト。

二人目はヨハン・ストライダー。

三人目はラサラ・スン・ハルバート。

ラサラは即座に除外するとして、グラーデンを暗殺した容疑は自然と二人に絞られる。

しかし、ここでもフェリックスは違和感を覚えてしまう。剣を交えた経験からすると、ヨハンはおよそ暗殺といった手段を好む様な男には見えない。アメリアならなくもないが、過去の言動からいっても自分の首を真っ先に狙うはず。

(それに疑問はまだある)

フェリックスは再度グラーデンの全身に視線を流す。不可解なのは見慣れた灰黒色のそれではなく、綺麗な白色で、しかも輝きまで放っているのだ。

魔法と一口に言っても多種多様である。よって様々な残滓があると言ってしまえばそれまでだが、少なくとも初めて目にする代物ではある。

それがどうにも気になるフェリックスであった。

(この際ラサラ様に見てもらえば、はっきりするのだが……)

二百年以上の時を生きるラサラは、魔法の力を利用されるのを嫌い、現在は白亜の森に隠遁(いんとん)している。フェリックスが頭を下げて帝都に足を運んでくれるよう願い出たとしても、一笑に付されるのは目に見えている。

(かと言って……)

フェリックスはリアナをちらりと見る。

ラサラの下にグラーデンの遺体を運べばさすがに拒否しないだろうが、悲嘆にくれるリアナを前にして、遺体を預からせて欲しいなどと言えるはずもなかった。

結局なんの確証も得られぬまま、部屋を後にするフェリックスとテレーザ。扉の外で膝を抱えてうずくまる幼い息子の姿に、フェリックスはかける言葉が見つからなかった。

「——グラーデン元帥閣下の死に不審な点でもあるのですか?」

ヒルデスハイマー邸を辞去し、無言のまま歩いていたところ、テレーザがこちらを窺(うかが)うように尋ねてきた。

「いくつか気になる点はあります」

テレーザは信頼に値する副官ではあるが、それでもこの場で言及することを避けた。

グラーデンの死が公表されれば、少なからず帝国軍は混乱に陥るだろう。それが暗殺で、しかも、魔法士の仕業だと知れれば、混乱に拍車をかけるだけである。

今は心のうちに留めておくのが最善であるとフェリックスは判断した。テレーザもそれ以上尋ねようとはせず、黙々とフェリックスの隣を歩いていく。

「――これからダルメス宰相に会いに行こうと思います。城へ戻ったら至急接見の手続きをお願いします」

「かしこまりました」

すでにダルメスもグラーデンの死は聞き及んでいることだろう。昨日のグラーデンの様子について尋ねるのはもちろんのこと、残された天陽の騎士団のこともある。

城へと向かうフェリックスの足取りは自然と速くなった。

リステライン城　ダルメス宰相の執務室

フェリックスとテレーザがリステライン城に戻ってから三時間後。

テーブルを挟んでダルメスと向き合うフェリックスが、早速グラーデンの死を切り出すと、ダルメスは殊更に表情を暗いものへと変化させた。

「突然の訃報に私も大変驚いています。先程皇帝陛下にも報告を済ませたところです」

「皇帝陛下のご様子はいかがでしたか？」

「大変心を痛めておいでです。帝国三将筆頭に相応しい葬儀を執り行うよう指示を受けました」

「そうですか……ところで昨日グラーデン元帥閣下がお見えになられたと思いますが、その時のご様子などをお聞かせください」

「聞けば自然死だとか」

「……ええ。ただはっきりとした原因はわからなかったようです」

「治療師とて万能ではありませんからねぇ。――ああ、グラーデン元帥の様子でしたね。お会いしたのは随分久しぶりでしたが、私が見た限りでは普段通りでした」

「とくに変わったところはなかったということですね？」

「はい。それだけに残念です」

ダルメスは沈痛な面持ちで紅茶をすする。グラーデンが帝都に戻った理由を知っているだけに、フェリックスの目にはどうにも芝居がかったように映ってしまう。

「話は変わりますが、天陽の騎士団はいかがいたしましょう？　このまま総司令官が不在では、今後の統制にも支障をきたすと思いますが？」

フェリックスの問いに、ダルメスは淀みない口調で答える。

「天陽の騎士団については、ローゼンマリーさんに一時預けようと思っています」

「ローゼンマリーにですか？」

「ええ。復帰してそろそろ一ヶ月ですよね？」

「その通りですが……しかし、彼女に任せて大丈夫でしょうか？」

能力的なことを心配しているのではない。ローゼンマリーは故あって、今はフェリックスの下にいる。体力はすっかり回復しているものの、それでもまだ復帰して一ヶ月である。

さすがに酷ではないかというフェリックスなりの気遣いであったが、

「ほかに適当な方もいませんから。それとも帝国三将に推薦したい方でもおられますか？」

ダルメスにそう問われ、フェリックスは思案する。優秀な者ならそれなりに思い浮かぶも、天陽の騎士団を率いる人物ともなれば話は別である。フェリックス自身帝国三将という地位に固執してはいないが、それでも簡単に推薦できる類のものではない。

フェリックスは苦笑いを浮かべて首を横に振った。

「そうでしょう。それに王国軍がキール要塞に対して大規模な侵攻計画を企てているという噂が巷で流れているようです。フェリックスさんもご存じですよね？」

「知っていますが……宰相閣下が市井の噂に耳を傾けていることに少々驚きました」

「なにも驚くことはありません。元々私は情報分析班の出身ですからねぇ。たとえそれが取るに足らない情報だとしても、粗雑に扱うことはありません」

ひび割れた唇でクツクツと笑うダルメスを見て、フェリックスは内心で苦笑した。どこまでも死神オリビアの情報を軽視するダルメスの発言とはとても思えなかったからだ。

それはそれとして、帝国の手から南部と北部を奪い返した今、王国軍がキール要塞攻略に向けて動き出したとしてもなんら不思議ではない。万が一キール要塞を失うようなことがあれば、帝国は王国内に有していた帝国領を完全に失う形となる。

噂の出所が行商人ということはすでに調べがついている。国を渡り歩く行商人たちは、自然と多くの情報に触れる機会がある。

（それだけにただの噂と切って捨てることができない。宰相閣下も思いは同じだろう）

ダルメスは言う。

「噂は事実であると踏まえて、ローゼンマリーさんにはキール要塞に入ってもらいます。フェリックスさんは引き続き帝都オルステッドの防衛をお願いします」

結局のところローゼンマリーのほかにキール要塞を任せられる者はいなく、フェリックスも皇帝の命がない限りは、帝都オルステッドを離れるわけにもいかない。

ダルメスの示した案に異論はないゆえ、フェリックスは了承の意を示した。

「ではほかにお話がなければ私はそろそろ……葬儀の準備もありますので」

ソファからゆっくり立ち上がったダルメスは、ローブの皺を丁寧に伸ばし始める。フェリックスは敬礼し、執務室を辞去した。

（――おかしい。この感じは……何か見落としている？――いや、そんなはずはない）

廊下を歩きながらフェリックスは自問自答する。

ダルメスの話に不審な点はなかった。態度も普段と変わらない。それでもフェリックスの潜在意識が、今も正体不明の警鐘を鳴らし続けているのだ。このまま放置すれば、それこそ取り返しのつかない事態に陥るとばかりに。

だが、今は正体不明の警鐘よりも、差し迫っている現実に対処するのが優先だった。

（キール要塞に対する王国軍の動向もそうだが、まずはグラーデン元帥を殺害した犯人を早急に捜し出さねば……）

ここで初めて廊下が赤く染まっていることに気づき、フェリックスは窓に視線を移す。

窓越しから見える赤紫色の太陽が、フェリックスには酷く不気味なものに思えた。

幕間話◆再会は突然に

ファーネスト王国　王都フィス　南区

様々な店舗が軒を連ねる商業区域に、軍服姿の男女が忙しげに歩いている。

ひとりは将軍服に身を包んだ第一軍の副官、ナインハルト・ブランシュ少将。そしてもうひとりは、彼の副官であるカテリナ・レイナース大尉である。

「カテリナ大尉、足りない武具や防具の調達――」

「マルコス商会に手配済みです。あと三日ないし四日でガリア要塞に到着します」

「食糧は――」

「そちらはフランシス商会を中心に手配しています。神国メキアに口添えをいただいた銀翼商会からも協力を惜しまないとの回答をいただきました。開戦までには十分な食糧を確保できると思います」

「……さすがに手際がいいな」

「おかげさまで。無理難題ばかりおっしゃるどこかの上官に鍛えられましたから」

肩にかかる黒髪を颯爽と指先で払い、カテリナはすまし顔で言う。

（自覚はないが、まぁ私のことで間違いないだろう）

苦笑を浮かべたナインハルトは、目についた店先のテーブルにカテリナを誘導した。

「閣下？」

「次の用件まで少しは時間がある。たまにはこういうのもいいだろう」

椅子を引いておもむろに座ったナインハルトは、呼び寄せた店員に紅茶を二つ注文する。カテリナのすまし顔は一変し、戸惑いの表情を見せながらおずおずと腰かけた。

「たまにこういう優しさを見せるからズルい……」

「なにか言ったか？」

「ただの独り言です。――それよりも閣下はこのお店を知っているのですか？」

「いや、たまたま目についただけだが……なにかあるのか？」

「……実はこのお店、何を隠そう鳥のテリーヌサンドが絶品だったりするのです」

言って上目遣いで見てくるカテリナ。まるで少女のような仕草にナインハルトは溜息を吐いた後、今一度店員を呼び寄せた。

「すまないが鳥のテリーヌサンドをひとつ追加してくれ」

「やった！」

小さくガッツポーズするカテリナに、ナインハルトの口から自然と笑みが漏れる。十分ほどして紅茶とテリーヌサンドが運ばれてくるのを横目に、ナインハルトは人だかりができている向かいの店に注目した。

「随分と賑わっているようだが、あそこはなんの店だ？」

カテリナは幸せそうに両手でテリーヌサンドを掴みながら、視線を移すことなく答えた。

「最近流行っている菓子屋ですよ」

「菓子屋？」

ナインハルトは改めて賑わう店を眺めた。地方ならいざ知らず、王都で菓子店などそう珍しいものでもない。

訝しむナインハルトを気にしたのか、カテリナは頬張ろうとしたテリーヌサンドを名残惜しそうに皿へと戻す。そして、あくまでも噂だと前置きしたうえで、グリューニング公爵夫人が作ったお菓子を売り出しているとの説明を受けた。

「グリューニング公爵夫人が作ったお菓子？」

ナインハルトは思わず声を上げてしまった。グリューニング公爵夫人は、言うまでもなくコルネリアスの奥方。突拍子もない話であるのは間違いない。

「だから噂ですって」

「……噂というものは、少なからず根拠があって流れるものだと私は思っている」

「それを私に言われましても……そんなことより紅茶が冷めてしまいますよ？」

再びテリーヌサンドに手を伸ばすカテリナを見つめながら、ナインハルトも紅茶をすすっていると、今度は違う人だかりをカテリナが見つけた。

「なんでしょう？」

「かなり騒がしいな」

紅茶をすすりつつ様子を窺っていると、やがて聞こえてくる人々の悲鳴と共に、呑気に手を振りながらこちらに向かってくる人物をナインハルトの視界が捉える。

ナインハルト同様将軍服に身を包んだ銀髪の少女が、他の誰でもないオリビアであることは一目瞭然なのだが、問題は悲鳴の元凶になっているであろう彼女の忠実なる親衛隊だ。

「オリビア少将、街中でそんなものを連れ歩いてもらっては困る」

ナインハルトは開口一番オリビアに苦言を呈した。カテリナはオリビアの足下にいる夜眼白狼をジッと見つめると、手にしていたテリーヌサンドをポトリと落とした。

「おさか――ナインハルト少将はここでお茶をしているの？」

「まぁ見ての通りだが、そんなことより――」

「わたしも座っていいかな？」

ナインハルトは返答に窮した。正直に言えば、今のオリビアに座ってほしくはない。夜眼白狼を目の前にしたら誰もがそう思うだろう。それでも一度引き合わされているだけに、かつてのように取り乱したりはしなかった。良くも悪くも耐性ができたということだ。

「危険害獣一種。夜眼白狼……」

しかしながらボソリと呟くカテリナに耐性などあるはずもなく、見たこともないような速度でナインハルトの隣に移動したカテリナは、細腕を自分の腕へ強引に絡ませてきた。

「ね、座ってもいいかな？」

「その……本当に大丈夫なんだろうな？」

夜眼白狼を警戒しつつ尋ねるナインハルトへ、オリビアは「大人しいから全然平気だよ」と、笑顔で空いている椅子に腰かけた。

「なにを食べているの？」

尋ねられたカテリナは、震える声で「鳥のテリーヌサンド」と、答える。その間も夜眼白狼から目を離すことは絶対にしない。

「美味しい？」

「は、はい。とても美味しいです」

「そっか。じゃあわたしも同じものを頂戴」

夜眼白狼を見て完全に腰を抜かしている店員に向かって、オリビアは悠々と注文する。

店員は頭を何度も縦に振ると、店内へと一目散に戻っていく。

「オ、オリビア少将閣下にお伺いしてもよろしいですか？」

「なにかな？」

「そ、その……私たち食べられませんよね？」

オリビアは大人しく座っている夜眼白狼と、怯えるカテリナを交互に見た。

「そんなこと心配しているの？」

「そんなことって、夜眼白狼は危険害獣……」

「大丈夫だよ。――なんなら触ってみる？」

「い、いえ！　結構です！」

「あはは。遠慮することないって」

カテリナの腕を摑んだオリビアは、強引に夜眼白狼の頭へ誘導していく。夜眼白狼は微動だにせず、基本されるがままになっていた。

「ね、モフモフしていてとっても気持ちいいでしょ？」

「閣下！　閣下！」

初めて見る半泣きのカテリナに、ナインハルトは少なからず衝撃を受けた。このまま放っておけば、彼女は倒れてしまうかもしれない。それは即ちナインハルトの仕事が倍増することを意味している。それだけはなんとしても避けねばならなかった。

「オリビア少将、もうその辺で勘弁してやってくれないか」

「え？　もういいの？」

オリビアは不思議そうにカテリナを見つめる。カテリナは首がすっぽ抜けてしまうと思えるほど、激しく上下に振っていた。

「じゃあ次はナインハルト少将――」

「ご注文の品が届いたようだぞ」

震えながらテリーヌサンドを運んできた店員を見て、ナインハルトはこれ幸いとばかりにオリビアの申し出をうやむやにする。カテリナが酷く恨みがましい目を向けてくる中、呆れた様子で近づいてくるアシュトン・ゼーネフィルダーを目にした。

「ご無沙汰しております」

ナインハルトに敬礼したアシュトンは、腕を掴んでオリビアを強引に立ち上がらせる。

「鳥のテリーヌサンドを食べないといけないからもう少しだけ待って」

「駄目だ。クラウディア中佐が首を長くして待っている」

「えー。少しくらい首を長くさせても大丈夫だよ」

「恐怖の夜叉が出てきてもそんなことが言えるのか？」

「そ、それは絶対に困るよ」

オリビアは一転して怯えたような表情を顔に張り付かせた。帝国軍に死神と恐れられるほどの少女が見せる稀有なその姿は、ナインハルトを驚愕させるに足るものだった。

（しかし、オリビア少将を怯えさせる夜叉とは一体……）

一旦は思考の海に沈もうとしたナインハルトを、アシュトンの声が引き戻した。

「では失礼いたします！――オリビア行くぞ。ポチとミケとタマもしっかりついてこい。くれぐれも人間を威嚇するなよ」

「「「ガウウウウウッ!!」」」

再び敬礼したアシュトンは、名残惜しそうなオリビアの腕を引っ張りながら立ち去っていく。夜眼白狼はオリビアとアシュトンを中心に、三角形の警戒陣形を敷いた。

二人と三匹の後ろ姿を呆然(ぼうぜん)とした様子で眺めていたカテリナは、

「見ました？　あの危険害獣一種の夜眼白狼をまるで部下扱いですよ……。アシュトン少佐って実はあんなにたくましかったんですね……」

言って、今度は感動したような表情を覗(のぞ)かせる。

(あれは単に感覚がマヒしているだけに過ぎないと思うのだが……)

アシュトンの置かれた境遇に、さすがに同情を禁じ得ないナインハルトであった。

第五章 ◆ 復活のローゼンマリー

I

帝国軍　キール要塞　司令官室

　長い療養生活を終えたローゼンマリーが、紅の騎士団を率いてキール要塞に到着したのは、グラーデンの葬儀が盛大に執り行われてから一週間後のことであった。

「お待ちしておりました」

「出迎えご苦労」

　オスカーと共に司令官室へ足を踏み入れたローゼンマリーは、グラーデンと会うたびに鼻を突いてきた整髪料の匂いを微かにとらえた。当時は鬱陶しい限りであったこの匂いも、今となっては懐かしさに似たものを感じてしまう。

「しかし、あのグラーデン元帥が自然死とは、な……」

　ローゼンマリーはドカリと椅子に背中を預け、かつての上官だった男の部屋を見回した。

　グラーデンが人一倍健康に気を遣っていたことは知っている。それだけに訃報を聞かされたときには、なんの冗談だと笑ったほどだ。

「少なくともキール要塞を発つ前はなにも問題ありませんでした……」

言い方に妙な含みがあると感じたローゼンマリーは、オスカーをねめつけた。

「グラーデン元帥の死に納得がいっていないように見えるのはあたいの気のせいか？」

「……気のせいではありません。納得していないのは事実です」

「帝都でも屈指の治療師が自然死と判断したとあたいは聞いている。オスカーの思いがどうであれ、納得せざるを得ないじゃないか」

「それはそうなのですが……どうにも腑に落ちないのです」

奥歯に物が挟まったようなオスカーの物言いに、ローゼンマリーはつい声を荒らげた。

「どうにもわからんな。なにがどう腑に落ちないのだ？」

「中々言葉にするのは難しいのですが……グラーデン元帥の御遺体と対面したときに感じたのです」

「なにを感じたというのだ？」

オスカーは一瞬躊躇するような素振りを見せた後、

「戦場で嗅ぐ死の匂いをです……」

「――つまりグラーデン元帥は誰かに殺されたと言いたいのか」

そのまま黙したことが、オスカーの心情をなによりも雄弁に物語っていた。ローゼンマリーもかつて通った道だけに、グラーデンの死を即座に受け入れ難いのはわかる。

ローゼンマリーは憎悪の全てを元凶である死神オリビアに叩きつければそれで済む話だが、オスカーはそうではない。グラーデンは戦で倒れたわけではないのだから。

（突然ということもあって気持ちの整理がつかないのだろう）

一旦はそう判断したローゼンマリーであったが、

（しかし、戦場で嗅ぐ死の匂いか……）

目の前の男はただの兵士ではない。曲がりなりにも天陽の騎士団の総参謀長を務めるほどの男である。なによりも死の匂いという言葉にローゼンマリーは強く惹きつけられた。戦場に身を置くものならば、死の前兆みたいなものを相手に感じることはある。

組んだ両手に顎を乗せたローゼンマリーは、オスカーをジッと見つめた。

「ではオスカーに問う。グラーデン元帥が何者かに殺されたと仮定して、誰が？　いつ？　どんな方法で殺害した？　手っ取り早いのは毒殺だが、治療師がそれを見逃すとも思えない。それとも気になるような外傷でもあったのか？」

「……いいえ。僅かな外傷もなかったと聞いています」

たとえ警備兵の目を盗み、グラーデンの寝室に首尾よく忍び込めたとしても、一切の痕跡を残すことなく殺害するなどできるはずがない。まして、〝常在戦場〟を豪語していたグラーデンである。賊ごときに後れをとるとも考えにくい。

ローゼンマリーの説明に、オスカーは喘ぐように口を開く。

「賊ごときにグラーデン元帥閣下が後れをとるとは私も思っていません」

「なら原因はわからずとも、自然死ということで納得するしかないだろう」

未だ納得いかない様子のオスカーだが、それでも渋々といった体で頷く。これ以上議論を重ねたところでグラーデンが冥府から蘇るわけでもない。

ローゼンマリーはグラーデンの話を打ち切り、本題へと入った。

「ところで最近帝都で流れている噂を知っているか？」

「存じております。ローゼンマリー閣下も耳にしたのですね」

王国軍がキール要塞に対して大規模な軍事行動を起こすとの噂が、行商人たちの間でまことしやかに囁かれている。帝都に滞在中、ローゼンマリーは何度もそのことを耳にした。

「陽炎に噂の真偽を確かめさせているらしいが、まぁ確かめるまでもないだろうとあたいは思っている」

「では噂は事実であると？」

「ダルメス宰相もそう思ったからこそあたいをここへ送り込んだ。違うか？」

言ってローゼンマリーは、机の上に両足を投げ出した。それを見たオスカーが眉根を寄せて不快感を表すも、ローゼンマリーは構わず話を続ける。

「王国軍が攻めてきたらキール要塞の防御力を存分に活かす。奴ら自身が築き上げてきた難攻不落の称号を、その身をもって思い知ることになるだろう」

「それは籠城を選択するということでよろしいですか？」

「それ以外のことを言ったつもりはないが？」

意外そうな表情を浮かべるオスカーに対し、ローゼンマリーはニヤリと笑った。

「あたいが打って出ることを選択すると思ったか？」

「……ご明察の通りです」

「さすがに今回ばかりは慎重にならざるを得ないからな」

北方戦線の戦いは負けるはずがないという驕りが少なからずあった。結果として第七軍とオリビアに散々辛酸を嘗めさせられた。負けるのは一度限りで十分だ。

「それでも最終的には打って出るおつもりですね？」

「さすがは天陽の騎士団の総参謀長。よくわかっているじゃないか。王国軍の行動が限界点に達したときを見計らって攻勢に転じるつもりだ」

「では長期戦にも耐えられるよう物資を確保したいと思います。——つきましてはこちらの書類にサインをお願いします」

差し出された書類に目を通して、ローゼンマリーは思わず苦笑した。すでに関係各所に通達済みであり、あとはローゼンマリーのサインを残すのみであった。

「オスカーもあたいと同じ考えだったというわけか」

「天陽の騎士団とて二度の敗北を甘んじて受け入れるつもりなどありません。思いは紅の騎士団と――ローゼンマリー閣下と一緒です」

「そうだったな」

二度と汚名を返上することができなくなったグラーデンの代わりに自らがという思いが強いのだろう。オスカーから並々ならぬ気迫が伝わってくる。

ペンを手に取ったローゼンマリーは、流れるように名を書き込み、オスカーへ手渡した。

「問題は死神オリビアですが……」

「それは任せておけ。もはや冥府では生ぬるい、奴を地獄へ叩き落としてやる」

「……お叱りを覚悟の上でお尋ねします。あの死神に対して勝算はおありですか？」

一対一の戦いで死神オリビアに敗北を喫したのは皆が知るところである。オスカーの懸念は至極もっともで、責められるべきものではない。

「心配するな。無策で勝負を挑むほどあたいは阿呆(あほう)じゃない」

「それは勝算がおありだと思ってよろしいのですか？」

「あたいも無為に時間を過ごしていたわけじゃない。フェリックスのおかげで色々とわかったからな」

一騎打ちの最中にオリビアが口にした〝オド〟という言葉。

以前にフェリックスから聞いていたことを思い出したローゼンマリーは、彼の下に赴き、そして、オドの存在と運用方法を知った。

「戦いにおけるコツのようなものをフェリックス閣下から学んだということですか？」

「そういうことだ。まぁ簡単に言うと、今までのあたいは赤子同前だったということさ」

フェリックス曰く、かなりのオドを体内に宿しているにもかかわらず、使い方を知らないばかりに、無駄に垂れ流していたということらしい。

今にして思えば、オリビアはオドに精通していたのだろう。戦いにおいてオドを適正に扱えるか扱えないかで天地の開きがあり、オリビアとの戦いはまさに大人と赤子の戦いであった。故にオドの使い方を学んだ今なら負けることなどあり得ない。

再びオリビアと相見えることを想像し、ローゼンマリーはほくそ笑んだ。

「相当自信がおありのようですね」

「当たり前だ。とにかく死神オリビアの件はあたいに任せておけ。オスカーは来たるべき戦いに備えて、籠城の準備を滞りなく進めておけ」

「はっ！」

オスカーが司令官室を退出した後、ローゼンマリーは椅子を傾けながら天井に向けて右手をかざした。意識を右手に向けると、陽炎のような揺らぎが顕現する。

（死神オリビア。今度こそ貴様の命を刈らせてもらう）

天井を見上げるローゼンマリーの双眸は、血のように赤く染まっていた――。

Ⅱ

サザーランド都市国家連合　第七都市　クリムゾン＝リーベル

　第十二都市ノーザン＝ペルシラから南西に向けて馬を駆けること四日。それぞれの都市長から〝蝙蝠(こうもり)〟と揶揄(やゆ)される男――カサノア・ベル・シュタインツが統治する第七都市、クリムゾン＝リーベルが見えてくる。

　そのクリムゾン＝リーベルの中心街に位置する酒場《メディウスの瞳》の三階、普段は使用されていない角部屋に、黒の装束で身を固めた者たちが円卓を囲んでいる。

　それぞれが顔を覆う黒仮面を身に着けており、不気味な雰囲気を醸し出していた。

「――ヒルマからの連絡が途絶えて久しい。どうやらしくじったようじゃな……」

　老人とは思えぬ巨軀(きょく)の男がしわがれた声を発すると、仮面の右目に稲妻模様が描かれている男――ネフェルが吐き捨てるように言う。

「俺は奴に散々忠告した。言うことを聞かないからそうなる」

「ヒルマは我ら阿修羅(アスラ)の中でもとくに暗殺に秀でた男。それなりに自信があったのだろう」

「その結果がこれでは話にもなりませんね」

ネフェルの隣に座る女――クリシュナが鼻でせせら笑う。クリシュナが身に着ける仮面の左目には、極彩色の蝶が華麗に描かれていた。

「やはりフェリックスは動きそうにないか？」

巨軀の男の質問に、ネフェルは首を横に振った。

「あいつは気高き阿修羅の血を忌み嫌っている。絶対に協力などしないでしょう。たとえ長老自らが足を運んだとしても結果は同じです」

「フェリックスはもっとも阿修羅に愛された男。それだけに惜しいのう……」

長老は仮面の下から伸びる白髭を撫でながら小さな溜息を吐いた。

「そんなに言うことを聞かせたいのなら人質を取ればよいのでは？　確か彼にはルーナという妹がいたはずよね？」

「――それは止めておけ」

ネフェルが自嘲気味に笑う。

「なぜ？　悪い手ではなくてよ？」

「こちらの誘いを断られたとき、俺は今のクリシュナと全く同じセリフを口にした。そのあと奴はなにを言ったと思う？」

「さあ？　なんて言いましたの？」

「自分の身内や知人に手を出したら我ら全てを皆殺しにするそうだ」

「私たち全員を皆殺し？……随分とまた愉快な発言をしますね。本当にそんな真似ができると信じているのなら、是非にでもやっていただきたいものですわ」

酷薄な笑みを顔に刻むクリシュナに、数人の阿修羅が激しく同調する。その後フェリックスに対する議論が過熱し、最終的にフェリックスを始末するところまで話が広がった。

ネフェルはというと、手をひらひらさせてすげない言葉を放つ。

「俺はごめんこうむる。殺りたいやつは勝手に殺ればいい」

「それは彼の脅しに屈するということでよろしいの？」

「逆に聞く。お前たち全員でかかればフェリックスを殺れるのか？」

「ふふっ。冗談にしては少しも笑えませんね」

「――双方それまでッ！」

長老が拳を叩きつけると、円卓が派手な音を立てて崩れ落ちた。

「我らが争ってなんとするのじゃ！……フェリックスのことは折を見てわしがなんとかする。くれぐれも先走って勝手な行動をとることだけは許さん」

「失礼いたしました」

クリシュナが深々と頭を下げる一方、肩を揺らすネフェルに反省の色は微塵も見られない。怒りにまかせて立ち上がろうとするクリシュナを、長老は手を払って制した。

「とにかくヒルマは深淵人に敗れ去った。ネフェルの見立て通り、若いが過去に討ち取ったどの深淵人（しんえんびと）よりも手練（てだ）れとみてよいだろう。今さら言うまでもないことじゃが、古（いにしえ）よりの契約を完遂するためにも深淵人（しんえんびと）は必ず根絶やしにせねばならん。今後は最低でも二人以上で事に当たれ」

長老の言葉に皆が神妙に頷いていると、階段の軋（きし）む音と共に足音が聞こえてくる。

「「「……!?」」」

足音は部屋の前で止まり、扉が大きく開かれた。

「なにか今物凄（ものすご）い物音がしたような……あ!?　なんでテーブルが壊れているんだ?」

周囲を見回しながら酒場の主人は大いに首を傾（かし）げる。

部屋にいたはずの阿修羅（アスラ）は、しかし、初めからいなかったかのように消え去っていた。

Ⅲ

ファーネスト王国　レティシア城　謁見の間

オリビアがソフィティーアからの誘いを断り、王都フィスに帰郷した翌日――。

「――それで、ソフィティーア殿は余のことをなにか言っていたか?」

「なにも言っていません」

「そんなことはあるまい。たとえば大国にたる王だったとか?」

「言っていません」

「オリビアがしっかりと聞いていなかったのではないか？　なにせあの美しさはただごとでない。――余のことを好ましく思っているくらいは言っていたであろう？」

「全く言っていません」

「ええい！　些細なことでもよいのだ！　なにか、なにかあるだろう？」

「些細なこともありませんでした」

立ち並ぶ近衛兵たちがおそるおそる視線を向ける先では、全く噛み合わないアルフォンスとオリビアの会話が延々と繰り返されていた。

帰郷するや否や、すぐに登城せよとの命令をオリビアは受けた。呼び出したのは王であるアルフォンス。また塔のようなケーキでも用意してくれているのかと思い、オリビアは嬉々として城に向かった。だが、オリビアを待ち受けていたのはケーキなどではなく、必死な様子でソフィティーアのことを尋ねてくるアルフォンスであった。

アルフォンスの隣に立つコルネリアスに目を向けても、力なく首を横に振るばかり。このやり取りはまだまだ続きそうだと、オリビアは重い息を吐く。

（話が終わったらきっとケーキが出てくるはず。それまでの我慢だ）

オリビアは必死にあくびを噛み殺しながら、アルフォンスの話が終わるのを辛抱強く待った。

「――ふうむ。どうやらオリビアの話を総合する限り、ソフィティーア殿は中々奥ゆかしい性格のようだな。うむうむ。報告大儀だ」

なにをもって奥ゆかしい性格だと判断したのか、オリビアにはさっぱり理解できない。そもそもまともな会話になっていなかったというのに。

なんにしても話が終わったので、オリビアはここぞとばかりに告げた。

「じゃあ、塔のケーキをください」

「ん？　塔のケーキと今言ったのか？」

「はい。塔のケーキです」

アルフォンスの顔に困惑の色が差した。

「――オリビアがなにを言っているのか余にはわからんが、早々に立ち去るがよい。将軍ともなればそれなりに忙しいだろう。暁の連獅子作戦も目前に控えていることだしな」

期待していた言葉はついに発せられることなく、オリビアは盛大に肩を落とした。将軍になっても大抵のことはクラウディアが処理してくれるから、オリビアが忙しいことなどなにもないが、そんなことはこの際どうでもいい。ケーキを貰えないとわかった以上、言われるまでもなくこんなつまらない場所に用はなかった。

「失礼します」

オリビアは形だけの敬礼をして、謁見の間を足早に出ていく。嬉々としてソフィティーアの人となりを語り始めるアルフォンスに、コルネリアスは顔を顰めて聞いていた。

Ⅳ

ファーネスト王国　ノーフォーム地方

暁の連獅子作戦を前に休暇を貰ったクラウディアは、実家のあるノーフォーム地方に足を延ばしていた。当初はクラウディアひとりで向かう予定であったのだが――。

「もうそろそろ着く?」

「ここを登れば見えてきます」

「そっかそっか」

クラウディアの横では、オリビアが訳知り顔で頷いている。クラウディアが帰省する旨を彼女に告げると、一も二もなく一緒について行くと言い出したのだ。

とくに断る理由もなかったため、オリビアと共に王都を出発して今に至る。

「前にも言いましたけど、面白いものなどなにもありませんよ」

「いーの。クラウディアの家を見たかっただけだから」

「それならいいのですが……」

背中の荷物を背負い直し、丘の上にある屋敷を目指して歩み続けていると、空を舞っていた一羽の鳥が、クラウディアに向かって急降下してきた。

「――久しぶりだな」

純白の羽と背中の藍色の対比が美しいユング家の使い鳥――ヘイゼルが、クラウディアの肩で勇ましい鳴き声を奏で始める。

その様子をオリビアは目を輝かせて見つめていた。

「ね、わたしにも乗ってくれるかな？」

「かなり気難しい鳥ですから正直難しいかと……」

猛禽類に属するヘイゼルは誇り高く警戒心の強い鳥で、クラウディアの肩に乗るようになったのもつい数年前のことだ。さすがに初見の相手に懐くことはないだろうと思っていたその矢先、ヘイゼルはオリビアが差し出した腕にあっさりと移動した。

「乗っかったよ？」

「乗っかりましたね……」

しかも乗っかるだけでは飽き足らず、オリビアに向けて甘えるような鳴き声を発した。

クラウディアはおろか、家族の誰もが聞いたことがないような鳴き声である。

「コメットといい、閣下は動物を簡単に手懐ける方法でも知っているのですか？」

「そんなの知らないよ」

オリビアが笑いながら腕を上げると、雄々しく翼を広げたヘイゼルは、再び大空へと

戻っていく。上空を優雅に旋回するヘイゼルを、二人はしばらく眺めていた。

「そろそろ行きましょうか？」

「そうだね」

歩みを再開させた二人が蛇行する道に沿って丘を登ること三十分。クラウディアは懐かしい光景を目にする。色あせた白の木柵で囲われ、緑で塗られた屋根が印象的な我が家だ。

柵扉を開けてさらに歩を進めていくと、代々ユング家を見つめてきたであろう大きな幹の下で遊んでいる小さな人影を見つけた。

「あ！　あそこにちっちゃいクラウディアがいる！」

開口一番大声を上げるオリビアに、クラウディアは苦笑して答えた。

「あれは妹のサーシャです」

「クラウディアって妹がいたんだ」

「ええ」

こちらに気が付いたらしいサーシャは、顔いっぱいに満開の花を咲かせて駆け寄ってきた。

「クラウディアお姉さま！」

「久しぶりだな」

「はい！　久しぶりです！」

飛び込んできたサーシャを抱き上げながら、オリビアに改めてサーシャを紹介した。

「は、はじめまして。サーシャ・ユングです」

ガラリと変わって警戒した様子を見せるサーシャに、クラウディアは溜息を吐く。相変わらず人見知りなところは直っていないらしい。

「サーシャ、こちらはわたしの上──」

「クラウディアの友達でオリビアっていうの。よろしくね」

無邪気な笑顔で挨拶するオリビアに、クラウディアの首に巻きついていたサーシャの腕から次第に力が抜けていく。クラウディアから離れたサーシャは、オリビアをジッと見つめた後、はにかみながら小さな唇を動かした。

「クラウディアお姉さまのお友達なら、サーシャと一緒に遊んでくれる？」

「うん、いいよ。なにして遊ぶ？　鬼ごっこがいい？　それともかくれんぼかな？」

「鬼ごっこ……かくれんぼ……うんとね！　どっちもやりたい！」

「じゃあ両方やろうか？」

「うん！」

「閣下……その、よろしいのですか？」

「全然いいよ」

「我が妹のためにありがとうございます」

オリビアに礼を言いつつも、飛び上がって喜ぶサーシャの姿を眺めるクラウディアの耳が、母であるエリザベートの声を拾った。

「サーシャ。そろそろお昼の時間……あら？」

「母上、ご無沙汰しております」

「クラウディア……帰ってくるなら帰ってくるで手紙のひとつでも事前に寄越しなさい」

「申し訳ありません。急に休暇が取れたものですから」

「それにしたって急ですよ……」

繁々とクラウディアを見つめたエリザベートは、次にオリビアへと視線を移した。

「そちらの可憐なお嬢さんは……クラウディアの部下かしら？」

「違います！」

クラウディアが慌ててオリビアの名と階級を告げると、エリザベートはクスリと笑った。

「少将？——しばらく見ない間に冗談のひとつも言えるようになったのですね。母は安心しました」

「なにが安心したのかよくわかりませんが、これは本当のことです」

「クラウディア。冗談も過ぎれば興ざめすることを覚えなさい」

笑みを薄いものへと変化させるエリザベートに、クラウディアは嘆息した。

（やはり少女が上官で、しかも将軍だとはにわかには信じられないか）

こうなることを事前に予測していたクラウディアは、オリビアに持ってくるよう頼んでおいた階級章をカバンから出してもらい、エリザベートの目の前に差し出した。

「よく見てください。父上のものと一緒です」

「まだ続けたいのですか？」

呆れた様子で階級章に目を落とすエリザベートは、しかし、次の瞬間にはギョッとした表情を浮かべると、穴が開くほどオリビアを見つめ、

「た、大変失礼いたしました。何分にも狭苦しいところではありますがどうぞ中へ」

一転して如才ない笑みをもってオリビアを屋敷内に招き入れる。

(我が母ながら変わり身の早さはさすがだな。これでようやく家に入れる)

クラウディアは甘えてくるサーシャを再び抱き上げ、二人の後に続いた。


応接間に足を踏み入れたクラウディアは、ソファに座っている人物と目が合う。

ユング家の現当主であり、また〝王国十剣〟のひとりに数えられるソリッド・ユングは、読んでいた本に栞を挟むと、クラウディアに視線を移した。

「帰ってきたのか」

「父上、ご無沙汰しております」

ゆっくりと立ち上がったソリッドは、クラウディアの両肩に手を置いた。

「どうやらかなりの修羅場を潜り抜けたようだな。見違えるほどたくましくなった」

「恐れ入ります」

笑顔など微塵も見せないが、それでも肩を二度三度と叩くソリッドに、クラウディアが親愛の情を抱いていると、ソリッドの視線が隣に立つオリビアに流れた。

「父上、紹介が遅れましたが――」

軽く手を上げてクラウディアを制したソリッドは、オリビアをジッと見つめた。

「――ふむ。貴官がオリビア・ヴァレッドストーム少将か」

「わたしのこと知ってるの？」

小首を傾げるオリビアに、ソリッドは苦笑した。

「自然体だがまるで隙を感じさせない。そんな少女など俺が知る限りひとりしかおるまい。――到着早々悪いがこれも良い機会だ。少し付き合ってもらおうか」

ソリッドが壁に掛けられた交差する剣に向かって歩き出す。ソリッドがなにをしようとしているのか、クラウディアは瞬時に理解した。

「父上!?」

「俺も武人の端くれ。強い者を見るとどうしてもな」

クラウディアにソリッドを止めるだけの胆力はない。無造作に放り投げられた剣を片手で受け取るオリビアに、クラウディアは頭を下げた。

「申し訳ありません」

「わたしは別にいいよ」

悠々と肩に剣を担いだオリビアは、軽い足取りでソリッドの後に続いていく。

クラウディアが見守る中、二人は庭で対峙した。

「では――始めッ！」

左手を高らかに上げ、クラウディアは開始の合図を告げた。

剣を構える仕草を見せないオリビアに対し、ソリッドもまた剣を構えることなく、だが、足だけは円を描くようにゆっくり動きながら、次第にオリビアとの距離を縮めていく。

事が動いたのはソリッドが必殺の間合いに半歩足を踏み入れたときだった。オリビアは俊足術を発動させ、ソリッドとの間合いを瞬時に詰める。初見であれば誰もが驚愕するオリビアの動きを、しかし、ソリッドは顔色ひとつ変えることはなかった。

横薙ぎに払われる剣を受け流したソリッドは、体を半回転させることで遠心力が加わった一撃をオリビアの背中に向けて見舞う。だが、ソリッドの剣がオリビアに届くことはなく、空を駆けるように跳躍したオリビアは、華麗な動きでソリッドの背後に降り立つ。

天授眼を開放していなければ、オリビアの動きを捉えることは難しかった。

「さすがにクラウディアのお父さんだね」

オリビアの賛辞に応えることなく、しかし、クラウディアが見たこともない清々しい表情をソリッドは浮かべている。

オリビアはソリッドの首筋からゆっくり剣を引いた。

(相手が閣下でなかったら、間違いなく最初の一撃で父上の勝利は決まっていた。やはり王国十剣の力をもってしても、閣下を制することはできないか……)

内から湧き出る高揚感を抑えつつ、クラウディアはオリビアの勝利を宣言した。

「短い立ち合いだったが、数年の鍛錬に勝るものがあった。オリビア少将には感謝の言葉もない」

「お礼なんていいよ。それより体を動かしたらお腹がすいちゃった」

言いながらお腹を擦るオリビアに、ソリッドは豪快に笑った。

「武勇誉れ高いオリビア少将がわざわざ足を運んでくれたのだ。このままなんのもてなしもせず返したとあってはユング家末代までの恥となる。――クラウディア」

「心得ております」

まるで長年の友のように話し始める二人を尻目に、クラウディアは颯爽と駆け出した。

一夜明けて翌昼――。

「ほんとに海の水ってしょっぱいんだね」

両手ですくった海水を舌先で舐めたオリビアは、顔を殊更に顰めている。サーシャはそんなオリビアの姿を見て、ケラケラと楽しそうに笑っていた。

　オリビアとクラウディア。そして、サーシャの三人は、ユング家から馬で一時間ほど走らせた場所にある海へと遊びに来ていた。

「閣下は海に来るのは初めてですか？」

「うん、初めて。ところでこの波っていうの？　いったりきたりしてなんだか面白いね」

　ブーツを脱ぎ捨て裸足になったオリビアは、寄せては返す波にはしゃいでいる。その光景だけを切り取れば、ごくありふれた十六歳の少女そのものであった。

　一緒にはしゃいでいたサーシャは、不意にオリビアのスカートを引っ張った。

「オリビアお姉さまはお砂でお城を作れる？」

「お城ってレティシア城のこと？」

「うん。サーシャはまだお城を見たことがないの。前にクラウディアお姉さまが作ってくれたのはよくわからなかったから……」

　どこか恨めしそうな目で見つめてくるサーシャに、クラウディアは頬を掻いた。物を作るという行為をクラウディアは不得手としている。それでも料理だけは得意だが、軍務に集中してほしいというオリビアたっての願いもあり、ここ最近は包丁を握っていない。

「かくれんぼはしなくていいの？」

「うん。せっかく海に来たし、今はお城を作って欲しい」

オリビアは視線を宙に漂わすと、すぐに大量の砂を運ぶよう指示を出した。元気に返事をしたサーシャは嬉々として、そして、クラウディアも言われるがまま砂を運んでいく。

「――うん、これくらいでいいかな」

クラウディアの背丈ほどに積まれた砂山を満足そうに見つめたオリビアは、いつの間にか手にしている小枝を使い、早速砂の城作りを始めた。

「ここはこうして……ここは……確かこんな感じだったな」

鼻歌を歌いながら小枝を器用に動かしていくオリビア。砂山が見る見るうちに城の形を成していくにつれ、サーシャの興奮度が増していく。

「凄い！　オリビアお姉さま凄いよ！　クラウディアお姉さまもそう思うでしょ！」

「そ、そうだな」

サーシャの興奮は当然だと言えた。はっきり言って凄いなんてレベルのものではない。細部に渡って正確に再現されていくレティシア城は精緻そのもの。もはや一個の芸術といっても差し支えない領域に到達していた。

「クラウディアお姉さま、これおうちに持って帰りたい」

ひたと見つめてくるサーシャの瞳を、クラウディアは強引に振り払って無理だと答えた。持って帰れるものならクラウディアとてそうしたい。だが、いかんせん砂の城。運ぶことなど土台無理な話だ。よしんば運べたとしても、途中で崩れるのは目に見えている。

そうこうしているうちに、オリビア作による砂のレティシア城が完成した。

「どう？　似ているかな？」

「似ているも何もレティシア城そのものです。こう言ってはなんですが、閣下は苦手なものとかあるのですか？」

何気ない質問をしたつもりだったが、オリビアは瞬時に笑顔を凍らせる。

「べ、べつに#％△＆は苦手じゃないから」

「……すみません。肝心なところが早口で聞き取れなかったのですが？」

オリビアの目が激しく泳ぎだしたその時、突然の大波がレティシア城を襲う。波が引いた後に残されたのは、半分ほどの高さになった砂の山だけだった。

「「「…………」」」

啞然と砂の山を眺めていると、サーシャの瞳がじわりと涙で潤む。とにかく慰めようとクラウディアが声をかけるより早く、オリビアが口を開いた。

「こ、今度は木を使おう。それなら簡単に壊れないから。サーシャはなにを作って欲しいかな？」

「……サーシャは〝ポムポム〟を作って欲しい……」

「ポムポム……？」

オリビアはグルンと首を回し、クラウディアを凝視する。どうやら無類の本好きであるオリビアも、妖精ポムポムの存在は知らなかったらしい。

「閣下、ポムポムは木に宿る妖精です」

「わかった！　じゃあおうちに戻ったら早速ポムポムを作ってあげる」

クラウディアが引き留める暇もなく、サーシャを抱えたオリビアは、俊足術さながらの速さで立ち去っていく。

なんとなく煙に巻かれたようなクラウディアは、立ち去る二人を呆然と見送った。

束の間の休息は終わり、帰郷から三日目の朝を迎えた。肌寒い風が吹く屋敷の前では、クラウディアとオリビアを見送るため、ユング家の人間が勢揃いしていた。

「今後も娘が世話をかけると思いますが、お見捨てなきよう伏してお願いいたします」

「お世話をかけているのは、多分わたしのほうだよ？」

オリビアの言葉にエリザベートは柔和な笑みを浮かべると、クラウディアに視線を移す。

「クラウディア、なにより体が資本ですよ」

「はい。母上もお体にはお気を付けて」

エリザベートの隣に立つソリッドは、クラウディアの肩に手を置いた。

「お前はユング家の名に恥じぬ一人前の騎士となった。あとは己に恥じぬ戦いをすればそれでいい」

「はい、父上」

ソリッドは満足げに頷くと、オリビアを見つめた。

「俺は此度コルネリアス元帥閣下の護衛任務を拝命した。お互い赴く戦場は違うが、貴官の活躍を心より祈っている」

「コルネリアス閣下はおじいちゃんだからしっかり守ってあげてね」

「元帥閣下に対してどこまでも不遜な物言いだが……承知した」

笑顔のオリビアに対し、ソリッドもニヤリと笑った。

「──では母上、父上……いってきます」

両親に別れを告げたクラウディアは、オリビアと共に帰途に就く。

「クラウディアお姉さまー！　オリビアお姉さまー！　元気でねー！」

大きく手を振るサーシャの左手には、妖精ポムポムがしっかりと握られていた。

Ⅴ

ファーネスト王国　王都フィス

「出立ッ!!」

角笛の音色が響き渡るのを合図に、第二連合軍は満を持して王都フィスを進発。

ミスト、セインスなどの街を経由しながら北上し、王国北部最大の都市である城塞都市エムリードに向けて進軍していた。暁の連獅子が発動するそのときまで、エムリードの軍事区画を拠点とするためである。

第二連合軍の総司令官であるブラッドと、改めてノーザン＝ペルシラ軍を退けた功により中将に任じられた副総司令官のオリビアは、列の中央で共に馬を並べていた。

「しかし、また随分と美味そうに食うな」

「だって美味しいもん。ブラッド大将も食べる？」

「いいのか？」

「うん、沢山持ってきているから大丈夫だよ」

コメットの鞍にくくり付けているカバンをゴソゴソと漁り始めたオリビアは、数枚のビスケットをブラッドに向けて放り投げる。

なんなく受け取ったブラッドは、一枚のビスケットを口の中へ放り込んだ。

「中々美味い。だがこう甘いと酒が欲しくなるな。――嬢ちゃんのカバンの中に酒は入っていないのか？」

ブラッドはオリビアのカバンをチラリと見る。オリビアはキョトンとした。

「お酒？　お酒は飲まないから入っていないよ」

「それは残念だ」

　およそ大戦の前とは思えぬのんびりした二人の会話に、後ろで聞いていたクラウディアが大きな溜息を落としていると、馬を並べるリーゼ中佐が苦笑した。

「なにが可笑しい？」

「いえ、なにもおかしくなどございません！　クラウディア大佐」

　瞬時に笑顔を消して敬礼するリーゼに、クラウディアは頭を掻く。

　上官の出世は部下の出世にも繋がる。オリビアの中将昇進に合わせ、クラウディアもまた、大佐に昇進していた。

「はぁ……リーゼ中佐に敬語を使うことを禁止する」

「はっ！……クラウディアも大分頭が柔らかくなったわね」

　言ったリーゼは底意地の悪い笑みを浮かべた。

「まぁ私の上官があれだからな。それなりに影響は受けてしまう」

「いいことだと私は思うよ？」

「いいことなものか……それよりなにが可笑しかったんだ？」

「大きな溜息なんか吐いて、相変わらず苦労性だなって思っただけ」

「今の会話を聞いていれば溜息も吐きたくなる。閣下はいつものことだから諦めるにしても、ブラッド大将まで同調しなくとも……」

「そうね。副官としては本当に困りものよねー」

懐から取り出したハンカチで眼鏡を拭きはじめるリーゼに、クラウディアは眉を顰めた。

「……そういう割には、あまり困っているように見えないのだが？」

「まぁね。ああ見えてもブラッド閣下はそれなりに考えているから」

再び眼鏡をかけたリーゼの表情は、どこか誇らしげだった。

「ブラッド大将のことを信頼しているんだな」

「でなければ副官なんて務まらないでしょう？　クラウディアはオリビア中将のことを信頼していないの？」

「無論、この上なく信頼している。信頼はしているが……」

クラウディアは後ろを振り返り、カラカラとした音を立てる一台の馬車を見た。馬車の中身はオリビアのおやつがギッシリと、それはもう隙間なく積まれている。

自分が元気に戦うためには絶対に必要不可欠な物資だと声高々に言われ、アシュトンが王都を奔走してかき集めた代物だ。

「ああ、あれね。こう言っては失礼に当たるけど、なんだか可愛らしくていいじゃない」

「まるで他人事だな」

「だって他人事だもん」

朗らかに笑うリーゼに顔を顰めて見せながら、クラウディアは過日の出来事を思い出す。

ソフィティーアから夕食に招かれたオリビアが、数時間後に何食わぬ顔で戻ってきた日のことを――。

『ただいま』

『お帰りなさいませ……もしかして馬車を使わなかったのですか？』

『うん。ちょっと歩きたい気分だったし』

『そうですか……それで、お決めになられたのですか？』

『うん。やっぱり王国軍に残ることにした』

『そ、そうですか！』

『うん、そういうこと――じゃあわたしはもう寝るから』

そのときは単純に喜んだクラウディアであったが、なにゆえ王国軍に残る決意をしたのか詳しい経緯は聞いていない。聞けば心変わりするかも知れないとの考えが頭をよぎり、聞くことができなかったのだ。アシュトンには偉そうなことを言っておきながらこの体たらくぶりである。

そのアシュトンも今は余計なことは尋ねるべきではないとの考えで、自ら話を振ることはしない。結局はクラウディアもその考えに体よく乗っかっているのが実情だ。

（なにはともあれ、閣下は我々と共に歩む道を選択してくれた。閣下が聖翔軍に鞍替えすることに比べたら、馬車に積まれたお菓子など些細なこと。そう、些細な……）

「んなわけあるかッ！」

思わず大声を出してしまったクラウディアに、皆の視線が集中する。それぞれが訝しげな表情を浮かべる中、オリビアだけは恐ろしいものでも見るような目を向けてきた。

「クラウディア、副官たるものいきなり奇声を上げるのはよろしくないと私は思うの」

リーゼが至極真面目な顔で言う。

「奇声を上げたつもりはなかったのだが……その、すまん」

クラウディアが素直に謝ると、リーゼが辛抱溜まらんとばかりにケラケラ笑い始めた。

「なぜそこで笑う？」

「ごめんごめん。ただ本当にクラウディアは昔と変わらないなと思って」

涙を拭うリーゼをクラウディアは睨みつけ、すぐにそっぽを向いた。

「いつかも言ったが、そうそう性格が変わってたまるか」

「そうね……多少変わってほしい人も中にはいるけど」

そう口にするリーゼの瞳は、オリビアと楽しそうに会話をしているブラッドに注がれていた。

「もしかして、リーゼはブラッド大将のことが好きなのか？」

「……そういうことを平気で口にするところも昔から変わらないよね」

「そうか？」

「クラウディアの性格を知り尽くしている私だから平気だけど、同じようなことをほかの人には言わないほうがいいと思う。間違いなく反感を買うから」

「ブラッド大将はリーゼの気持ちに気づいているのか？」

「私の助言をさらりと流さないでくれる？——まぁ実際そのあたりのことはわからないのが正直なところね」

リーゼは才色兼備を地でいくような人物なだけに、王立士官学校時代はかなりモテたとクラウディアは記憶している。それでも浮いた話ひとつ未だに聞かないのは、ひとえにお眼鏡にかなう人物がいなかったからに違いない。

そんなリーゼが思いを寄せるブラッドは、権謀術数に長けており、部下からの信頼も非常に厚いと聞く。一流の将帥であることを疑う者はいないだろう。

リーゼが惹かれるのもなんとなく理解はできる。

「ならさっさと思いを伝えればいいだろう」

言うと次の瞬間、リーゼはまじまじとこちらを見つめてきた。

「驚いた。クラウディアのことだから『こんな時代に恋愛などもってのほかだ』なんて言うのかと思った」

「逆にこんな時代だからだ。我々はいつ死んでも、それこそ明日に死んでもおかしくない身だ。それなら後悔しない生き方をするべきだと思うのは自然のことではないか？」

「ふーん……それならクラウディアも後悔しない生き方をしないとね」

「私？　私は常にそうしているつもりだ」

「本当にそう言えるの？」

リーゼの目は難しそうな顔でエヴァンシンと話すアシュトンに向けられている。

「アシュトンがどうしたというのだ？」

「え？　私はエヴァンシン少尉を見ていたのよ？」

したり顔をするリーゼに対し、クラウディアは舌打ちした。

「含みがある言いようだな。一体なんなのだ？」

厳しく問うとリーゼの表情は一転し、憐（あわ）れみに満ちたそれへと変わっていく。

「これも昔から思っていたけれど、そういうところは面倒極まりないのよねぇ……まぁそれこそがクラウディアのクラウディアたる所以（ゆえん）だけど」

「もったいぶった言い方をしないではっきり言ったらどうだ？」

「それは自分で考えること。私がとやかく言うことでもないし。ただいつまでもそんな調子だと横から持っていかれるよ。それでなくてもクラウディアの前には、大きな壁が立ち塞がっているんだから」

半ば捨て台詞（ぜりふ）のような言葉を残して、リーゼはブラッドの隣に馬を並べる。すぐに慌てふためくブラッドの様子から察するに、大方嫉妬の言葉でも口にしたのだろう。

（結局リーゼがなにを言いたかったのかわからんが……）

ブラッドにそっぽを向くリーゼを眺めながら、友の幸せを願うクラウディアであった。

Ⅵ

城塞都市　エムリード

本格的な秋の到来を感じさせる風がエステリア連峰から吹き下ろす頃、第二連合軍は当初の予定通り城塞都市エムリードに到着した。

明けて翌日――。

オリビアは過日に交わしたとある約束を果たすため、アシュトンを伴ってエムリードでも最大の賑わいを見せる通り――中央通りに足を運んでいた。

「以前に来たときと比べたら大分活気を取り戻したな」

固く扉を閉めていた店なども今では全て開いている。なにより暗い表情で歩いていた人々が、明るい顔で買い物をしている姿が印象的だった。

「前はお店が全然開いてなかったもんねー」

同じことを思っていたらしいオリビアが、忙しく視線を左右へ向けながら言う。

北部に巣くっていた帝国軍を退却せしめた結果、王国最大の穀倉地帯を取り戻している。これにより食糧事情が大幅に改善されたことが多分に影響しているのだろう。

そればかりでなく、一度は王国を見限った商人たちが徐々に戻り始めたとの話もアシュトンは聞いている。ファーネスト王国を取り巻く状況は未だ厳しいものの、それでも確実に良い方向へ向かっていた。

「ところでさっきから遠慮なしに食べているけど、お金を払っているのは僕だって知っているよね？」

オリビアが露店に立ち寄るたびに、アシュトンの金袋が萎んでいく。今に始まったことではないにしても、理不尽極まることに違いはない。

「だってお金の使い方なんてよくわからないし」

「いや、絶対に覚える気がないだけだよな？」

学術書や医術書なども難なく理解するくらいなのに、一方ではお金の使い方がわからないとオリビアはうそぶく。これは大いなる矛盾だ。

「ふぉんなふぉと――」

「先に飲みこめ」

オリビアは派手に喉を鳴らした。

「そんなことないもん。わたしだってちゃんと覚えようとしたもん」

オリビアは「うりゃー」とか、「そりゃー」などと声を上げながら、大袈裟な身振り手振りで努力したことを主張してくる。

（どこの世界に掛け声を上げてお金の使い方を覚える奴がいるんだよ……）

アシュトンが呆れていると、オリビアは嬉々として新たな露店に突撃を始めた。「早く早く！」と、笑顔で手招きするオリビアに、アシュトンは呆れながらも向かう。

その後も止まることを知らないオリビアの買い食いに付き合っていると、

「さあさあさあ！　エムリード名物の串焼きだよ！」

見知った人物が露店越しに威勢の良い声を上げている姿を見かけた。オリビアもすぐに気が付いたようで、小走りで手を振りながら露店に向かっていく。

「おばさん！」

「……!?」

露店を飛び出して走り寄ってきたオリビアを抱きしめたおばさんは、愛おしそうにオリビアの頭を何度も何度も撫でた。

「生きていたんだね。良かった……」

「……おばさん苦しい」

もがくオリビアに対し、おばさんはさらに力強く抱きしめているようだった。

「苦しいよー」

「あははっ！　これはおばさんを心配させた罰だよ」

「ううぅ……」

しばらくしてオリビアを解放したおばさんは、アシュトンに視線を向けてきた。

「どうやらちゃんとこの子を守ったみたいだね」

「ええ。一応は」

アシュトンは誤魔化すように返事をした。実際守られているのはこちらなのだが、それを口にするほど空気が読めないわけでもない。

(最近はオリビアに空気が読めてないと言われる始末だけど……)

おばさんは満足気に頷くと、オリビアに視線を戻した。

「少佐さんが北部から帝国軍を追っ払うって言ったときは正直話半分に聞いていたけれど……しかし本当に実行するとはねぇ。おかげで暮らしぶりが大分良くなったよ」

「これでおばさんが涙を流すことはなくなったね」

オリビアはニシシと笑った。

「……ありがとう。ところで少佐さんは見慣れない軍服を着ているね」

「ああ、これ？　階級が上がったから変わったんだよ」

言ってオリビアは、その場でくるりと一回転して見せた。

「そうなのかい？」

おばさんは不思議そうにオリビアの全身を眺める。アシュトンがオリビアの階級を教えると、おばさんは顔を一瞬呆けさせ、すぐにオリビアの襟元を凝視した。

「……本当に中将の階級章。少佐さんは将軍になっちまったのかい……」

「そうだよ」

仁王立ちになったオリビアは「えへん！　おほん！」と大袈裟な咳払いをする。一転して狐に抓まれたような表情を見せるおばさんは、今度はアシュトンの襟元にも目を向けてきた。

「あんたは中佐なのかい……」

最後は呆れ混じりに言うおばさんへ、アシュトンは頬を掻きながら答えた。

「まぁ、あれから色々とありましたから」

「そうだろうねぇ。なにせ准尉だったあんたが短期間で中佐になっているくらいだ。最近王国軍の勝ち戦が続いているって噂は聞いていたけれど……全部あんたたちが関わっているんだろう？」

おばさんは探るような目で尋ねてくる。もちろん軍事機密に触れることは話せないが、その程度の質問ならば問題ないと判断し、アシュトンは正直に話した。

おばさんも事情は心得ているらしく、それ以上の質問はしてこなかった。

「――さて！　わざわざこうして会いに来てくれたんだ。おばさん奮発しないとね」

パンと手を叩いて意気揚々と露店に戻ったおばさんは、エムリード名物の串焼きを袋の中にどんどん詰め込んでいく。串焼きばかりでなく、前回来たときにはなかった丸い形状をした食べ物を別の袋に詰め始めた。置かれている立て看板に目を落とすと、《エムリード新名物・とろたん焼き》と書かれていた。

「おばさん自慢の串焼きにとろたん焼きだ。とろたん焼きは中身がクリーム状になっているから火傷(やけど)しないよう気を付けて食べるんだよ」

そう言っておばさんは両手に抱えきれないくらいの袋をオリビアに持たせた。

「おばさんありがとう！」

しっかりと礼は言うものの、相変わらずオリビアにお金を出そうという気配はない。そもそも持ち歩いてもいないから出しようもないのだが。

「おいくらですか？」

すっかり萎んでしまった金袋を取り出しながら尋ねると、おばさんは露骨に険しい顔を向けてきた。

「野暮なことを言うもんじゃないよ。私との約束を守って、しかもわざわざ会いに来てくれたんだ。それだけで私は十分なんだよ」

「そう言わずに受け取ってください。こういう機会でもなければお金を使うこともないので」

おばさんの手に金袋を強引に握らせると、ものすごい剣幕で怒鳴り始めた。

「ちょっと！　私はいらないって言っているだろ！」

「さ、そろそろ帰るぞ。遅くなるとブラッド大将にどやされる」

アシュトンはあえておばさんを無視し、オリビアの背中を強く押した。オリビアはおばさんに目を向けながら、困ったような表情でぎこちない返事をする。

歩き始めたアシュトンの耳に、再びおばさんの怒号が飛んできた。

「ちょっと待ちな！」

「待ちません」

「……あんたの男気に免じて受け取るにしたって全部は貰えない」

立ち止まったアシュトンは一考し、振り返って告げた。

「ではオリビアに元気をくれたお礼だとでも思ってください」

「――しばらくみない間に漢の顔をするようになったじゃないか」

「僕は最初から男ですが？」

おばさんはふんと鼻を鳴らして両腕を組んだ。

「軍人にしてはあんたの顔と性格は優し過ぎる。口だけでもそれくらい不遜なほうが恰好つくってもんさ」

「……それはどうも。――いくぞ、オリビア」

「おばさん、またねー」

大きく手を振って別れを告げるオリビアに、おばさんもそれ以上に手を振って返す。

「――お金、なくなっちゃったね」

「おかげさまで身軽になったよ」

肩を竦めるアシュトンに、オリビアは無邪気な笑い声を上げる。

ふと空を見上げれば、どこまでも続く青空が広がっていた。

Ⅶ

城塞都市エムリード　軍事区画　指揮所

暁の連獅子作戦の第一段階として、アストラ砦の攻略を予定している第二連合軍。その総司令官であるブラッドは、副総司令官であるオリビアと共に軍議の開催を告げた。参加するのはリーゼやクラウディアといった司令官を支える副官たち。ほかには第二軍の宿将であるアダム中将や、第八軍の軍師であるアシュトンといった面々が席を連ねている。

そして、攻略の一翼を担う神国メキア側からは、三日前に一万の軍を率いてエムリードに到着した聖翔軍の重鎮――アメリア・ストラスト千人翔の姿もあった。

「周知の通り、今回の戦いに神国メキアが合力してくれることになった。すでに顔見知りの者もいるとは思うが、改めて紹介しよう」

ブラッドに促されたアメリアは、気怠そうに立ち上がる。薄青色の後ろ髪をこれみよがしにはね上げると、無表情な顔で口を開く。

「聖翔軍千人翔、アメリア・ストラストです。――よろしく」

　無味無臭な挨拶が終わるや否や、オリビアが「よろしくねアメリア」と言って、パチパチと手を叩いた。そんなオリビアをキッと睨(にら)みつけ、すぐにそっぽを向くアメリア。今の短いやり取りだけで、アメリアがオリビアのことをどう思っているかブラッドは悟った。

（神国メキアも実力を示すために優秀な者を送り込んできたのはわかる。立ち振る舞いひとつとってみても、隙らしい隙は見当たらないことからも明らかだが――しかし嬢ちゃんまでとは言わないが、もうちっと明るい奴を送ってこいよ）

　これからは神国メキアといかに歩調を合わせるかが鍵となってくる。それだけにアメリアの態度は、先々の不安をブラッドに抱かせるには十分だった。

　内心で深い溜息(ためいき)を吐(つ)きながら、ブラッドは粛々と話を続ける。

「大まかな指針はすでに聞き及んでいるだろうが改めて伝える。我々の任務は第一連合軍がキール要塞に対して陽動を行っている間に、第八軍をなるべく無傷の状態で帝都オルステッドにたどり着かせることだ。よってアストラ砦の攻略に関しては、第二軍とアメリア千人翔率いる聖翔軍で執り行う」

　そこまで述べると、即座に手を上げる者がいた。北方戦線において三万の軍を事実上無力化し、フライベルク高原の戦いにおいては、見事天陽の騎士団の目を欺いた青年将校。

（さてさて。噂の軍師様は一体なにを語るのか……）

興味津々のブラッドは、アシュトンに発言の許可を与えた。

「アストラ砦は今も紅の騎士団が守備しているのでしょうか？」

「さっき届いた情報によると、紅の騎士団はキール要塞に移動したらしい」

「では情報操作が功を奏したわけですね」

「そういうことだな」

帝国の主戦力である紅の騎士団と天陽の騎士団を引き寄せるため、キール要塞に向けて大規模な軍事行動を行うとの噂を流してからすでに二ヶ月が経過している。帝国軍にとってキール要塞は王国攻略のための橋頭堡（きょうとうほ）。防備を固めざるを得ないだろう。

「ではアストラ砦の攻略に第八軍精鋭部隊の参加を具申いたします」

「なぜだ？　相手が紅の騎士団でなければ第二軍と聖翔軍で十分だと思っている。精鋭のみとはいえ、あえて第八軍を参加させる意味が俺にはわからんが？」

頷いたアシュトンは、長卓に置かれている地図に視線を落とした。

「今回我々は帝国の深部にまで攻め込まねばなりません。アストラ砦だけではなく、様々な障害が待ち受けていることは容易に想像できます」

「それで？」

「つまり、アストラ砦の攻略に関しては、第二軍と聖翔軍にもなるべく最小限の犠牲で切り抜けて欲しいのです」

良く言えば理想論。悪く言えば綺麗事を並べ立てるアシュトンに、ブラッドは少なからず失望を覚えた。彼の言う通り事が運ぶならこれほど楽なことはない。

「アストラ砦に関する報告は聞いているな？」

「はい」

「ではそれを踏まえての発言というわけだな？」

「もちろん踏まえての発言です。第八軍の精鋭を参加させることで、最小限の犠牲と最短の時間でアストラ砦を落とせるとしたらいかがでしょう？」

「まさか以前アシュトン中佐がカスパー砦で披露した策を再び使おうというわけではあるまいな？　あれは砦内に通じる抜け道を知っていたからこその策だと思っていたが……帝国軍がご丁寧に抜け道を作っているとでも？」

ブラッドは多少の皮肉を込めて言った。帝国によって造られたアストラ砦の全容を知る由もなく、そもそも抜け道などあるかどうかもわからないのだ。

「あれは単なる思いつきに過ぎません。作戦と呼べるものでもありませんでした」

アシュトンは恥ずかしそうに鼻の頭を掻いた。

「それがわかっていてなお、最小限の犠牲かつ最短で砦を落とすと言っているのか？」

「事前にそれなりの準備は必要ですが、士気の向上を図るためにも必要なことです」

「なるほど。アシュトン中佐の頭の中ではすでに〝絵〟が描かれているということか。まるで総司令官のようだな」

　ニヤリと笑ってアシュトンを見やると一転、彼の視線は派手に泳ぎだす。

「ひとつ聞いてもいいか？」

「な、なんでしょう」

「その策に嬢ちゃんは深くかかわっているのか？」

　紅茶に溢(あふ)れんばかりの砂糖を入れるオリビアを横目に、ブラッドは尋ねてみる。アメリアは蔑むような視線をオリビアに突き刺していた。

「かかわっています。オリビアの悪――勇名を利用しない手はないですから」

「……またヴァレッドストームの紋章旗を掲げて、閣下の名を貶(おとし)めようとしているのではあるまいな？」

　クラウディアに睨まれたアシュトンが、首をこれでもかとばかりに縮める。そんな彼に助け舟を出したのはほかならぬリーゼだった。

「私は賛成します。効果が高いことは先の戦いですでに証明されていますから。――それはクラウディアもわかっていることでしょう？」

　リーゼはフライベルク高原で繰り広げられた戦いのことを言っているのだろう。確かにヴァレッドストーム家の紋章旗は、死神の異名も相まって絶大な効果をもたらした。雄々しく旗を連ねて進軍すれば、それだけで帝国軍が畏怖するのは容易に想像がつく。

リーゼの正論に対し、クラウディアは思い切り顔を顰めた。

「だがなぁ……」

「クラウディアがそこまで毛嫌いする理由は知らないけど、戦いに私情を挟んでいるならお止めなさい。これはファーネスト王国の存亡をかけた戦いです」

ピシャリとクラウディアを窘めるリーゼの姿に、ブラッドは内心で首を傾げた。

第二軍の敗色が濃厚になったとき、こちらの命令を拒否した挙句、軍紀を捻じ曲げてまで共にあろうとしたリーゼである。自分のことは差し置いてよくそんなことが言えると感動すら覚えるが、それでも口を挟むことはしなかった。どうせ指摘したところですっとぼけられるのは目に見えている。

クラウディアはというと、渋々といった様子で了承の言葉を口にした。彼女の素直なところを是非リーゼにも見習ってほしいと切に願うブラッドである。

「──と、いうことです。アシュトン中佐」

「あ、ありがとうございます」

クラウディアの顔色を窺いつつ、アシュトンはリーゼに頭を下げた。

「ではアストラ砦攻略に関しては、アシュトン中佐に一任していいんだな？」

「よろしいのですか？」

「よろしいもなにも大言壮語を吐いたからには実行してもらう。それに俺は部下のやる気を尊重する優しい上官だしな」

「……単に面倒くさいだけでは？」

リーゼがブラッドにしか聞き取れないような声で呟く。

「リーゼ中佐、なにか言ったか？」

「なにも申しておりません。部下思いの上官だと感銘を受けていたところです」

殊更に爽やかな笑みを浮かべるリーゼ。ブラッドが溜息を吐いていると、相変わらず感情の見えない顔で手を上げてくるアメリアに、ブラッドは軽く頷くことで発言を許可した。

「先程から話を聞いている限り、ブラッド大将が指揮するのではなく、そこのアシュトン中佐が指揮を執るということですか？」

「まぁ、アストラ砦に関してはそういうことになるな」

「彼のことは多少なりとも聞いてはいますが……それでも中佐ごときに全軍の指揮を執られるのは我慢なりません。命令なので従いますが、少しでも指揮に不安が生じるようであれば、聖翔軍は独自に行動しますのであしからず」

冷ややかな一瞥をアシュトンにくれたアメリアは、勝手に指揮所から立ち去っていく。

その様子を見ながらバツが悪そうに頭を掻くアシュトンに対し、クラウディアは「なぜなにも言い返さないんだ！」と、激しく詰め寄っている。

そんな二人をリーゼはなぜか微笑ましげに見つめていた。

（愛想が悪いだけに飽き足らず、さらにはプライドの塊ときたか。本当に面倒なことばかりだ。元帥閣下かパウルのじっさまのどちらかでもいたら俺は楽ができたのに……）

五杯目の紅茶を飲み終えたオリビアはというと、我関せずといった顔で窓に映る空をぼんやりと眺めている。最初からこの手のことに期待はしていないが、それでも副総司令官とは思えぬ態度に、ブラッドはひたすら頭を掻き毟るのであった。

Ⅷ

第一連合軍による大規模な軍事演習がガリア要塞にて連日繰り返される一方、城塞都市エムリードの軍事区画でも、日々厳しい訓練が行われていたのだが――。

「王国軍の兵士たちはこの程度の訓練で音を上げるのか。くっくっく……これでは帝国軍に負けるわけだ」

「なんだとッ!!」

「怒るということはそれとなく自覚しているからじゃないのか？」

「そうそう。自分たちが腰抜けだということをな」

「貴様等ッ!!　言わせておけばッ!!」

(またか。飽きもせず毎日毎日よくやるよ)

もはや常態化している王国軍と聖翔軍の小競り合い。その様子を石段の上からのんびり眺めているブラッドの背後から、硬質な足音が近づいてくる。

風に乗って柑橘系の香りがブラッドの鼻をくすぐった。

「なにか用か?」

「なにか用かではありません。止めなくてよろしいのですか?」

頭を後ろへ反らすと、呆れ顔のリーゼと目があった。

「止めたところでどうせまたやるだろ? 俺は非生産的なことはしない主義でな」

「だからといって傍観をしていい理由にはなりません」

「傍観ねぇ……。なら同じことをあそこで茶を飲んでいる人物にも言ってやったらどうだ?」

ブラッドは訓練場の片隅に向けて指を差す。そこにはどこから持ち込んだか知らないが、テーブルに座って優雅にティーカップを傾けているアメリアの姿があった。

リーゼは視線をアメリアに向けることなく言う。

「私が言ったら角が立つじゃないですか」

「俺が言ったら角が立たないのか?」

「呆れた。閣下は第二連合軍を率いる総司令官ではないのですか?」

「わかったわかった。――ったく」

重い腰を無理矢理上げたブラッドは、頭を掻き毟りながら渦中へと分け入った。

「それほど元気が有り余っているなら俺が相手をしてやる。どうだ？」

ブラッドが王国軍の兵士に目を向けると、彼らはこぞって首を横に振る。続けて聖翔軍の衛士たちに目を向けると、巨軀の衛士が肩をそびやかせて前に進み出た。

「これはこれはブラッド総司令官殿。わざわざ恥をかくためにお見えになられたのですか？」

「また随分と威勢がいいな。そういう奴は嫌いじゃない」

これみよがしに腰に帯びた剣を軽く叩いたブラッドに、巨軀の衛士はニタリと笑って自らの剣をスラリと引き抜く。

「今さら後悔しても手遅れですぞ」

ブラッドを威圧するように剣を振り上げた巨軀の男の首筋には、ブラッドの腰から引き抜かれた長剣の切っ先が触れていた。

「……え？」

「――俺がその気だったら首が落ちていたな」

事態を把握した巨軀の衛士は、声にならない声を上げながらドカッと尻餅をついた。

「次はどいつだ？　今なら無礼講だぞ」

衛士たちに視線を流すと、彼らはバツが悪そうにその場からすごすごと引き下がる。

(やれやれ。今日のところはこれで……ん?)

背後から強烈な圧を感じたブラッドが振り返ると、優雅にお茶を飲んでいたはずのアメリアが、今はテーブルの上で片頬杖(ほおづえ)をつきながらジッとこちらを見つめている。

大蛇が体に絡みつくような嫌悪感を覚え、ブラッドは思わず首を竦(すく)めた。

(おっかねぇ。くわばらくわばら)

そそくさと元いた石段に戻り、懐から煙草(たばこ)を取り出していると、リーゼが隣に腰かけてくる。妙に距離が近いと思いながら、ブラッドは煙草に火をつけた。

「ふーっ。――これで文句はないだろ?」

「流石(さすが)に〝閃光(せんこう)〟の妙技を見せられたら聖翔軍の衛士たちも逆らえないようですね」

「頼むからその恥ずかしい異名を使うのは止めてくれ」

「ふふっ。わかりました。――でもこの状況はかなり深刻だと思いますが?」

再開される訓練の様子を眺めながら、リーゼが神妙な顔でそう口にする。リーゼに言われるまでもなく、この状況をブラッドもよしとはしていない。

このまま帝国軍との戦端を開いたら、内部崩壊を起こすのは必至だ。そうかといって、現状を打開するだけの策を今のブラッドは持ち合わせていない。

「――相談してみるか……」

「誰に相談するのですか？」

「……声に出ていたか？」

「ええ。おもいっきり。それで誰に相談するのですか？」

「そりゃひとりしかいないだろう」

　煙草を咥えながら立ち上がったブラッドは、石段を一足飛びに下りていく。ブラッドの脳裏には、ひとりの青年が浮かんでいた。


「――いたいた。やっぱりここにいたか」

　兵舎棟の食堂でオリビアと一緒に食事をしているアシュトンを見つけたブラッドは、空いている隣の椅子に遠慮なく座り、皿に置かれていたソーセージを口の中へ放り込んだ。

「ほう。中々に美味いな」

「ブラッド大将、勝手に人のものを食べたらダメなんだよ。アシュトンにちゃんと頂戴って言ってから貰わないと」

　顔を顰めるオリビアに、ブラッドは思わず噴き出してしまった。下手な喜劇を見せられるよりも、オリビアの言動のほうが何倍も面白い。

「嬢ちゃんもまともなことを言うんだな」

「わたしはいつだってまともなことしか言わないよ」

「へぇ……そりゃ初耳だ」

ブラッドが顔を引きつらせていると、アシュトンが不思議そうな表情で言った。

「ブラッド大将、どうかされたのですか？」

「少々問題があってな。我らが軍師様のお知恵を借りにきた次第だ」

「はぁ……」

アシュトンはなんとも気のない返事をする。ブラッドが二つ目のソーセージを口に放り込んだ途端、盛大に頬を膨らませたオリビアが素早く皿を遠ざける。

ブラッドが改めてくだんの件を語って聞かせると、アシュトンは苦笑した。

「私もその件は問題だと思っていました」

「その口振りだとなんらかの打開案があると期待していいのか？」

「ないこともないのですが……」

言いながら、アシュトンはオリビアを遠慮がちに見る。オリビアはというと、可愛らしく小首を傾げていた。

「嬢ちゃんになにかしてもらうのか？」

「まぁそうですね。ただ、以前クラウディア大佐に却下された案ですから……」

そう言ってアシュトンから聞かされた打開案は、一定の効果が期待できるとブラッドに思わせた。

「嬢ちゃんやってくれるか？」

「うん……でも……」

予想に反してオリビアの反応は芳しくない。問題なく了承するだろうと思っていただけに、ブラッドは内心で首を捻った。

「嫌なのか？」

「だってクラウディアが……」

「クラウディア？　クラウディア大佐がどうかしたのか？」

「うん……」

言いよどむオリビアに代わって、アシュトンが耳打ちしてくる。あまりにも衝撃的な内容に、思わずオリビアを凝視してしまった。

「その……クラウディア大佐が怒ると怖いのか？」

「うん……凄く怖い」

冗談を言っているようにはとても見えなかった。ブラッドもまさかそんな話を聞かされるとは思ってもなく、ただただ唖然とした。

オリビアは名の知れた敵将の首をいくつも刈り取り、帝国から死神と恐れられる存在。そのオリビアが自分の副官を怖がっているなどと誰が思うというのか。

「ブラッド大将が知らないのも無理ありませんが、クラウディア大佐を怒らせると本当に怖いんです」

「なら俺が発案したことにすれば問題ないだろう。こちとら曲がりなりにも第二連合軍の総司令官だ。クラウディア大佐とて俺が決めたことに文句は言えんさ。——な？」

不承不承といった体で頷くオリビアに、ブラッドは腰のフォルダーに収めている遠眼鏡を差し出した。

「取っておけ。これはほんの礼の気持ちだ」

「……遠眼鏡ならわたしも持っているよ？」

「まぁそう言わずにちょっと外を覗いてみろ」

「うん、わかった……」

窓際に移動したオリビアが、歓喜の声を上げるのに数秒の時も必要としなかった。振り返ったオリビアの顔は喜色に包まれ、体をぴょんぴょんと跳ねさせている。

「これ凄い！　今までの遠眼鏡より全然遠くまで見えるよ！」

「どうだ？　気に入ったか？」

「うん！　ブラッド大将ありがとう！」

懐から布きれを取り出したオリビアは、嬉々として遠眼鏡を磨き始める。こんなもので頼みを聞いてくれるなら安いものだ。

「最新型の遠眼鏡ですか？」

興味深げに尋ねてくるアシュトンへ、ブラッドは耳打ちした。

「ちょっとしたコネを使ってな。開発中のものをひとつ拝借したのさ」

「試作品ってことですよね？――大丈夫なんですか？」

胡乱な目を向けてくるアシュトンの肩を軽く叩き、ブラッドは椅子から立ち上がった。

「問題ない。これは大事の前の小事というやつだ。――じゃあ二人とも頼んだぞ」

アシュトンにも見るよう嬉々として遠眼鏡を勧めるオリビアを尻目に、ブラッドは足早に食堂を後にする。


翌日の訓練場は人だかりができていた。

「なにか始まるのか？」

「オリビア中将閣下がなにかするらしいぞ」

「今さら藁人形で訓練？――くくっ。さすがに王国軍の訓練は進んでいるな」

訓練場の中央では、左右非等間隔に並べられた藁人形がずらりと縦方向に並んでいる。

大勢の見物人が興味津々で見守る中、クラウディアが鬼のごとき形相で拳を震わせている。

クラウディアと目が合ったブラッドは、素知らぬふりを決め込んだ。

（嬢ちゃんやアシュトンの言った通りだ。こういう真面目一直線のタイプが怒ると本気で怖いな。こういってはなんだが、適度に緩いリーゼが副官で本当に良かった……）

ブラッドがひとり納得して頷いていると、隣に立つリーゼから白い目が向けられた。

「今、私のことで不埒なことを考えていませんでした？」

「なにを言っているのか意味がよくわからんな」

内心では焦りながらも、ブラッドは努めて冷静に言う。さらに無言且つ無表情で責めてくるリーゼを華麗に無視し、ブラッドは屈伸運動をしているオリビアに声をかけた。

「嬢ちゃん、準備はいいか？」

「わたしはいつでもいいよー」

漆黒の鎧にヴァレッドストーム家の紋章が描かれたマントを身に着けているのは、死神を想起させようというアシュトンなりの演出なのだろう。

頷いたブラッドは壇上を駆け上がり、大きな咳払いをひとつした。

「これから王国でも随一の剣技を誇るオリビア中将にデモンストレーションを行ってもらう。体を動かすことばかりでなく、優れた者の動きを見るだけでも良い訓練になるからだ。いわゆる見とり稽古の一種だと思ってもらえばいい。――では始めてくれ」

とりあえずそれらしいことを言ったブラッドが合図を送ると、オリビアの腰から漆黒の剣がスラリと引き抜かれ、皆の視線が一斉に注がれていく。

右足を一歩踏み出して、腰をゆっくり落としたオリビアは――――。

「――は？」

誰よりも先にブラッドが間抜けな声を発してしまった。オリビアがいつの間にか遥か先で大きく手を振っているのを目にしたからだ。異変はそればかりではない。藁人形が赤い液体を垂れ流しながら、ひとつの例外もなく地面に倒れている。

（あの血のようなものもアシュトンの演出で間違いないだろうが、それにしても今の動きは尋常じゃない。辛うじて目で追えはしたが……）

　ブラッドさえその始末である。王国軍の兵士は言うに及ばず、聖翔(せいしょう)軍の衛士たちも判然としない表情で倒れている藁人形を眺めている。

　ただひとり、拳を震わせているアメリアを除いては。

「こんな感じでいいのかな？」

　オリビアが赤く染まった剣を片手に戻ってくると、状況を理解した衛士たちは示し合わせたかのように後ずさりを始める。無邪気な笑みを浮かべるオリビアを間近に見て、小さな悲鳴を上げる者もひとりやふたりではない。唯一の例外はオリビアの力をよく知っているであろう元独立騎兵連隊の面々で、彼らは誇らしげに胸を張っていた。

　オリビアに礼を言ったブラッドは再び壇上に上がり、ここぞとばかりに声を上げた。

「これにてデモンストレーションを終了する。オリビア中将の剣技は良いお手本になったことと思う。これを糧に一層訓練に励んでもらいたい。それと、今さら言わずとも理解していると思うが、オリビア中将の前に立ち塞がった者はひとりの例外もなく藁人形のような結末を迎える。オリビア中将はなによりも協調と調和を重んじる愛の騎士だ。つまり、今後もめ事を起こした者には、たとえどんな理由があったとしても、自分の〝糧〟になってもらうそうだ」

最後にブラッドは、口角を歪に上げて見せた。

「きょうちょう？　ちょうわ？　あいのきし？」

オリビアが首を傾げるのを尻目に、ブラッドは小気味よく壇上から下りていく。

この日を境に王国軍と聖翔軍の小競り合いはピタリと収まる。

オリビアの名は聖翔軍にも広く轟くこととなった。

第六章・暁の連獅子

I

光陰暦一〇〇〇年、深愁(しんしゅう)の月。

第一連合軍およそ八万五千の軍勢は、ガリア要塞を進発。それぞれの軍旗を高らかに掲げながら西上し、六日後にはキール要塞の東に広がるコクーン平野に到着した。

第一連合軍　本陣

「全軍に停止命令を」

第一連合軍の総司令官であるコルネリアスの命令に従い、全軍はコクーン平野にて一時停止する。北西に向かってさらに一時間程進めば、キール要塞まで目と鼻の先である。

「さてさて。ここまできて帝国軍に目立った動きが見られない。籠城策で決定じゃな」

そう断言したコルネリアスへ、傍らに控えていたナインハルトは同意を示す。

今回ナインハルトは直接兵を率いることはせず、総参謀としてコルネリアスと共に全軍の指揮を執ることになっていた。

「ここまでは順調です。帝国軍は我々の策に上手く乗ってくれました」

十日前のこと。紅の騎士団がキール要塞に入ったとの報告が諜報部隊よりもたらされた。それはとりもなおさず、帝国に対する工作活動が実を結んだことを証明している。

「キール要塞を失えば帝国は王国に対する橋頭堡を失う。それでも以前なら帝国の優位は崩れなかったが、今は南部北部共に帝国軍の手から取り返している。属国とした国々の動向なども視野に入れれば、野戦でなく籠城戦を選択するのも当然だな」

「欲を言えば蒼の騎士団もこちらに誘導できれば良かったのですが……」

蒼の騎士団が帝都から離れれば、第八軍の作戦成功率は飛躍的に上がる。元凶である皇帝ラムザを見事捕らえた暁には、帝国軍を無力化することも不可能ではない。

コルネリアスは髭をしごきながら苦笑した。

「それは欲が過ぎるというものだ。紅の騎士団をこちらに引きつけただけでもよしとすべきだろう。――ところで聖翔軍のクリスタル殿とは仲良くやっているかね？」

「どうでしょう。あちらがどう思っているかは正直定かではありませんが、私はそれなりに上手くやっているつもりです」

全軍の調整役を一手に任されているナインハルトは、二万の聖翔軍を率いるラーラ・ミラ・クリスタルと会話を交わす機会も多くなる。初めて挨拶を交わしてから一ヶ月も経過していないが、ナインハルトから見たラーラは、掛け値なしに優秀な武人だった。

「主を殊更に偶像視するきらいはあるが、それでも高潔な武人であるのは疑う余地がない」

口振りから察するに、コルネリアスもまたラーラを高く評価していることがわかった。

ラーラの右腕と目されるヨハン・ストライダーにしても、軍事演習の内容を見る限り、指揮官として非凡な才能を有している。

衛士の練度も高水準の域にあり、評判に偽りなしといったところだ。

「なんにしてもあとは我々の演技力次第ということになります」

持ち前の大声で将校たちを鼓舞するランベルトを見やりながらそう言うと、コルネリアスが楽しそうに顔を綻ばせる。

「演技力か。それはお主のもっとも得意とするところ。——期待させてもらおうかの」

「はっ！」

戦いとは駆け引きの積み重ね。いかに相手を騙し続けるかという一言に尽きる。今回は紅と天陽の二大騎士団を相手にする以上、慎重の上にも慎重を期して事を進めていかなければ、騙すことなど到底不可能だろう。

（果たして私は上手くやれるのだろうか？）

傍らに控えるカテリナ大尉は、いつになく厳しい表情をしている。ファーネスト王国の命運をかけた大戦を前にして、さすがに緊張しているのだろう。

ナインハルトとて例外ではなく、緊張とも高揚ともいえぬ複雑な感情を抱いていると、コルネリアスがナインハルトの肩に優しく手を置いて言った。

「大戦の前で気持ちが昂ぶるのもわかるが、少し肩の力が入り過ぎているな。適度な緊張は良薬だが、それも過ぎれば猛毒に変化する。何事もバランスが大事じゃよ」

常勝将軍の言葉はナインハルトを冷静にさせた。と同時に、心の中を完全に見透かされていることに苦笑する。ここに至ってなお部下の心情を正確に把握し、そして慮れるコルネリアスに、ナインハルトは大きな安心感を抱いた。

「話は変わりますが、第二連合軍は上手くやってくれるでしょうか？」

「心配か？」

「正直に言いますと……負担は彼らのほうがより大きいですから」

今回第二連合軍の総司令官を務めるブラッドの指揮能力を疑う者はいない。副総司令官であるオリビアに関しては、王国領に侵攻してきたノーザン＝ペルシラ軍を完膚なきまでに叩き伏せている。聖翔軍を率いるアメリア・ストラストとは直接会話を交わしてはいないものの、ラーラから指揮能力は問題ないとのお墨付きを貰っている。

それでも王国の存亡をかけた戦である以上、どうしても気にかけてしまう。

「ブラッド大将もオリビア中将も己の役目は十分心得ている。我々は最善をもって目の前の戦いに集中すればそれでよい」

「はっ！　失礼いたしました！」

敬礼するナインハルトに、コルネリアスは大きく頷いた。

「敵の出方はわかった。今より一時間後に軍議を開く旨をパウルとクリスタル殿に伝えてくれ」

「はっ！　ただちに伝令兵を送ります」

第七軍の下へ颯爽と馬を走らせる伝令兵を見送りながら、ナインハルトは懐に忍ばせてある血に染まった階級章に手をあてがう。

（フロレンツ。俺に力を貸してくれ）

ナインハルトの瞳は力強い光を帯び、遥か先にあるキール要塞を見据えていた。

第七軍　本陣

パウル上級大将が各将軍らと共に休息を兼ねた食事を摂っていると、ホスムント少将がどこか遠い目をしていることに気が付いた。明らかに心ここにあらずといった様子に、隣に座るエルマン中将も気が付いたようで、ナイフを動かす手を止めた。

「ホスムント少将、どうされた？」

「……いや、オリビア中将が第七軍にいないとなんとなく寂しさを感じてしまって、な」

耳を疑うホスムントの発言に、パウルは少なからず驚いた。

志願兵としてオリビアが王国軍に在籍してから、すでに二年近くが経とうとしている。

異例の早さで中将となったオリビアを疎ましく思うことはあっても、寂しいなどという言葉がホスムントの口から出てくるとは夢にも思ってみなかった。

どうやらオットーも同じ感想を抱いたらしく、興味深そうにホスムントの顔を見つめている。一方のエルマンは意味ありげに口元を緩ませていた。

「貴官がそのような物言いをするとは意外だな」

城塞都市エムリード近郊における戦いにおいて、ホスムントは功を焦って敵の策にまんまと乗せられた挙句、部隊を窮地に陥れたという汚点を残している。

そんなホスムントはというと、バツが悪そうな表情を浮かべた。

「正直オリビア中将に嫉妬しないと言ったら嘘になります。ですが彼女の武勇を目のあたりにすれば納得せざるを得ません。なにより今はこの戦いに勝利することが大事ですから」

ホスムントの中でどのような心境の変化があったのか、パウルが知る由もない。それでも彼が良い方向に向かっていることだけはわかった。

私心を捨てれば、ホスムントはそれなりに優秀な将軍である。

「私は彼女とそれほど面識があるわけではありませんが、ホスムント少将の言わんとしていることはなんとなくわかります。彼女がいた頃の第七軍は華みたいなものがありましたから」

　そこで言葉を切ったエルマンは、遠い昔を懐かしむような表情を見せる。ホスムントは我が意を得たとばかりに何度も頷いていた。

「第七軍にとってオリビア中将は、我々を明るく照らす太陽そのものだった。二人がそう思うのは当然だ」

　パウルにとってオリビアは、孫であるパトリシアと同等に可愛い存在である。コルネリアスがオリビアを第八軍の総司令官に据えたのは英断であり、正しい判断であったと思う。それでもオリビアが手の届く場所にいないことが、パウルの中でなんとも冷たい隙間風を吹かせているのだ。

「オットーもオリビア中将がいなくて寂しい口ではないのか？」

「寂しいなどという感情は一切芽生えませんな。お三方とも暁の連獅子作戦を前に下らない戯言はお止めいただきたい」

　半眼でこちらを見つめてくるオットーに、ホスムントとエルマンは互いに顔を見合わせて苦笑した。パウルも同じように苦笑するも、二人とは意味合いが大分異なっている。

　オリビアが上官になったこともあり、さすがのオットーも公然と批判めいたことを口にすることはなくなったが、内心ではオリビアに心を砕いているのが手に取るようにわかる。

　部下に接する態度は厳しいが、実は誰よりも面倒見が良い男なのだ。

「ところでキール要塞の兵力予想に変化はないか？」

パウルが話を本筋に戻すと、オットーは淀みなく答えた。

「変わりありません。こちらがキール要塞に向けて進軍していることはとうに知れていると思いますが」

「当然だな。今頃はこちらの兵力をつぶさに確認していることだろうよ」

パウルはテーブルに置かれている地図に視線を落とす。

「敵は籠城を選択したようだな」

「キール要塞の防御力を考えれば当然の帰結ですが」

砦や要塞を攻め落とすには、三倍以上の兵力をもってあたるのが常道とされている。帝国にとっても絶対に負けられない戦いである以上、不退転の覚悟で迎え撃ってくるはず。ならばキール要塞の防御力を活かし、こちらの兵力を削り取るのは理に適っている。

常識的に考えれば王国軍にとって確実に不利な状況ではあるも、今回ばかりは籠城を選択した帝国軍に対し、パウルは惜しみない賛辞を送りたい気分であった。それはいうまでもなく、第一連合軍主導で戦局を有利に運ぶことができるからだ。

「今回帝国軍は悪手を打ちました」

言って〝鉄仮面〟と揶揄される男が不敵な笑みを見せた。その姿にエルマンとホスムントは、得体の知れないものでも見たように顔を見合わせる。

パウルだけがオットーの笑みを正確に理解していた。

「おそらくは元帥閣下も同じ結論に至っていることだろう」

　オットーが天幕の入口に視線を移す。

「そろそろ伝令兵が来ると思います」

　オットーの予言はすぐに現実のものとなる。天幕の入口の垂れ布が上がると、第一軍の伝令兵が足早に姿を現した。

「コルネリアス元帥の命をお伝えします。軍議を開くので本陣までこられたし、とのことです」

「承知した。報告ご苦労」

「はっ！」

　去りゆく伝令兵を眺めながらパウルは勢いよく立ち上がる。

「オットー副官」

「馬の用意はすでに」

　予め（あらかじ）オットーの指示が飛んでいたようで、従者がパウルの愛馬を引き連れてやってきた。手際の良さは相変わらずである。

「――ではいくか」

　馬に跨（また）がったパウルは、オットーと共に本陣へと向かった。

聖翔軍　本陣

「どうやら籠城で決まりのようだな」

「意外ですね。予想される帝国軍の兵力はこちらとほぼ互角。ベルリエッタ卿の性格であれば、間違いなく野戦を仕掛けてくると思ったのですが」

「それだけ余裕がないのさ」

ラーラは先にあるだろうキール要塞を見据えるような眼差しを向けた。帝国軍の勢いは今や見る影もなく、王国軍に連敗に次ぐ連敗を喫している。それはとにもかくにも、オリビアの出現によるところが大きいのは疑いようがなかった。

「そうそう。あの報告にはいささか驚かされましたね」

「ん？——ああ、報告では自然死とのことだったな」

「ええ。帝国軍にとってはかなりの痛手であるのは間違いないと思います。王国軍に良き風が吹き始めているようですね」

グラーデン・フォン・ヒルデスハイマーが死んだとの最新情報が梟よりもたらされたのは今から一週間前。グラーデンは天陽の騎士団を束ねていた長であると同時に、帝国軍の頂点に君臨していた男である。暁の連獅子作戦に向けて吉報であるこの情報を、しかし、王国軍には一切伝えていない。

神国メキアにとって真に望むことは、帝国と王国の双方が共に倒れることである。今回王国軍に合力するのは、あくまでも将来に備えてのこと。ゆえにソフィティーアから下された指示は、王国軍にグラーデンの死を伝える必要なしというものだった。

「暁の連獅子と銘打たれたこの作戦、ラーラ聖翔は成功すると思いますか？」

「成功するもしないも第八軍の働き次第だ。今の段階では何とも言えないな」

キール要塞に対して大規模な陽動を行っている間に、第八軍が帝都を守護する蒼の騎士団と対決。これを打ち破り、リステライン城の玉座に座るラムザ十三世を拘束する。

この作戦が成功すれば、帝国軍は和平交渉を持ち出すとソフィティーアは睨んでいた。

（しかし……）

ノーザン＝ペルシラの軍隊がファーネスト王国に侵攻した件はヨハンも聞き及んでいる。オリビアは新兵だらけの第八軍を率いて見事な勝利を飾ったらしいが、一個中隊とはいえ蒼の騎士団の強さは目を見張るものがあった。それだけにオリビアやアシュトンがいかに優れた采配を振ろうとも、兵の練度に天と地ほどの差があるのは明らか。

現状、第八軍はかなり分が悪いとヨハンは見ていた。

一方、オリビアとフェリックスの実力は伯仲している。直接剣を交えれば互いに無傷で済まないことは容易に想像できる。ヨハンの見立てだと、事体術に限ってはフェリックスに一日の長がある。しかし、オリビアが一度でも魔術を行使したらその限りではない。

認めたくはないが、オリビアの魔術はヨハンの魔法をはるかに凌駕していた。ラーラやアメリアとて例外ではない。外から無尽蔵に魔力を得る〝魔素〟など常識の埒外である。自分が危険な状況に追い込まれない限りは魔術を行使しないとオリビアは言っていた。しかし、裏を返せば身に危険が迫れば躊躇なく魔術を行使するということ。

(あの光球が放たれたら最後、たとえフェリックスだろうが防ぎきれるものではない……)

巨大な岩が跡形もなく吹き飛んだ光景をヨハンが思い出していると、

「——最近はヨハンも難しい顔をするようになったな」

見ればラーラが、ヨハンの顔を覗きこむようにしてニヤついている。つい先日もソフィティーアに同じことを言われたのを思い出し、ヨハンは苦笑した。

「おかげさまで。最近なにかと気苦労が多いもので」

「いつも軽薄な笑みを浮かべているより、そちらのほうが私は好みだぞ」

「ラーラ聖翔にそう言われると、さすがに胸の高鳴りを禁じ得ませんね」

「そういう減らず口を叩かなければなおいいのだが」

ラーラはそう言って、最後は鼻を鳴らした。

「こればかりは持って生まれた性なので直しようもありませんが……なんにせよ覇業を成就するためにも、今回の作戦は成功してほしいものです」

どちらに天秤が傾くにせよ、今回の戦いで神国メキアには利しかない。しかも、ファーネスト王国で行われた晩餐会で、ソフィティーアはアルフォンスの心を虜にしている。

我が主君ながら恐ろしいほどのカリスマである。

「さっきも言ったが最終的には第八軍次第だ。こちらに関しては常勝将軍の采配次第といったところだろう」

「ラーラ聖翔もコルネリアス元帥と話をされたのですよね？　印象はどうでした？」

王国軍の頂点に君臨し、歴史の教科書にもその名が載るほどの人物。齢七十を超えても常勝将軍の異名は健在であり、中央戦線において天陽の騎士団を見事に敗退せしめた。

祝賀会で初めて本物を目にしたときの印象は、驚くほど穏やかな人物であったということを覚えている、それだけにガリア要塞を出立する際、覇気を身に纏ったコルネリアスの姿を見たときは、別人ではないかと疑ったほどだ。

「一応言っておくが、年寄りだからだと甘くみるなよ」

「常勝将軍を侮ることなどできませんよ。――ところでなぜアメリアを第二連合軍へ？　こう言ってはなんですが、俺が出向いたほうが正直良かったと思うのですが」

アメリアがオリビアを酷く嫌っているのは、ヨハンのみならずラーラもまた知るところ。オリビアとそれなりに通じているヨハンなら、連携なども容易いと思っている。

なぜ自分ではなくアメリアを差し向けたのか、多少なりとも気になっていたのだ。

「聖天使様が覇業を成すためにも、アメリアには色々と経験を積んでもらう必要がある。一介の武人としてならあのままでも支障はないが」

（つまり、アメリア嬢に期待しているということか……）

普段からアメリアに厳しく接するのも、期待の裏返しと思えば理解できる。もっともアメリアからしてみれば、たまったものではないだろうが。

「そのようにお考えならこれ以上言うことはありません」

「私は言うことがあるぞ」

「なんでしょう？」

「ヨハンは少し色事を慎め。己の立場というものを考えろ」

「お言葉ですが、古来より〝英雄色を好む〟と言われています」

「なにが英雄だ。本当に口だけはよく――来たか」

左肩当てにひとつ星を刻んだ兵士が颯爽と馬から降りると、ラーラの前で片膝をついた。

「ラーラ聖翔様に申し上げます。軍議を執り行いますので本陣までお越しください」

「承知した。すぐに参るとコルネリアス元帥閣下に伝えてくれ」

「はっ！」

銀色に輝く戦車から飛び降りたラーラは、馬を引くよう従者に命じていた。

「ヨハンも同行するか？」

「いえ、俺はここに残りますよ」

ヨハンは真面目な表情を作って拒否した。元々堅苦しい場が性に合わないためだが、それをまともに伝えては強引に連れて行かれるのが目に見えている。

だが、そんなヨハンの考えはあっさりとラーラに見抜かれてしまった。

「はぁ……ヒストリアもそうだがこれは戦争だぞ。もう少し真面目にできないのか？」

白馬に跨るヒストリアは、首を上下に揺らすごとに瞼が閉じる間隔が長くなっている。

そんな彼女を呆れ顔で見やりながら、ラーラは腰に手を当てて深い溜息を吐いた。彼女の言い分もわからなくはないが、戦争というものについてヨハンは一家言もっている。

「戦争なんてものは元来真面目にやるものではありません。なにせ本質はただの大量殺人ですから。野を生きる獣ですらそんな行為はしませんよ」

平時で人間を殺せばただの殺人者。しかし、戦争で人間を殺し続ければ人はそれを英雄と呼ぶ。理屈はわかっても理解は到底できないヨハンである。

「悪いがヨハンと戦争論を交わす気などない。聖天使様が大陸統一を成し遂げた後ならいくらでも聞いてやる」

鐙に左足をかけて華麗に騎乗したラーラは、数人の親衛隊と共に馬を駆けていく。

ヨハンは溜息と共にラーラたちを見送るのであった。

Ⅱ

帝国軍　キール要塞　作戦会議室

時は第一連合軍がコクーン平野に到着するより四日前に遡る。

キール要塞の周辺警戒に当たっていた兵士から王国軍進撃の報がもたらされると、ローゼンマリーは主だった将校たちを会議室に集めた。

長卓を挟んで左側には天陽の騎士団。右側には紅の騎士団が列居している。ローゼンマリーが姿を見せると、彼らは一斉に立ち上がり敬礼を行う。

オスカーの号令によって全員が着座する中、最初に口を開いたのは上座に座るローゼンマリーであった。

「王国軍の位置は？」

「はっ。現在王国軍はフライベルク高原を進軍中とのことです」

オスカーは長卓の中央に置かれている地図を指揮棒で指す。第一、第七軍の軍旗が確認されたことをオスカーが告げると、将校たちに憤怒の表情が浮かび上がる。

「さらには死神の紋章が描かれた黒旗も多数確認されています。新たに新設されたという第八軍――死神オリビアが率いる軍で間違いないかと思われます」

「死神オリビア……」

「やはり来たか……」

目を異様にぎらつかせる者。下を向いて俯く者。そして、明らかに怯えた表情を浮かべる者。死神オリビアの言葉は、将校たちに様々な反応をもたらしていく。両騎士団が共通して言えることは、死神オリビアによって辛酸を嘗めさせられたということだ。

（常勝将軍コルネリアスに鬼神パウル。そして、極めつけは死神オリビア。そうそうたる顔ぶれからしても、敵がここを目指しているのは確定だな）

ローゼンマリーは口の端を吊り上げた。

「喜べ。不倶戴天の敵が向こうからのこのこやってきてくれたぞ。これを僥倖と言わずなんと――」

「失礼しますッ!!」

息を荒らげながら扉を開ける兵士の姿に、一同の視線が集中していく。兵士がオスカーに素早く耳打ちすると、オスカーの表情が一気に険しいものへと変わった。

「その様子だとあまりよろしくない話のようだな」

「はい。今しがた濃紫の軍旗を掲げた軍勢が王国軍と合流したとの情報が入りました。兵数はおよそ二万。神国メキアの軍隊……聖翔軍であると思われます」

「聖翔軍だとッ!!」

紅の騎士団の反応は劇的であった。アストラ砦を奇襲した軍隊が聖翔軍であることはさえ副官であるガイエルを殺した相手である。こちらの不在をいいことに暴れまくった挙句、あまつさえ副官であるガイエルを殺した相手である。

(魔法士を有するという聖翔軍か……)

ローゼンマリーは唇にチロリと舌を這わせた。

「ガイエル大佐を殺した奴らか!」

「ローゼンマリー閣下! ガイエル大佐の仇が討てますぞ!」

口々にガイエルの名を挙げ始める紅の将校たち。ローゼンマリーは軽く手を上げることで、興奮する彼らの口を封じた。

「そうがなりたてなくとも聞こえている。どういう経緯があったか知らないが、ファーネスト王国と神国メキアは手を結んだらしい。手間が省けて結構なことじゃないか」

「――神国メキアの軍勢を加えると、総勢八万五千以上になります。こちらもほぼ同数の兵を有してはいますが、念のためスワランとストニアに兵を捻出するよう打診しますか?」

「スワランにストニア? はん! あんな脆弱な軍になにができるというのだ。かえって邪魔になるだけだから止めておけ」

鼻で笑うローゼンマリーの双眸が、椅子から立ち上がるひとりの将校を捉えた。防御を得意とする天陽の騎士団の中にあって、一際異彩を放つ集団。攻撃に特化した突貫部隊〝彗天狼〟を率いるザカリアス・カラリ少将である。

ローゼンマリーは顎をしゃくり、ザカリアスの発言を許可した。

「どこで奴らを迎え撃ちますか？　おそれながら私の考えを先に申し上げれば、ここより東のコクーン平野が絶好の迎撃要地だと思われます」

ザカリアスが候補に挙げた地は余計な障害物がなく、思う存分兵士を動かすことができる。しかも、キール要塞からそれほど距離が離れていないため、生命線である兵站を機能的に運用することも可能。敵を迎え撃つにはまさに適した地である。

だが、ローゼンマリーは口元に笑みを湛えてザカリアスの案を否定した。

「――ッ!?　理由は！　理由はいかに！」

自分の案は即座に採用されると思っていたのだろう。声を荒らげて理由を尋ねるザカリアスであったが、それでも再度地図に視線を移すと、別の候補地を次々に挙げていく。

その全てをローゼンマリーが否定してみせると、いよいよザカリアスの顔は紅潮し、拳を激しく長卓に叩きつけた。

「ローゼンマリー閣下はどちらで迎撃するおつもりかッ!!」

「そんなことは初めから決まっている」

猛るザカリアスに対し、ローゼンマリーは人差し指でトントンと長卓を叩いて見せる。

訝しむ様子のザカリアスは、程なくして目を大きく見開いた。

「まさかキール要塞ですか!?」

「なにを驚くことがある。今ザカリアスがいる場所は、かつて難攻不落と呼ばれていた要塞だ。当然だろう」

ローゼンマリーの戦略を予め聞かされていたオスカーは別として、紅の将校は言うに及ばず、天陽の将校たちさえも呆気に取られた表情を浮かべている。彼らの様子を面白く眺めているローゼンマリーに異を唱えたのは、紅の将校であるミル・ハイネマンであった。

「ローゼンマリー閣下にこんなことを言うのは猿に木登りを教えるようなものですが、あえて言わせていただきます。我々紅の騎士団は野戦において本来の能力を発揮します」

「その通りだ。紅の騎士団は籠城戦を得意とはしていない」

「でしたら――」

「だが、その得意な野戦で紅の騎士団は第七軍に敗北した。――ああ、勘違いするなよ。敗れたのはお前たちのせいではない。ひとえにあたいの不徳の致すところだ」

「……つまり今回は慎重を期すということですか？」

納得いかない様子のザカリアスへ、ローゼンマリーは鼻を鳴らして言った。

「あたいらしくないと言いたそうな顔だな」

「おっしゃるとおりです。グラーデン元帥閣下でしたらわかるのですが……」

ザカリアスの口からグラーデンの名が出た途端、暗い表情を一様に浮かべる天陽の将校たち。ローゼンマリーは言及することなく話を続けていく。

「どうも天陽の騎士団は、あたいに対して間違ったイメージを抱いているようだが……」

天陽の将校たちが困惑を顔に張り付けるその一方で、紅の将校たちは一様に苦笑いを浮かべていた。

「あたいが野戦を好むことそれ自体否定するつもりはない。実際好きだしな」

最後は肩を竦めておどけて見せると、紅の将校たちからドッと笑いが起こった。天陽の将校たちが微妙な笑みを見せるのを横目に、ローゼンマリーは顔を引き締めた。

「重要なのはただひとつ。ここで王国軍を完膚なきまでに叩き潰すことだ。そのために利用できるものは全て利用する。それが今回はキール要塞だった。ただそれだけの話さ」

「帝国軍にとってもここが正念場ということですね？」

「そういうことだ」

認めたくはないが、今の王国軍には勢いがある。一度燃え上がった炎が簡単に消えないのと同様に、勢いという目に見えない力も早々に衰えるものではない。勢いを完全に断ち切るためには、己の流儀にこだわっている時ではないということだ。

感傷的になったつもりなど毛頭ないが、再戦の機会も叶わないまま冥府に旅立ったグラーデンのこともある。考え方の違いから衝突したことも一度や二度ではない。それでも帝国三将筆頭として軍を束ねてきたグラーデンに対し、ローゼンマリーなりに一定の敬意は払ってきたつもりである。

もっとも当の本人がどう思っていたか、確かめるすべは永遠に失われてしまったが。

「ローゼンマリー閣下。慎重を期すということであれば、蒼の騎士団にも参陣してもらうことはできないのでしょうか？」

ミルの提案をローゼンマリーは一蹴した。

「残念だがフェリックスは帝都を一歩も動くつもりはない」

ここに至ってなお蒼の騎士団を動かさないフェリックスに対し、ローゼンマリーも多少苛立ちを覚えなくもないが、実際に命令を発しているのは皇帝ラムザである。そして、賢帝と称されるほどの男が、何の考えもなく蒼の騎士団を帝都に留め置いているとも思えない。少なくともローゼンマリーが知るラムザは、真に偉大な皇帝であった。

「やはり蒼の騎士団の参陣は難しいですか……」

「そう落胆するな。紅と天陽の騎士団で十分事足りる。――オスカー総参謀長」

「はっ。ではこれより作戦概要を説明いたします」

それから二時間後――。

オスカーによって各々の役割が綿密に指示され、軍議の終了が告げられた。ローゼンマリーは指をパチリと鳴らし、酒が半分満たされたグラスを従卒に配らせる。

全員にグラスが行き渡ったことを確認したローゼンマリーは、改めて言葉を発した。

「この戦いは帝国の命運を決めるといっても過言ではない。貴様らの奮戦を期待する」

「「「アースベルト帝国に栄光を!!」」」

「「「皇帝陛下に永遠の忠誠を!!」」」

グラスを一気に傾けた後、戦意を全身に滾らせながら退出していく将校たち。最後に部屋を出ようとするオスカーに、ローゼンマリーは声をかけた。

「この戦いが終わったら、グラーデン元帥の墓前に〝リシリア〟の花でも添えてやれ。柄にもなく、奴はその花がことのほか好きだったらしいからな」

オスカーは思い出したように振り返り、

「……リシリアの花言葉は〝家族との絆〟。実に閣下らしいです」

ローゼンマリーに敬礼し、静かに会議室を立ち去って行く。

(どうやら余計な言葉だったたな……)

ローゼンマリー自身も、オスヴァンヌやガイエルの墓に未だ花を添えられていない。全ては勝利をこの手にしてからだと、ひとり会議室を後にする。

それから二日後の早朝。

霧が立ち込めるキール要塞の眼前に王国軍が姿を現す。

――ファーネスト王国　第一連合軍　総兵力八万五千。

――アースベルト帝国　キール要塞守備軍　総兵力八万八千。

開戦は静かな幕開けであったと、【デュベディリカ大陸史】に残されている。

Ⅲ

　第一連合軍はキール要塞に対して扇状に兵を展開した。三重に囲まれた巨大な城壁には、帝国を象徴する十字剣の紋章旗がいくつも掲げられている。

　以前、捕虜交換でキール要塞を訪れたことがあるパウルは、眼前に広がる光景を忌々しいと思うよりも、どこか懐かしさを感じてしまうことに苦笑した。

（これもオリビア中将と共に旅をしたのがことのほか楽しかったせいかな？）

　パウルが天真爛漫（てんしんらんまん）な笑顔を振りまくオリビアの姿を思い出していると、隣で部下に指示を出していたオットーが怪訝（けげん）な顔を向けてきた。

「なんでもない。――前線の様子は？」

「予定通り投石器（カタパルト）での遠距離攻撃を行っております。帝国軍は同じく投石器や大型ボウガンなどで応戦、ここまで目立った動きはありません」

　攻城戦になることを予め予想し、第一連合軍は攻城兵器を多数用意していた。投石器もそのひとつである。現在使用されている投石器は、かつて独立騎兵連隊が紅の騎士団から鹵獲（ろかく）した最新型のものを、王国軍の技術者が解析・改良を施したものだ。

結果的に威力の向上こそかなわなかったが、さらなる小型化に成功し、運用が劇的に楽になったとオットーから聞かされている。

「ならば前線の兵士たちに伝えよ。遠慮は要らぬ。キール要塞を瓦礫（がれき）の山に変えよと、な」

「よろしいのですか？」

「元帥閣下も承知していることだ」

安心というものは、時に人を怠惰に導く。なまじ難攻不落という肩書に王国軍があぐらをかいていた事実は否定できない。ならば徹底的に破壊することでその幻想を打ち砕き、兵士たちの目を覚まさせる絶好の機会だとパウルは思っている。

オットーは即座に了解の旨を告げ、すぐさま伝令兵を走らせた。

「──このまま引き籠ってくれれば、これほど我々に都合が良いことはないが」

「聞くところによれば、ナインハルト少将が色々と手を打つようです」

「ナインハルト少将か……共に戦うのは此度（こたび）が初めてなのでよくわからんが、ランベルト曰（いわ）く相当の曲者（くせもの）だという話だ」

「それくらいでなければ常勝将軍率いる第一軍の副官は務まらないかと存じます」

「それもそうだな。まぁ我が第七軍の副官もそれなりだとわしは思っているが？」

言って視線だけを横に向けると、オットーが小さく肩を竦める。

「ご冗談を。深謀遠慮のナインハルト少将に比べたら私などまだまだです」

「謙遜か？」

「事実を申し上げているに過ぎません」

淡々と答えるオットー。褒めがいのない男であるのは今に始まったことではないが、それでも戦場では一喜一憂することなく、冷静に戦況を捉えることができる。

パウルにとっては替えの利かない、唯一無二の副官であった。

「ではそういうことにしておこう。――ところで右翼だが……」

パウルはホスムント率いる右翼に遠眼鏡を向ける。今さら功を焦っているわけではないだろうが、いささか前に出過ぎだ。

「ご安心を。後退を促すべく伝令兵をすでに向かわせております」

「さすがだな」

機転を利かせたオットーの采配に、パウルは満足して頷く。

戦いは第一連合軍の思惑通りに進み、次第に長期戦の模様を呈してきた。

Ⅳ

帝国軍　アストラ砦

アストラ砦の司令官を務めるフェルマー・ランスロット少将が、王国軍襲来の報を聞かされたのは、前衛部隊がアストラ砦の目と鼻の先まで迫っているときだった──。

「なぜ王国軍の接近に気づけなかったのだッ！」

フェルマーが手にしていたグラスを投げつけると、目の前に立つ副官──ハサル・トライデント大佐の軍服が赤く染まり、グラスは硬質な音を響かせて床に散らばった。

その半生をただひたすら武に捧げたハサルはというと、動揺した様子を微塵も見せることなく口を開く。

「どうやら夜陰に紛れて侵入を試みたようです」

「そんなことが言い訳になると思っているのか！　なんのために警備兵を立たせていると思っているのだ！　案山子を立たせているのとはわけが違うぞ！」

「私も案山子を立たせているつもりなど毛頭ありません」

「ならなぜここまでの接近を許したのだッ！」

「それだけ敵が巧妙だったということです」

悪びれた様子もなく淡々と答えるハサルに、フェルマーは全身に流れる血液が一気に逆流するような錯覚に陥った。しかしながらこれ以上ハサルを問い詰めたところで、現状に変化が生じるはずもない。フェルマーは怒りを腹の底へと無理矢理沈めてハサルに告げた。

「とにかくベルガンナ砦とロックフェル砦。それと帝都にも至急伝令兵を走らせろ」

「はっ」

「ところで王国軍はどの程度の兵力で攻めてきているのだ」

「詳しいことはまだ……ですが物見の報告を聞く限り、最終的に六万を超えてくるのではないかと私は予想しています」

「六万を超えるだと……!?」

フェルマーの予想をはるかに超える数字は、さらなる動揺を与えるのに事欠かなかった。紅の騎士団がキール要塞に移動したことにより、今のアストラ砦を守備するのは僅かに三千の兵士である。これでは勝負にすらなりはしない。

ハサルを見れば、まだなにか言いたげな表情をしていた。

「ほかにもなにかあるのか?」

「敵軍の中に若草色の鎧を着た兵士が多数見受けられます。掲げられている軍旗も王国軍のそれとは異なります」

若草色と聞いてフェルマーがすぐに思い浮かべたのは、昨年アストラ砦を急襲して紅の騎士団に大きな打撃を与えたという神国メキアの軍隊――聖翔軍である。

「まさかファーネスト王国と神国メキアが手を結んだというのか!?」

「断定はできかねます。ですがその可能性は非常に高いかと」

第二次大陸統一戦争が始まってから今日に至るまで、ファーネスト王国に味方する国は皆無であった。それだけにフェルマーの驚きもひとしおだったが、なにより味方についたのが神国メキアであるということに警戒感を強める。

　奇襲とはいえ、精鋭たる紅の騎士団を翻弄したこともそうだが、なにより彼らの後ろには聖イルミナス教会の影がちらついている。たかが一小国と侮ることはできない。

「それと……」

「まだあるのか!?」

　たまらず声を上げるフェルマーを無視するかのように、ハサルは淡々と話を続けていく。

「死神の紋章が描かれた黒い旗を見たと一部の兵士たちが騒ぎ始めております」

「死神の紋章……見間違いではないのか？」

　フェルマーは知らず息を呑みこんでいた。死神の紋章を掲げる人物などこの世にひとりしか知らない。

「そのような目立つ旗を見間違えるはずもないと思いますが……」

　フェルマーは閉口した。ハサルの言はもっともで、一度見たら脳裏に焼き付くであろう紋章を見間違えるのは難しい。死神の参陣を認めるよりほかなかった。

（そもそも王国軍はなにゆえアストラ砦に攻めてきた？　それほど兵に余裕があるならば、キール要塞に振り向けるほうが余程理に適っている。それ以上にわからないのは、切り札であろう死神をキール要塞ではなく、アストラ砦に振り向けたということだが――）

「どうされました？」

「……なんでもない。迎撃準備は進めているのだろうな？」

「抜かりなく進めております」

フェルマーは首肯した。

「数からいってもこちらに勝ち目がない以上、援軍が到着するまでひたすら防御に徹する。そう全軍に触れを出せ」

「はっ」

ナフキンで口を荒々しく拭ったフェルマーは、勢いよく椅子から立ち上がった。

「たとえ敵が死神を擁していようとも、帝国領土を自由に闊歩させるわけにはいかない。兵士たちにはその旨くれぐれも言い含めることを忘れるなよ」

「はっ」

「指揮は俺が直接執る」

ハサルと共に食堂を後にしたフェルマーは、その足で監視塔へと向かった。

第二連合軍　本陣

アストラ砦を包囲した第二連合軍は、長弓兵による遠距離攻撃を繰り返していた——。

「この攻撃を続けたところでアストラ砦を落とせるとは到底思えんが？」

両腕を組んで戦況を見守るブラッドに、アシュトンは頬を掻きながら答えた。

「もちろんこれで砦を落とせるとは思っていません。それほど楽天家でもありませんし」

「一度アシュトン中佐に任せた以上、俺もうだうだ言いたくはないが……」

帝国軍が大軍を前にして早々と籠城策を選択したのは予想通りである。まず間違いなく援軍を待つ腹であろうが、アシュトンが予め予想した進路上に兵士が配置されている。伝令兵が現れたら遅疑なく処理するよう命令が与えられていた。

(今のところ伝令兵に突破されたとの報告も上がっていない。作戦は概ね順調と言っていいのだろうが、こちらも色々な意味で時間をかけている余裕はない)

後頭部をガリガリと掻きながら背後を盗み見るブラッドの瞳に、仁王立ちしているアメリアが映り込む。リズミカルに動く指から察するに、かなり苛立っていることがわかる。

アシュトンも背後の〝圧〟に気が付いたらしく、ブルリと体を震わせていた。

それから一時間ほどの時が経ち――。

「――そろそろ頃合いですね」

我慢の限界に達したらしいアメリアが、こちらに向けて足を一歩踏み出したまさにその時、アシュトンの命令を受けた伝令兵たちが一斉に動き出す。

それから時を置かずに空を覆い尽くさんばかりの矢がアストラ砦に向けて放たれた後、城壁に向かって車輪の音を響かせながら攻城梯子が一斉に架けられると、兵士たちが勇ましい声と共に梯子を上り始めた。

（なるほど、いい手だ。それでなくても戦場において気を張り続けることは難しい。あえて単調な攻撃を繰り返すことで敵を弛緩させ、タイミングを見計らい一気に虚をつく。動揺を誘い、その間隙に乗じて攻城梯子を架けたか……しかし）

気になるのはブラッドが知っている攻城梯子とは大分様相が異なることだ。その最たるものが攻城梯子の周囲を囲う厚い板である。

大きさも通常の攻城梯子の二倍はあろうかと思われた。

「あの攻城梯子はアシュトンの指示で作らせたのか？」

「はい。通常の攻城梯子ですと、上り切る前に矢で射貫かれてしまいます。ですから梯子の周囲を板で囲み、さらに薄く引き伸ばした鉄で覆いました。これなら火矢にも対抗できます。難点はかなり重くて運用が大変なことですが」

「随分と知恵を絞ったな」

「できる限り兵士たちに死んでほしくはないですから」

アシュトンは簡単に言っているが、最新型ともいうべきこの攻城梯子は、今後の攻城戦の有り様を一変させるものだとブラッドは思っている。

（パウルのじっさまが稀代の軍師と評するわけだ……）

容易ならざるアシュトンの智謀は、もはや数万の軍にも匹敵すると言っていい。

どこか空恐ろしいものを感じながら背後のアメリアを再び盗み見ると、先程までの様子とは打って変わり、どこか値踏みするような目をアシュトンに向けている。

ブラッドはもうひとつ気になっていることをアシュトンに質問した。

「ところでさっきから嬢ちゃんとクラウディア大佐の姿が見えない。今どこにいる？」

言った途端、アシュトンの目が派手に泳ぎ出した。その様子を黙って見つめていると、アシュトンは観念したように攻城梯子を指さす。

ブラッドは後頭部を掻き毟(むし)った。

「あのなぁ。仮にも嬢ちゃんは第二連合軍の副総司令官だ。俺の言っている意味、わかるよな？」

オリビアが常識に基づいた行動を取らないのは今さらであり、それが帝国軍を翻弄しているのもまた事実。そうかといって副総司令官自らが率先して敵の真っただ中に突っ込んでいく戦術など、さすがのブラッドも許容できなかった。

「クラウディア大佐が必死に止めたのですが……」

「結局は止まらず、クラウディア大佐も一緒に向かったということだな？」

下を向いて頷くアシュトンを見て、ブラッドは大きな溜息(ためいき)を吐(つ)いた。

「嬢ちゃんが万が一にも討たれたら、その時点で作戦は瓦解する。それがわからないとは言わせないぞ」

無論、一対一の戦いでオリビアが敗北するとはブラッドも思っていない。だが、これは決闘ではなく戦争である。極端に言えば百人、千人の兵士に襲われたらどうするという話だ。いくら比類なき力を持っていようが、当然限界というものはある。それが人間だ。

アシュトンは逡巡する様子を見せながらも、おずおずと口を開いた。

「私にはオリビアが死ぬ姿がどうしても想像できないのです」

「なら想像の翼を広げろ。嬢ちゃんの強さを間近で見ているからこその発言だろうが、命あるものは生を受けたその瞬間から死に向かって歩んでいく。それは死神と畏怖される嬢ちゃんとて例外じゃない。戦争という行為は、死に向かって強制的に全力疾走をさせられているようなものだと知れ」

「はい……」

アシュトンは力なく返事をする。柄にもなく説教じみた話をしてしまったと思いながらアシュトンの肩を軽く叩き、ブラッドは懐から取り出した煙草を口に咥える。

城壁の上から大きな歓声が上がったのは、それから間のなくのことだった。

アストラ砦　城壁

時は僅かに遡る——。
アストラ砦の城壁は弛緩した空気が徐々に漂い始めていた。それはとにもかくにも、王国軍が遠距離からの弓攻撃に徹しているからに他ならない。

「あれほどの大軍を擁しているのに、敵は中々攻め寄せてこないな」

「ああ。数に物を言わせて攻めてくるとばかり思っていたが……」

「この調子なら援軍がくるまでなんとか持ちこたえられそうだな」

「そうかもしれないが……なにかおかしくないか？」

「そこのお前たちッ！　無駄口を叩いている暇があったら戦いに集中しろッ！」

見兼ねた指揮官が兵士たちを叱咤する。疑心暗鬼で応戦する兵士の様子を、フェルマーは後方で静かに見つめていた。

「少将閣下……」

「どうやら兵士たちも様子がおかしいと感じ始めているようだな」

「そのようで」

ハサルは眉根を中央へ寄せ、前方を鋭く見据えていた。

開戦からすでに三時間の時が経過しているが、王国軍は目立った動きを見せていない。多少の犠牲を強いてでも、数に物を言わせて城壁に取り付くのが常道だ。

兵士が訝しむのも無理からぬ話であり、これで砦が落ちるなら誰も苦労しないだろう。

「――もしかして、敵はこちらの食糧が尽きるのを待っているのではないですか？」

「兵糧攻めか……」

なくはない話だとフェルマー自身思わなくもないが、通常兵糧攻めを仕掛けるなら、少なくとも数ヶ月の時を見なければいけない。

直近の報告によれば、敵の総数は最終的に七万を超える大軍と判明している。長期に渡って包囲を維持するには凄まじい量の食糧が必要なのは間違いなく、今の王国軍にそれほどの食糧を用意できるとはとても思えなかった。サザーランド都市国家連合が裏切らない限りは、ファーネスト王国に食糧が潤沢に行き渡ることはないのだから。

フェルマーが否定しようと口を開きかけた矢先、兵士たちから一斉に声が上がり始める。原因は空を埋め尽くさんばかりの矢であることは明白だった。

「うろたえるな！　防御に徹せよ！」

ハサルの一喝もあり、兵士たちは空に向けて盾を構え始める。すぐに周囲がけたたましい音で満たされる中、フェルマーは城壁に向かって急接近する巨大な箱のようなものを目にした。

「あれはなんだ⁉」

「……攻城梯子、ではないでしょうか」

「あれが攻城梯子だと？」

ハサルの言葉は時を経ず正しいことが証明された。王国軍の兵士たちが箱の中に吸い込まれていくと、防御に徹したことで迎撃に手間取ったことが災いし、王国軍の兵士が次々と飛び出してくる。矢を防ぐためだと思われる囲いも、その役割を十二分に果たしていた。

（なんて絶妙なタイミングで仕掛けてくるのだ。敵の指揮官が何者かは知らないが、戦いの呼吸を完全に知り尽くしている）

フェルマーは内心で舌を巻くも、すぐに声を張り上げた。

「これ以上王国兵の侵入を許す――!?」

フェルマーの目が燦然と輝く太陽を背に、空へと飛び上がるひとつの影を捉えた。影は空中で華麗に一回転しながら城壁にふわりと着地する。

（あれは……）

ゆっくりと立ち上がる兵士の姿に、フェルマーは息を呑む。

煌めく銀色の髪、鈍い光沢を放つ漆黒の鎧、胸に描かれるのは、薔薇を背景に髑髏と交差する二挺の大鎌。

（間違いない。あれは……）

兵士が鬱陶しそうに兜を脱ぎ捨てると、精緻の極限とも言える美しい顔が露わになる。

「やっぱり兜は邪魔だよ。凄く暑苦しいし」

言いながら、死角からの槍をいとも簡単にかわして見せると、いつの間にか手にしていた黒剣を一閃し、兵士の首を軽々と刎ね飛ばす。

首を失った兵士は、槍を突き出した状態のまま崩れ落ちた。

「あれは間違いなく死神オリビアだッ！」

　オリビアを視認した兵士たちは、これ以上ない激しい動揺を見せる。悲鳴を上げるのはまだましで、中には一目散に逃げ出そうとする者もいた。

「恐れるな！　死神を討ち取れば帝国三将の地位も夢ではないぞッ！」

　フェルマーは自分に言い聞かせる意味でも兵士たちにはっぱをかけた。もちろんそんな話があるわけではないが、それだけの価値があの首にはある。

「今のフェルマー少将の言葉を聞いたか？」

「ああ。フェリックス閣下やローゼンマリー閣下と肩を並べられるってことだよな」

「帝国三将……いい響きだ」

　一部の兵士たちの目に狂気の光が帯び始める。兵士たちの中でも腕に覚えがある者たちばかりだ。そのうちのひとりがオリビアに向かって駆け出すと、ほかの者たちも雪崩を打って追随していく。

「「「おおおおおおおおっ!!」」」

　オリビアは動じた様子を見せることなく、次々に浴びせられる斬撃を優雅にいなし、次の瞬間には兵士たちの首や四肢、花のように咲き誇る血飛沫（ちしぶき）が四方八方に乱れ舞う。

　華麗さと残虐さが光の渦のように溶け合うオリビアの戦いぶりに、恐怖を抱いてしまうフェルマーであったが、同時に得も言われぬ美しい強さに心が惹（ひ）きつけられていく。

「少将閣下」

ハサルの声で我に返ると、死の暴風とも言うべきそれはすでに収まっており、後には誰のものとも知れぬ肉片で周囲は埋め尽くされていた。濃厚な血臭がフェルマーの鼻に届き、全体を見渡せば俄然勢いの乗った王国軍によって、戦意を失くした味方の兵が蹂躙されている。押し返すことはもはや不可能だとフェルマーは悟った。

「——遺憾ながら城壁を放棄する」

城壁に通じる入口を塞いでしまえば、しばしの時を稼げると判断したフェルマーは、即座に行動を開始する。己の無能さを内心でせせら笑いながら親衛隊と共に駆けていると、ハサルがいないことに気が付いた。

足を止めて後ろを振り返ると、立ち尽くすハサルの姿をフェルマーは目にした。

「なにをしている！」

「ここで死神の足止めをします」

「足止めだと？……たとえ貴様でも大した時間稼ぎになるとは思えない。わかったらさっさと行くぞ！」

ハサルの武勇は皆が知るところなれど、死神は帝国軍でも音に聞こえた猛者たちを数多く屠っている。よしんばハサルが彼ら以上の腕を持っていたとしても、それだけで死神に勝てるなどと、フェルマーは露ほども思っていない。

だが、ハサルの体は微動だにしなかった。

「私は一個の武人として死神に槍をつけたいのです。これは単なる我儘。ゆえに私に構う必要は全くありません」

ハサルは振り返ることなく、しかし、はっきりと告げてきた。

(俺が抱いた感情と似たようなものを、ハサルもあの死神に抱いたということか……)

裂帛の気合がハサルの背中から伝わってくる。今のハサルはたとえそれが皇帝の命令であっても動くことはないだろうとフェルマーに思わせた。

「……わかった。好きにしろ」

黙って頷くハサルを尻目に、フェルマーは親衛隊と共に階段を下りていった――。

ハサルは槍を一振りすると、近づくオリビアに向けて堂々と構えた。

「そこで止まってもらおう」

「あなたはさっきの人間と一緒に逃げないの?」

「ああ。死神と呼ばれるお前と手合わせしたくてな」

「ふーん。別にいいけど」

オリビアは漆黒の剣にべっとりと付着した血糊を払う。ハサルは改めて名乗りを上げた。

「俺の名はハサル・トライデント!」

「わたしはオリビア・ヴァレッドストーム」

「――いざッ！」

ハサルは代々トライデント家に伝わる大身槍（おおみやり）〝朧三日月（おぼろみかづき）〟を頭上で回転させ、オリビアに向けて薙（な）ぎ払う。しかし、オリビアは人間業とは思えぬ跳躍で空へと逃げ、朧三日月は軌道上にいた王国兵を吹き飛ばすにとどまる。

ハサルは空に向けて朧三日月を斜めに構えた。

「実に死神らしい動きだが、空に逃げたのは悪手だったな！」

渾身（こんしん）の力を込めて突き出した朧三日月に対し、オリビアは漆黒の剣を刃先に叩きつける。衝撃の反動を利用して真横に飛んだオリビアは、体を捻（ひね）りながら着地する。間髪を容（い）れずに大地を蹴り上げたハサルは、オリビアに向けて突進を開始した。

「小賢（こざか）しい真似（まね）をッ！　なら貴様にこの早突きがかわせるかッ！」

両腕にあらん限りの力を込めたハサルは、必殺の突きをオリビアに向けて乱れ打つも、オリビアはその全てを流麗にかわして見せる。それはまさに熟達した舞人（まいびと）のごとし。

ハサルが思わず歯噛（はが）みした直後、右腕に激烈な痛みが走った。見れば噴き出す鮮血が霧のごとく舞い、自身の右腕がボトリと落ちる。それで終わりではなく、正面にいたはずのオリビアが、今は背後でハサルの腹を喰（く）い破るかのように漆黒の剣を突き立てていた。

「……カハッ！」

業火に焼かれるような痛みに抗（あらが）うことができず、ハサルの膝がガクリと落ちる。息も絶え絶えに背後を振り返ると、そこには可憐な微笑を浮かべるオリビアの姿。

ハサルの手から朧三日月が滑り落ち、カチンと無機質な音を奏でた。

(我が人生を賭して磨き上げてきた武技も、死神にはまるで通じぬ……か)

見えざる無数の手によって、ハサルの意識は底なしの闇へと引きずり込まれていく。

漆黒の剣から漏れ出る黒い靄が、ハサルを慈しむかのように包み込んでいた——。


「城壁に通じる扉は封鎖しろ」

「しかしまだ残っている兵士たちが……かしこまりました」

親衛隊と共に階段を駆け下りる途中、フェルマーはハサルの声を聞いたような気がした。

(馬鹿者めが……)

最後に見たハサルの背中を思い出し、フェルマーはひとり舌打ちをするのであった。

V

城壁の帝国軍が総崩れし、第八軍の精鋭部隊が続々と城壁に取り付いていく。

「帝国旗を叩き折り、聖なる旗を掲げよ！」

「「「応ッ!!」」」

ジャイルの命令でヴァレッドストーム家の紋章旗が掲げられると、兵士たちから一斉に歓喜の声が上がった。紋章旗の柄を握ったジャイルが剣を突き上げて咆哮し、精鋭部隊の勢いはさらに加速していく。

その間にもオリビアは、一切の慈悲なく漆黒の剣を振り下ろす。切っ先から漏れ出た黒い靄は、今や剣全体を包み込むまでになっていた。

「もうここは駄目だッ！」

「逃げるぞ！」

「逃がすわけないだろ」

逃げる帝国兵士の背中に向けて、ガウスの血濡れた剣が情け容赦なく襲い掛かる。城壁は精鋭部隊による狩場へとその姿を変えていた――。

「城壁は制圧できたみたいだね」

携帯型バリスタ茶々丸を背中に戻したオリビアは、近づいてくるクラウディアに笑いかけた。一番厄介な城壁を押さえてしまえば、あとはどうにでもなる。砦が落ちるのも時間の問題だ。

「確かに作戦は上手く行きましたが……」

なぜか首をカクンと落として溜息を吐くクラウディア。首を傾げるオリビアに、クラウディアは懇願するような眼差しを向けてきた。

「閣下は第二連合軍の副総司令官であり、第八軍の総司令官です。お願いですからもう少し自覚というものを持ってください」

「自覚はあるよ。――ところでこの話をするのって何回目だっけ？」

「三回目です」

「三回も同じ話をするのって面倒じゃない？」

「でしたら少しは私の進言を聞き入れてください。私だって何度も言いたくはありません」

そう言って、頬を膨らますクラウディア。その姿がなんだかとても可愛らしく、オリビアは思わず笑みを零してしまった。

「――なにが可笑しいのですか？」

「ごめんごめん。で、なんの話だっけ？」

「自覚を持ってくださいという話です！」

「そうそう自覚ね。でもわたしってジッとしているの好きじゃないし」

「確かにジッとしているのは隊長の柄じゃありませんね」

ガウスが肩に剣を担ぎながら話に加わってくる。クラウディアがもの凄い勢いで睨みつけると、ガウスはそのまま足を反転させてすごすご退散してしまった。

「好き嫌いの話ではありません。司令官というものは元来そういうものです」

クラウディアは殊更に厳しい表情で言う。〝頭がとっても固いよ病〟に冒されているクラウディアを救うため、オリビアはめげずに反論する。

「でもわたしが率先して前に出れば味方の士気は上がるでしょう？　なにせわたしは死神だから」

両腰に手を置いたオリビアは、えへんと胸を張って見せる。すると、クラウディアはこれ以上ないほど顔を顰(しか)めてくる。オリビアは以前から気になっていることを聞いてみた。

「ね、なんでわたしが死神って呼ばれるのをそんなに嫌がるのかな？」

クラウディア自身が死神と呼ばれるのを嫌うなら話もわかる。でも、言われているのは自分であってクラウディアではない。これは大いなる矛盾だ。

「嫌なものは嫌なのです」

理由にならない理由を言って、クラウディアはプイと顔を背けた。

「クラウディアってさ。やっぱり我儘だよね」

「閣下にそれを言われたくはありません！」

鼻息を荒くするクラウディアを、オリビアはまぁまぁと言って落ち着かせた。

「死神の件はとりあえず置いておくとしてさ、わたしが姿を見せることで敵が萎縮して、その結果味方の損耗が減るならいいことだとクラウディアは思わない？」

兵の生存率を上げるのは兵法の極意だとゼットも言っていた。クラウディアならこの理屈がわからないはずはない。

「閣下の言いたいことはわかりますが……」

「それにわたしが全体の指揮を執らなくても、第八軍には頼れる軍師がいるじゃない。だからわたしは安心して前線に出て行けるんだよ」

ノーザン＝ペルシラ軍との戦いも、アシュトンの采配がなかったらあそこまでうまく事が運ばなかった。オリビアをして驚くほどの成長ぶりだ。

「無論、頼れる軍師であることは私も否定しません。ですがそれと閣下が率先して前線に出ることは繋がりません」

「十分繋がるとわたしは思うよ？」

「繋がりません」

「とにかくわたしは前線で戦うことをやめないから」

「ですが――」

「クラウディア大佐！」

一瞬固まったクラウディアは、すぐに敬礼を披露した。

「はっ！」

「第二連合軍副司令官として命ずる。これ以上の口出しは無用だ」

「グッ！……かしこまりました」

クラウディアは苦渋に満ちた表情で命令を受諾した。

軍隊は階級が全て。人間を殺すことで偉くなるという未だに意味がわからない制度だが、クラウディアのような人間には絶大な効果を発揮する。命令するのは好きじゃないけれど、このときばかりは階級がクラウディアより上で良かったと心からそう思う。

偉そうに頷いて見せたオリビアは、倒れている帝国兵士の背中に剣を突き立てているエリスを呼び寄せた。

「エリスは兵を率いて逃げた敵を追ってくれる？　わたしはちょっとやることがあるから」

「わかりました！」

嬉しそうに返事をしたエリスは、すぐに兵士たちに号令をかけると、自らは先頭に立って階段を駆け下りていく。

(帝都への道はまだ長い。とっととこの戦いを終わらせないとね)

城壁の上に飛び乗ったオリビアの視線は、固く閉ざされた城門に注がれていた。

「なにをなさるおつもりですか？」

突然城壁の上に飛び乗ったオリビアを不審に思いながらクラウディアは尋ねる。

「わたし？　わたしはこれから城門を開けに行くの」

「城門を開ける？――まさかとは思いますが、そこから飛び降りるつもりではありませんよね？」

オリビアに注意を払いながらクラウディアは下を覗き見る。わかってはいることではあるが、当然飛び降りられるような高さではなく、飛び降りようものなら運がよくて骨折だ。

そんなクラウディアの不安を煽るかのように、オリビアは不思議そうに小首を傾げた。

「そうだけど……ダメなの？」

「当たり前です！　一体なにを考えているのですか！」

「あはは。大丈夫だって。わたしには〝軽身術〟があるから」

オリビアはそう言って、両手を鳥のようにパタパタさせた。

「軽身術……もしかして閣下は、ノーザン＝ペルシラ戦で見せたあの軽業をしようというのですか？」

敵の一隊が本陣に迫ったとき、オリビアは敵が駆る馬の背に飛び乗り、あまつさえ平然と立っていた姿を思い出した。

敵はかなりの動揺を見せていたが、それはクラウディアとて一緒だった。

「そういうこと。軽身術は体を羽のように軽くするから、高い所から落ちてもへっちゃらなんだよ」

「そうおっしゃられても……」

改めて下を覗くも、すぐに地面に吸い込まれそうな感覚を抱き、クラウディアは慌てて体を引いた。その様子を見ていたオリビアが思いもよらない言葉を口にする。

「クラウディアも軽身術を覚えてみる？」

「え？」

「わたしが見たところ、俊足術は結構使えるようになったと思うの。軽身術は俊足術の応用みたいなものだから、クラウディアならすぐに覚えられるよ」

「ほ、本当にそう思われますか？」

「うん。〝オド〟のコントロールもそれほど難しくないから。戦い方の幅も広がるし、いいことずくめだよ」

はっきり言ってこの上ない魅力的な話だった。オリビアの俊足術を見ている限り、とても使いこなしているとは思えないが、それでもお墨付きともいえる言葉は純粋に嬉しかった。なによりも新たな技の習得は、自分をさらなる高みに導いてくれるに違いない。

「そ、その…よろしくおねがいします」

自分でもよくわからない気恥ずかしさを感じながら頭を下げると、オリビアはにこりと笑みを浮かべ、

「じゃあ今度教えてあげるね」

言うや否や、手を振りながら体を軽く跳ねさせて城壁を飛び降りた。

「閣下ッ!?」

　クラウディアが慌てて下を覗き込むと、驚嘆の声を上げる帝国兵士たちの中を、ふわりと着地するオリビアの姿が見えた。まさに羽の如しである。

「――って感心している場合じゃないぞ、クラウディア・ユング！」

　両手で頬を叩き気合を入れ直したクラウディアは、オリビアの後を追うべく階段を駆け下りていった。

第二連合軍　本陣

　ブラッドの下に伝令兵が現れたのは、開戦から五時間が経過したときだった。

「クラウディア大佐からの伝言です。まもなく城門が開くので準備されたしとのことです」

「……わかった。報告ご苦労」

「はっ！」

「――だ、そうだ」

　黙って頷いたアシュトンは、待機中の伝令兵を呼び寄せた。

「扉が開くと同時に、第一から第五大隊は突入を開始するよう連絡してください」

「「はっ！」」

　クラウディアの伝言通り、それほどの時を経ずして城門の扉が開かれた。各大隊が突入を開始すると、時間を要することなく続々と各所制圧の報がブラッドの下に届けられる。

アストラ砦が落ちるのは、誰の目にも明らかであった。

「ジャイル少尉より報告です、敵総司令官を取り逃がしたとのことです」

「取り逃がしたか……報告ご苦労様」

「はっ！　失礼いたします！」

ブラッドが黙って事の成り行きを見守っていると、アシュトンが頬を掻きながら謝罪の言葉を口にした。

「総司令官を取り逃がしてしまいました」

「確かに総司令官を取り逃がしはしたが、見事な采配であることに変わりはない」

「恐れ入ります」

「それに全ては予想の範囲内だろ？」

ブラッドはニヤリと笑った。

「それは、まぁ……」

アシュトンの指示に従って聖翔軍が脱出経路に配置されている。指揮を執るアメリアが失態を犯さない限りは、次なる戦いも有利に働くことだろう。

（まぁあのプライドの塊のような女が失態を犯すとも思えないが……。しかし、帝国軍の出城であるアストラ砦を半日足らずで落としてみせたか……まさしく本物だな）

ブラッドは本隊を率いて堂々とアストラ砦に入る。そして、待ち受けていたオリビアと共に勝関を上げるのだった。

帝国軍　フェルマー部隊

　王国軍に気取られることなく脱出を果たしたフェルマーは、周囲を親衛隊に守られながら、アストラ砦から北西に位置するベルガンナ砦に向けて馬を疾駆させていた。

「どれくらい脱出できたと思う？」

「おそらくは四百くらいかと」

「七分の一以下か……ここは良しとすべきだな」

　城壁は王国軍に制圧されてしまったが、城壁の入口を封鎖することには成功した。これなら援軍が到着するまでなんとか持ちこたえることができると思っていた矢先、予期せぬ事態が起こる。突如中庭に姿を現したオリビアが、散々に兵士たちを斬殺した後、閂を一刀両断し、城門をあっさりと開け放ってしまった。

　その時点で砦の意義は消失した以上、二十倍以上の兵を擁する王国軍に抗う術などあるはずもない。即座に撤退を指示したフェルマーは、自らも脱出を図り今に至る。

（兵士たちは死神が空から舞い降りたなどと世迷言を言っていたが、今にして思えば一概に否定もできぬ。なにより空でも飛ばなければ城内に突然現れた説明が――ッ!?）

　林を抜けた先でフェルマーは手綱を思い切り引っ張った。馬は慌てた様子もなく徐々に歩みを止めていく。馬を急停止させたのはフェルマーばかりでなく、付き従っている者全てが同じ行動を取っていた。

　前方は若草色の鎧(よろい)で身を固めた兵士たちで埋め尽くされており、それぞれが武器を手にジッとこちらをねめつけている。聖翔軍であることは火を見るより明らかであった。

「フェルマー少将閣下！」

「騒ぐな。――まさかこちらの脱出ルートを先読みしているとはな……」

　そうとでも考えなければ、敵が正面で待ち構えているわけがない。歯噛(はが)みするフェルマーの視界が、目の覚めるような純白の鎧を身に着けた女を捉えた。

（どうやらあれが指揮官で間違いなさそうだな）

　美しい顔立ちに、恐ろしいほど冷たい光を目に宿す女は、薄青色の髪を殊更にはね上げる。

「アシュトン・ゼーネフィルダー。見かけによらず油断のならない相手です……」

　意味のわからない発言をした女は、初めてこちらに気づいたような顔をした。

「あなたたちにまるで興味はないのでさっさと好きな方を選びなさい。戦って死ぬか、それとも戦わずに死ぬか」

「フェルマー少将閣下、すでに我らの退路は断たれています」

　囁(ささや)く親衛隊長に倣(なら)って振り返れば、背後はいつの間にか聖翔軍で埋め尽くされている。

この状況下で生き残るためには、死中に活を求めるほか手だてがない。

フェルマーはわざと挑発するような言葉を投げかけた。

「ファーネスト王国と手を組むなど神国メキアの底が知れるわ！」

「御託はそれだけ？　弱い犬はよく吠えると言います。せっかくですからもっと吠えても構いませんよ」

挑発に関しては女のほうが一枚上手だった。部下たちから殺気が漂うのを感じながら、フェルマーは腰の長剣を抜いて部下に告げた。

「田舎者の軍隊に帝国の礼儀というものを教えてやる良い機会だ」

「はっ！」

「だがこだわる必要はない。突破できるようならそのまま立ち去って構わない。今は一刻も早くベルガンナ砦にたどり着き、王国軍の侵攻を伝えることが重要だ」

「王国軍の侵攻が判明した時点で伝令兵を走らせています。フェルマー少将閣下が指示されたことですが……」

不可解だとばかりの表情を見せる親衛隊長へ、フェルマーは自嘲気味に告げた。

「おそらくはすでに殺されている。なにせここまで用意周到な準備をしているくらいだ」

「そんな……」

「選択肢は残されていない。皆わかったな？」

兵士たちは黙って頷くも、親衛隊の面々は首を縦に振ろうとはしなかった。

「我々親衛隊は最後までフェルマー少将閣下にお供します」

「お前たちとて例外ではない。ベルガンナ砦に赴き王国軍の侵攻を伝えよ。今の我々の勝利条件は砦にたどり着くことだと知れ」

なにか言いかけた親衛隊長を無視し、フェルマーは肺にたっぷり空気を送り込んだ。

「たかが小国の軍隊なぞに栄えある帝国軍が後れをとると思うなよ！」

フェルマーの怒号と共に、百からなる兵士が聖翔軍に牙を剝く。すぐに乱戦模様となる中、フェルマーは薄青髪の女に向けて長剣を振りかざす。

女は冷静な態度を崩さず、見事な装飾が施された鞘から剣を抜き放った。

「貴様が死ぬ前に名を聞いておこう」

「聞いたところで誰に言うこともできないでしょう？」

すれ違いざま互いの剣が交錯し、甲高い金属音が鳴り響く。それと同時に嫌な異音をフェルマーの耳が拾った。馬を反転させながら手元に視線を向ければ、帝国でも名うての鍛冶師が鍛えた剣に小さな亀裂が入っている。フェルマーが思わず女を見つめると、

「なまくら剣にひびでも入りましたか？」

女は言葉の端々に小馬鹿にしたような雰囲気を醸し出して言う。

「チッ！」

「あなた程度の腕ならなにも気にすることはありません。ひびの有無など結果に違いが生じるはずもありませんから」

「抜かせッ!!」

再び馬を駆けたフェルマーは、女の胸元目がけ剣を伸ばす。が、次の瞬間には天地が逆となり、フェルマーの体は馬ごと地面に倒されていた。

「な、なにが起こった!?」

滅多なことでは動じない自分の馬が、今は必死に足を蹴り続けながら嘶いている。立ち上がれずにいる馬を見下ろす女の左手は、ぼんやりと青白い光を放っていた。

「その輝き……貴様、アメリア・ストラストかッ!?」

「ご名答です。あなたのような人間にまで私の名が轟いているのは正直驚きですが、その節は大変お世話になりました」

ひらりと馬から降り立ったアメリアは、片足を斜め後ろに引きながら、もう一方の足の膝を軽く曲げ、淑女の挨拶をしてみせる。どこまでもふざけた女であった。

「かかってこないのですか?」

アメリアは小首を傾げる。用心深く剣を構えて様子を窺うフェルマーに向かって、アメリアは数度目を瞬いた後、微かな笑みを漏らした。

「あなたに魔法は使いませんから安心してかかってらっしゃい」

「どこまでも……どこまでも舐め腐りおってッ！」

フェルマーはアメリアとの距離を即座に詰め、大上段から垂直に剣を振り下ろす。だが、フェルマーの剣は半身でかわすアメリアの髪を数本斬り飛ばすにとどまった。すぐに次の攻撃に移るべく体勢を整えようとした次の瞬間、腹部に尋常でない激痛が走り、思わず膝が落ちるフェルマー。

おそるおそる目線を下げると、派手に裂けた脇腹からとめどなく血が流れ落ちている。攻撃されたこともフェルマーは気づくことができなかった。

顔を上げると、アメリアが心底憐れんだ目で立っている。

「今の斬撃すら見えないのではお話になりません。もういいでしょう」

剣を八双に構えるアメリアに、フェルマーは激しく吐血しながらも不敵に笑った。

「くくくっ。貴様の首は必ずフェリックス閣下が打ち落としてくれる。それまで束の間の生を楽しんでおくんだな」

「中々愉快な発言でした。楽しませてくれたお礼に痛みなく殺してあげましょう。――それでは女神シトレシアのご加護があらんことを」

不吉な風切音が耳を通り抜け、フェルマーの意識は完全に遮断された――。

「――アメリア千人翔」

十二衛翔のひとりであるジャン・アレクシア上級百人翔が、自身の得物である十文字槍を小脇に抱えながら現れた。アメリアは散乱している帝国兵の死体、それと衛士たちに囲まれながらも懸命に剣を振るっているひとりの帝国兵士に目を向ける。

一般兵士とは違う鎧から察するに、今しがた殺した男の親衛隊といったところだろうが、それにしても健気に足掻くものだとアメリアは感心した。

「片付きましたか？」

「はっ。まもなく掃討が完了する予定です」

「わかっていると思いますが、ただのひとりとて逃がすことは許されません。私の沽券にかかわりますから」

アシュトン・ゼーネフィルダーの指揮能力は、アメリアも認めざるを得なかった。ここで敵の封じ込めに失敗すれば王国軍、ひいてはブラッドやオリビアが失望する。それだけは我慢ならないし、なによりソフィティーアに対して立つ瀬がない。

「はっ。重々心得ております」

敬礼するジャンの耳元へ、アメリアはそっと唇を寄せた。

「万が一にも取りこぼしがあれば……心得ていますね？」

「無論……心得ております」

ゴクリと唾を飲みこみながら頷くジャン。

「では後はジャンに一切を任せます」

アメリアはジャンの肩を軽く叩き、ひとり戦場を立ち去っていった。

Ⅵ

アストラ砦を落として勢いに乗った第二連合軍は、帝都オルステッドに向けて西上しながら、途中立ち塞がる帝国軍の砦を次々に陥落させていく。

帝国軍　テスカポリス砦

馬蹄のような形が特徴的なテスカポリス砦は、怒号と怨嗟の声で満ち満ちていた。

「死神オリビアめッ！　これより先は帝都へと通じる道。絶対に行かせはせんぞッ！」

「わざわざ親切に教えてくれてありがとう」

「クッ！　誰でもいい！　この死神を止めろッ！」

しかし、指揮官の命令を聞く者はいなかった。それどころかオリビアから少しでも遠ざかろうと後ずさりする始末。

オリビアが一歩足を踏み出すと、ひとりの兵士が叫んだ。

「む、無理だッ！」

「俺は逃げるぞッ！」

「あっ!? 俺が先だッ！」

帝国兵士たちは我勝ちに逃げ出していく。ひとり残された指揮官は呆気にとられたように逃げる兵士たちを眺めていたが、

「あ、あいつらめーっ!!」

すぐに顔を鬼のように赤くさせ、支柱に拳を叩きつけた。

「みんな逃げちゃったね。あなたはどうするのかな？」

「う……」

「う？」

「うおおおおおおっ!!」

なりふり構わず突っ込んできた指揮官は、オリビアの頭に向けて剣を振り下ろす。漆黒の剣で軽く弾き返したオリビアは、返す刀で指揮官の左肩から右胴にかけて斬りつけた。

「…………」

指揮官の上半身は斜めに滑り落ち、臓腑が床に零れ落ちていく。指揮官の下半身だけがそのまま立ち尽くす形となった。

「毎度のことですが、実にえげつない殺し方をしますなぁ」

剣を肩に担ぎながら現れたガウスは、散乱する死体を見て顔を顰めている。後ろにいる

兵士たちは、口を必死で押さえていた。

「状況はどう？」

「概ね敵の抵抗は収まりました」

「そっか。じゃあここは後詰に任せてわたしたちは先を急ごうか。そこに転がっている人間の話だと、そろそろ帝都も近いみたいだし」

ゴクリと喉を鳴らすガウスは、最近伸ばしているという髭をしきりに撫で始める。もう少し髭が伸びれば、くまさんみたいになるとオリビアは秘かに期待していた。

「ではいよいよ……」

「うん、次は蒼の騎士団との戦いになると思う」

キール要塞を攻撃している第一連合軍は、アストラ砦が陥落した時点で帝国に情報が伝わると踏んでいたらしい。だけどアシュトンが徹底的な情報封鎖を行ったおかげで、帝都に駐留している蒼の騎士団が動き出した様子は今のところない。

それでも各砦からの連絡が途絶えたことで、いよいよ帝国軍も不審に思っていることだろうと、オリビアは鞘に剣を納めながらフェリックスの顔を思い浮かべた。

帝都オルステッド　リステライン城　フェリックスの執務室

帝都から東に位置する砦から定時連絡が途絶えている。そう報告を受けたフェリックスは、嫌な予感を覚えながら広げた地図を眺めた。

（連絡が途絶えたのはアストラ砦、ベルガンナ砦、テスカポリス砦。この三つの砦の共通点は……）

フェリックスはペンを手に取り、各砦を線で結んでいく。

（これは……!?）

フェリックスは直ちにテレーザを呼び、陽炎を現地に向かわせるよう指示を出す。

それから二日後、フェリックスの予感は最悪の形で的中することとなる。

「とんだ失態を演じてしまいました」

「まさか王国軍が帝国に侵攻してくるなんて……」

テレーザが信じられないといった表情を覗かせる。王国軍が紅の騎士団を退けて北部を奪還した時期ならいざ知らず、キール要塞を攻めている最中に侵攻してくるとは、さすがのフェリックスも予想していなかった。

「甘く見ていたつもりはなかったのですが、どこかで油断があったのかもしれません」

王国軍が大軍をもってキール要塞に攻め入ったことで、注意をそちらに向けてしまった感は否めない。王国軍の進撃ルートから鑑みるに最終目的地はここ。

つまり、帝都オルステッドであるとフェリックスは結論付けた。

「もしかして王国軍の狙いは……」

勘の良いテレーザも気づいたのだろう。フェリックスは大仰に頷いて見せた。

「テレーザ中尉が今思った通り、キール要塞の攻撃は陽動です。攻め落とすつもりは初めからないとみて間違いないでしょう。――ただ陽動にしては規模が大き過ぎますが」

だからこそ、フェリックスも王国軍の意図に気づけなかったのだ。

テレーザは表情を曇らす。

「キール要塞への攻撃が陽動ということであれば、死神オリビアの件はどう説明するのですか？　王国軍にとって死神オリビアは正真正銘の切り札だと私は思っていますが……」

少々言葉を端折っているも、テレーザの言いたいことは十二分に理解できる。そして、それに対するフェリックスの答えはひとつしかなかった。

「キール要塞に死神オリビアはいません。あたかもいるように偽装しているのでしょう」

「でしたら早くキール要塞に知らせましょう」

「その必要はありません」

「なぜですか？」

不可解だとばかりにテレーザが眉を顰める。

「キール要塞を堅守するという基本方針に変更はないからです。それに遅かれ早かれローゼンマリーなら敵の意図に気づきます」

「だとすると死神オリビアは……」

「帝都に向けて進軍していると思って間違いありません」

「では至急対策を講じませんと！」

「もちろんそのつもりです」

椅子から立ち上がったフェリックスが、素早くマントを身に着けていると、軽いノック音と共に入口の扉が開かれた。

「失礼。お話し中でしたか？」

不意に現れたダルメスの姿に、テレーザが驚きの声を上げる。

「ダルメス宰相閣下!?」

「少しだけお邪魔しますよ」

黒のローブを引きずりながら部屋に入ってくるダルメス。さらにその後ろから青白い顔をした女がスッと現れる。焦点を欠いた瞳といい、初めて目にする女の第一印象はそれほど良いものではなかった。

「ちょうど私もダルメス宰相閣下の執務室へ向かおうとしていたところです」

「それはそれは……行き違いにならず良かったです。なにせ人間に与えられた時間は限られたものですから」

ダルメスは意味ありげな含み笑いをする。なんとなくひっかかりを覚える笑いであったが、フェリックスはそのまま話を続ける。

「とにかくお座りになってください」

帝国ナンバー2であるダルメスをいつまでも立たせているわけにもいかず、ソファに座るようフェリックスが勧めるも、しかし、ダルメスは手を振って拒否の姿勢を示した。

「話はすぐに済みますからこのままで大丈夫です。フェリックスさんが私の下を訪れようとしたのは、王国軍が侵攻してきた件ですよね？」

「その通りです」

「私もその件でフェリックスさんに会いに来ました。結論から先にお伝えすると、皇帝陛下の許可はすでにいただいております。フェリックスさんは蒼の騎士団を率いて侵攻する王国軍を迎撃してください。その間は帝都を私の直轄軍に守らせますので」

そう言ってダルメスは、連れてきた女に視線を向けた。ここで初めて女はフローラ・レイ中将と名乗り、己の立場を明らかにした。

(将軍でしたか。それにしては聞いたことがない名だ……)

そう思いながらも、すでに頭の中では別のことに思いを巡らせていた。

(ダルメス宰相の耳に入ったのはこちらとそう大差ないはず。それにしては皇帝陛下への手回しが随分早すぎる。それに直轄軍ですか……)

最近ダルメスが創設した直轄軍のことは、フェリックスの耳にも入っていた。特徴のひとつとして、黒の鎧(よろい)を身に着けていることが挙げられる。逆に言えば、その程度の知識しかフェリックスは持ち合わせていなかった。

ダルメスに付き従うフローラも黒の鎧を身に着けていることから、大方直轄軍の司令官といったところだろうとフェリックスは見当をつける。この機会に帝国三将たる自分に顔見せしておこうというダルメスの思いが透けて見えた。

(グラーデン元帥がこの場にいたら大変だったな……)

ダルメスが帝国三将に断りもなく直轄軍なるものを創設したことに、当時グラーデンがかなり立腹していたことをフェリックスは思い出していた。フェリックスも思うところがないわけではなかったが、それでも敗北を重ねている帝国軍を憂いてのことだと言われてしまっては、さすがに否定することはできなかった。

得体の知れない直轄軍に帝都を委ねる不安はあるも、皇帝陛下の命令は絶対である。

「かしこまりました。フェリックス・フォン・ズィーガー、これより王国軍迎撃の任に就きます」

「お願いします。フェリックスさんに任せておけば安心ですね」

敬礼するフェリックスへ、ダルメスは口元を綻ばせて頷(うなず)いた。

「そうとばかりも。敵の中に死神オリビアがいるのは確実ですから」

オリビアの名を出した途端、ダルメスは露骨に呆(あき)れたような表情を浮かべた。

「また例の少女ですか……フェリックスさんともあろう方が少しこだわり過ぎではありま

せんか？」

相変わらずオリビアを過小評価している発言に、フェリックスは強い口調で否定した。

「以前にも言いましたが彼女の力は強大です。決して侮ることなどできません」

「それは倒す自信がないということですか？」

「いえ、そうではないですが……」

「ではなにも問題はないでしょう。――くれぐれも頼みましたよ」

ダルメスがフードを目深に被り直し帰る素振りを見せると、テレーザは慌てて扉へと向かう。フローラは心ここにあらずといった敬礼をフェリックスに行い、幽鬼のような足取りでダルメスの後に続いていく。

静かに扉を閉めて振り返ったテレーザの瞳は、明らかに不満の色が滲み出ていた。

「どうしました？」

「こういってはなんですが、レイ中将の態度は閣下に対して礼を失しています」

「そうですか？　どこか人形めいた印象は受けましたが」

「……確かに綺麗な方なのは認めます」

少し口を尖らすテレーザを見て、フェリックスは思わず苦笑した。見た目を言ったつもりはなかったのだが、テレーザにはそう聞こえてしまったらしい。

フェリックスは咳払いをひとつし、テレーザに命令を下した。

「早速軍議を開きます。蒼の騎士団に招集をかけてください」

「はっ！」

一転して副官の顔に戻るテレーザは、慌ただしく執務室を出ていく。

ソファに身を委ねたフェリックスは、静かに瞼を閉じた。輝く銀髪と精緻に精緻を重ねた美しい顔立ち。そして、自分の背筋を凍らせた闇よりも濃い漆黒の瞳。

フェリックスの脳裏には、在りし日のオリビアが鮮明に浮かび上がっていた。

（いよいよこの時が来たか……）

フェリックスの瞼がゆっくり開かれていく。

露わになったフェリックスの瞳からは、鋭い光が放たれていた。

エピローグ◆頂上決戦

アースベルト帝国領内

　帝国軍が動き出したとの一報を伝令兵から聞いたのは、第二連合軍が帝国領に侵攻してから十日が経過したときだった。

「現在帝国軍は大きく二手に分かれています。一方は兵力およそ四万。エダン川を迂回するように進軍しています。もう一方は兵力およそ三万。全ての兵士が青い鎧を身に着けていることから間違いなく蒼の騎士団と思われます。蒼の騎士団はこちらに向けて進軍を続けています」

　蒼の騎士団と聞いて、将校たちの顔に緊張が走った。

　ブラッドは吸っていた煙草を灰皿に押し付けながら、空いているもう一方の手を無言のうちに伸ばす。

「どうぞ」

　リーゼから地図を受け取ると、主要な面々がブラッドを中心に輪を作った。

「……嬢ちゃんはどう思う？」

「多分回りくどい戦術はとらないと思う。進軍方向から考えても、蒼の騎士団はここに布陣するつもりじゃないかな？」

　オリビアが指し示した場所はターナ平野。ブラッドはオリビアの隣で地図をジッと見つめているアシュトンに視線を向けた。

「アシュトン中佐の意見は？」

「オリビアと同じです。さらに付け加えるなら四万の軍はこちらを挟撃する意図が見えます。――かなり露骨ではありますが」

「ふっ。第八軍を誘っているのさ」

　ブラッドも二人の意見に反論はなく、おのずと方針は決まった。ブラッド率いる第二軍とアメリア率いる聖翔軍は、挟撃の構えを見せる軍を迎え撃つ。そして、オリビア率いる第八軍は、当初の予定通り蒼の騎士団と直接矛を交える。

　期せずして両軍の思惑が重なったということだ。

「今さら嬢ちゃんに改めて言うことでもないだろうが、敵は帝国最強と謳われる蒼の騎士団だ。――任せて大丈夫だな？」

「うん。勝てるかどうかはやってみないとわからないけど、とにかく精一杯頑張るよ」

　オリビアは力こぶを作って見せた。その姿に皆の顔から笑みが零れる。ここに至ってなお緊張感の欠片もないその様子は、さすがの一言に尽きる。

　それでもブラッドは表情を厳しくして言った。

「危険と感じたら迷わず引け。無理だけは絶対にするなよ」

「わかった！」

「クラウディア大佐とアシュトン中佐も頼むぞ」

「「はっ！」」

緊張した面持ちで敬礼するクラウディアとアシュトン。できることなら第八軍を手助けしてやりたいが、帝国軍も不退転の覚悟で挑んでくることだろう。

ブラッドはこの場にいる全員に向けて声を張り上げた。

「いよいよ作戦は最終段階に入る。これまでの諸君らの働きに感謝し、なお一層の働きを期待するや切である。――勝って終わるぞ！」

「「「応ッ!!」」」

拳を高々と突き上げて咆哮(ほうこう)する兵士たち。連戦連勝でここまで来ただけに、兵士たちの士気は弥(いや)が上にも高まっている。

兵士たちの様子を眺めるブラッドの隣に、リーゼが静かに並んだ。

「心配ですか？」

「……そう見えるか？」

「はい。そう見えますね」

リーゼは柔らかな笑みを向けてくる。ブラッドはガリガリと頭を掻(か)いた。

「その意味深な言い回しはやめてくれ」

「ふふっ。実際閣下は思っていることが顔に出やすいですから。もっともそれがわかるのは私くらいだと自負していますが」

「そ、そうか」

「そうです」

胸を張るリーゼに気恥ずかしさを覚え、ブラッドの視線は宙をさまよった。

「心配しなくても大丈夫です。私たちには戦いの女神様がついていますから」

リーゼの視線がガウスに肩車されたオリビアに注がれる。皆に囲まれたオリビアは、大きく両手を広げながら満面の笑みを浮かべていた。

「最終局面だというのに、リーゼにしては楽観的な意見だな」

「時には楽観的なほうが良い結果に繫がることもあります」

リーゼの言葉は、ブラッドが隠している緊張を解きほぐすかのようであった。

(嬢ちゃんといい、女って奴は本当に強いな。――しかし無邪気な笑顔だけ見ていると、嬢ちゃんもまだまだ子供なんだが……嬢ちゃんが後顧の憂いなく全力を尽くせるように、俺もまた死力を尽くすとしよう。これまで散っていった多くの兵士たち。そして、これからの時代を担う者たちのためにも、な)

懐から新たな煙草を取り出し、ブラッドは火をつける。

決戦は間もなく始まろうとしていた。

§

オリビア率いる第八軍三万五千とフェリックス率いる蒼の騎士団三万は、帝都オルステッドの東に位置するターナ平野で対峙した。平野と名を冠してはいるも、周囲を見渡せば山や森、湿原などが各所に見られる。

様々な戦術を取ることが可能であり、総司令官の力量が最大限に問われる地であった。

蒼の騎士団　本陣

「閣下、まもなく全部隊の配置が完了します」

蒼の鎧を身に纏い、腰に差すのは〝神殺し〟の異名を持つ長剣エルハザード。完全武装のフェリックスは、テレーザの報告に無言で頷く。

遥か前方には第八軍の軍勢。八つの星が描かれた真紅の軍旗に、噂に聞く死神の紋章が描かれた黒旗が数多く掲げられ、存在感をこれでもかとばかりに示している。

（実に重厚な陣立てだ。さすがは死神オリビアといったところか……）

フェリックスはオリビアが本陣を敷いているであろう場所に視線を向ける。

戦争において司令官同士が剣を交えることなど滅多にあり得ることではない。しかし、今回に限って言えば、オリビアと剣を交えることになるとフェリックスは確信していた。

「閣下……」

見ればテレーザが不安そうな顔を覗かせている。フェリックスは安心させるようにテレーザの肩へ手を置いた。

「心配は無用です。なにがあろうと死神オリビアは私が止めてみせます」

ターナ平野が突破されれば帝都への侵入を許してしまう。第八軍の狙いが帝都の陥落、すなわち皇帝であるラムザを狙っていることはもはや明白。ならば命を賭してでもオリビアを止めなければと、フェリックスは静かに拳を握り込む。

（オリビア・ヴァレッドストーム。決着をつけましょう）

第八軍　本陣

「一見した限りでは、穴らしい穴は見当たらないな……」

遠眼鏡を覗きこみながらゴクリと喉を鳴らすアシュトン。オリビアは〝サスケ〟と名付けたお気に入りの新型遠眼鏡をクルリと一回転させ、腰のフォルダーに収めた。

「わたしもアシュトンと同じ意見だよ。クラウディアはどうかな?」

「私も同様です。正直どう攻めてよいのやら……」

勝利の天秤がどちらに傾くかは、いかに序盤で主導権を握るかにかかっている。クラウディアが気にしているように、戦いの入り方はすごく大事だ。

オリビアはエヘンと咳払いをひとつして言った。

「ということで、先陣はわたしが務めるから」

「なにがということなんだよ。オリビアは総司令官だろ」

「総司令官が先陣を務めたらいけないの？　なんだかアシュトンらしくないね」

頭が黒輝石のように固いクラウディアと違って、アシュトンは柔軟な思考で物事を判断することができる。それだけに今の発言は、オリビアを多少なりとも困惑させた。

「僕も色々と思うところがあるんだよ」

「そうなんだ」

難しい顔をするアシュトンを眺めながら、オリビアはあっけらかんと言ってのけた。

「王国の運命を担う決戦を前にしても、お前って奴は最高に軽いな」

言ったアシュトンは、空を仰ぎながら小さな息を零した。

「先陣を務めるというのは、まさか一騎駆けをするつもりではありませんよね？」

半眼で見つめてくるクラウディアに、ぞくぞくしたものを背中に感じながら、笑顔で

「正解！」と大袈裟に手を叩いて見せた。

「やっぱり……」

クラウディアはこれ以上ないくらいに顔を顰めると、やがて肩を落として長い溜息を吐く。反対していることは一目瞭然だが、それでも今回ばかりは譲る気はない。

「どうせ私が止めたとしても閣下はやるつもりですよね？」

「うん。これは絶対に負けられない戦いだから打てる手は全て打っていく。わたしが一騎駆けをして可能な限り敵の混乱を誘うから、タイミングを見計らって打撃力が高い部隊を、エリスかジャイルの部隊を逐次投入させて。序盤の指揮は二人に一任する。もちろんなにかあればわたしからも指示を出すから」

オリビアの命令に対し、アシュトンは小さく肩を竦め、クラウディアは表情を厳しくした。

「わかったよ。僕はオリビアを信じてついていくだけだ。これからも、その先も」

「ブラッド大将も言っていましたが、決して無茶だけはしないでください」

「うん、わかった！」

頷き、早速戦術を練り始めるクラウディアとアシュトンを、オリビアは微笑ましく見つめる。温かいものが胸に広がるのを感じて、オリビアは重ねた両手を押し当てた。

「──よし！　じゃあアシュトン、わたしの景気づけにあれを作ってよ」

「あれってあれか？」

「うん！　あれを食べればわたしはさらに元気になるから」

オリビアは両腕に力こぶを作って見せた。

「それで元気になるなら安いものだ。――ちょっと待ってろ」

天幕から離れたアシュトンは、程なくして籠をぶら下げて戻ってきた。

「ほらよ。ご注文の品だ」

「ありがとう！」

アシュトン特製マスタード入り鳥肉パンを受け取ったオリビアは、口いっぱいに頰張って存分に幸せを嚙み締めた。

「――じゃあちょっと行ってくる」

クラウディアとアシュトンに大きく手を振りながら鐙に足をかけたオリビアは、主と同じ漆黒の鎧で着飾ったコメットへ颯爽と跨る。

「行くよ、コメット！」

前脚を大きく上げて高らかに嘶くコメットは、彼方に広がる蒼の騎士団に向けて颯のように駆けていく。

クラウディアの瞳に映るオリビアの姿は、まさに吟遊詩人が語る英雄そのものであった。

時に光陰暦一〇〇〇年　紅彩の月。

両軍が命運をかける戦いにおいて、共に最強を背負う二人が再び相見える。

この戦いの果てにどのような未来が紡がれていくのか、今の二人が知る由もない。

あとがき

　カバーソデでも軽く触れましたが、今巻の作業中に十年愛用していたパソコンが手の届かぬ場所に旅立ってしまいました。キーを押してもスリープ状態が解除されず、強制電源断をして再起動を試みるも、今度は電源が入る気配すらない。
　それならばと、電源ケーブルを何度となく抜き差ししてみるも、主電源とＨＤＤのランプが数度点滅するのみ。ここでようやく壊れたとの思いに至りました。（冷汗だらだら）
　これまで何度かパソコンを新調してきましたが、故障ではなく古くなったから買い替えていただけなので、衝撃もまたひとしおです。（そうなんだ、パソコンって壊れるものなんだ。へぇぇ……遠い目）
　ただ、そうはいっても十年使ったので、そろそろ買い替えようとは思っていました。しかしながら忙しさにかまけて購入を先延ばしにした結果こんなことに……。
　それはそれとして、とにかくＨＤＤだけでも救出しないといけないのですが、愛用していたパソコンはいわゆる一体型と呼ばれる代物。調べるとそれなりに分解しなければＨＤＤを取り出せないようで、救出動画を見ながら二日かけてＨＤＤを取り出すことに成功しました（やったー！）
　次に問題なのはデータが生きているか？　ということです。幸いなことにノートパソコンも持っていたので、ＨＤＤ↓ＵＳＢに繋げるケーブルを急いで購入して接続。緊張しながらファイルを覗くと……データは無事に生きていました！（やった！　勝ったぞ！　何に？）

急いでデータを移し、なんとか事なきを得ました。

ここでデータが飛んでいたら復旧業者に依頼しないといけなかったのですが、事前に調べたら結構な金額を取られるようで……色んな意味でホッとしました。

このあとがきを書いている今は、新しいパソコンが届くのを今か今かと待っている状態です。（今さらながらに学習して、今回はＢＴＯパソコンなるものを購入しました。これなら壊れてもすぐに対応できそうなので。一体型パソコンはもうこりごり……）

かつてないトラブルに見舞われながらも「死神に育てられた少女は漆黒の剣を胸に抱くＶ」をなんとか無事発売することができました。今巻は四巻以上に構成に四苦八苦しましたが、苦労の甲斐あって満足できるものが書けたのではないかなと、限りない自己満足に浸っている次第でございます。

ではここで恒例の謝辞を。

担当編集樋口様。パソコンの件ではご心配いただきありがとうございました。正直延期の二文字が頭をかすめました。今はことあるごとにバックアップしているのでご安心を。

シエラ様。美麗なイラストありがとうございます！　冷たい表情のアメリアがとくにお気に入りだったりします！

今回も四巻のときと同様、電撃コミックスＮＥＸＴ様より「死神に育てられた少女は漆黒の剣を胸に抱くⅡ」がほぼ同時発売予定です。（二巻も最高にオリビアが可愛いです。是非手に取って見てね！）

さて、いよいよ物語も佳境に入ってまいりました。ここまで読んでいただいた精鋭の読者様なら、きっと最後までついてきてくれると信じて今は筆をおかせていただきます。

七月某日　雨に濡れる木々を窓越しに眺めながら。

彩峰　舞人

死神に育てられた少女は漆黒の剣を胸に抱く V

発　　行　2020年8月25日　初版第一刷発行

著　　者　彩峰舞人
発 行 者　永田勝治
発 行 所　株式会社オーバーラップ
〒141-0031　東京都品川区西五反田7-9-5
校正・DTP　株式会社鷗来堂
印刷・製本　大日本印刷株式会社

©2020 Maito Ayamine
Printed in Japan ISBN 978-4-86554-721-4 C0193

※本書の内容を無断で複製・複写・放送・データ配信などをすることは、固くお断り致します。
※乱丁本・落丁本はお取り替え致します。下記カスタマーサポートセンターまでご連絡ください。
※定価はカバーに表示してあります。
オーバーラップ　カスタマーサポート
電話：03-6219-0850 ／受付時間 10:00〜18:00（土日祝日をのぞく）

作品のご感想、ファンレターをお待ちしています
あて先：〒141-0031　東京都品川区西五反田7-9-5 SGテラス5階　オーバーラップ文庫編集部
「彩峰舞人」先生係／「シエラ」先生係

PC、スマホからWEBアンケートに答えてゲット!
★この書籍で使用しているイラストの『無料壁紙』
★さらに図書カード（1000円分）を毎月10名に抽選でプレゼント!

▶https://over-lap.co.jp/865547214
二次元バーコードまたはURLより本書へのアンケートにご協力ください。
オーバーラップ文庫公式HPのトップページからもアクセスいただけます。
※スマートフォンとPCからのアクセスにのみ対応しております。
※サイトへのアクセスや登録時に発生する通信費等はご負担ください。
※中学生以下の方は保護者の方の了承を得てから回答してください。

オーバーラップ文庫公式HP▶https://over-lap.co.jp/lnv/